司馬遼太郎　松本清張 ほか

軍師の死にざま

実業之日本社

実業之日本社文庫

軍師の死にざま　《目次》

雲州英雄記

——山中鹿之介——

池波正太郎

池波正太郎《いけなみしょうたろう》（一九二三〜一九九〇）

東京都生まれ。下谷西町小学校卒業後、株式仲買店などを経て横須賀海兵団に入団。戦後は都職員のかたわら戯曲の執筆を開始、長谷川伸に師事する。一九五五年に文筆専業となった頃から小説の執筆も始め、一九六〇年に信州の真田家を題材にした『錯乱』で直木賞を受賞。真田家への関心は後に大作『真田太平記』に結実する。フィルム・ノワールの世界を江戸に再現した『鬼平犯科帳』『剣客商売』『仕掛人・藤枝梅安』の三大シリーズは、著者の死後もロングセラーとなっている。食べ物や映画を独自の視点で語る洒脱なエッセイにもファンが多い。

一

いうまでもないことだが、戦国時代には戦争が流行した。

ゆえに、流行の寵児《ちょうじ》は力量すぐれた武将であり戦士であった。

山中鹿之介幸盛《やまなかしかのすけゆきもり》も、その中のひとりだということは、何よりもまず、若きころの鹿之介自身が、ひそかにほこるところのものであったと言ってよい。

「尼子家《あまこけ》に鹿之介あるかぎり、たとえ何万の軍勢が押しよせようとも、案ずるには及ばぬ」

或夜《あるよ》、新婚の妻のぬめやかに匂う裸身を愛撫《あいぶ》しつつ、鹿之介はおごそかに、そう洩《も》らしたことがある。

この二十歳の素朴な自負は、六尺にちかい鹿之介の巨体をみたし、その厚い胸肉にうもれていた新妻の千明《ちあき》は、

「ま、たのもしいお言葉……」

などと、嘆声を発した。

主家の尼子家は、かつて山陰地方一帯を制圧していたが、このごろでは、中国の大名・毛利元就《もうりもとなり》に押しまくられ、昔日《せきじつ》のおもかげはない。

「こうなれば、天険をたのむ富田《とだ》のお城と、あなたさまはじめ、尼子勇士の方々のはたらきが殿さまにとっても、唯一のたのみでござりましょう」

「いかさま」

彼の堂々たる体軀《たいく》は、秀麗なる顔貌《がんぼう》を加えて、さらにその存在をかがやかしいものとした。

三日月の前立に鹿角《しかづの》の脇立《わきだて》をかざった兜《かぶと》をかぶり、黒の鎧《よろい》をつけ、長柄《ながえ》十文字の槍《やり》をかいこみ、馬上ゆたかに颯爽《さっそう》と出陣する山中鹿之介を見るたびに、千明の慕情はつのるばかりとなったというわけだ。

鹿之介は家中《かちゅう》随一の美男である。

家中随一の豪傑である。

しかも学問に通じ心情も豊潤《ほうじゅん》だという、至れりつくせりの勇士であったから、戦国武士の家に生まれた若い女性がこれに魅了されるのは当然で、

「おれには何も言うところがない。千明どのが鹿之介に心ひかれるのは無理もないところだわ」

千明とは何となく許嫁《いいなずけ》のような間柄にあった清松《きよまつ》弥十郎《やじゅうろう》は、矮軀《わいく》の肩をすくめて、そうつぶやいた。

許嫁といっても、父親同士が内々にした口約束のようなものだったし、弥十郎の父

政章《まさのり》は六年も前に没してしまっている。

戦場でろくな働きも出来ない弥十郎へ娘をあたえることにうんざりしていた千明の父・亀井秀綱《かめいひでつな》は、やがて、

「鹿之介が、そちの娘を妻に迎えたいと、余に口添えをたのんできたが、どうじゃ？」

と、主君の尼子義久《よしひさ》から声がかかったとき、

「有難き仕合せにござります」

弥十郎の父との口約束などは、にぎりつぶしてしまった。

すでにそのとき、千明は鹿之介の子をみごもっていた。のちに流産をした赤児《あかご》がそれである。男子であったという。

千明の美貌も城下では評判のものだったし、いわば美男美女のむつみ合うのに、さほど手間暇はいらなかったのであろう。

「鹿め。思いのほかに手早いやつじゃ」

鹿之介の叔父・立原久綱《たちはらひさつな》も苦笑したものだ。

婚儀は盛大に行われた。

尼子義久みずから媒妁《ばいしゃく》の役を買って出たというから、いかに鹿之介が殿様の愛寵《あいちょう》と信頼をうけていたかが知れよう。義久は鹿之介と同年配だし、若い主従は気も合い仲も良かった。

その婚礼があった夜更けに、清松弥十郎は老母ひとりをつれて富田城下を出奔《しゅっぽん》してしまった。

理由を知る者も知らぬ者も、そのことには、あまり関心をよせなかった。

鹿之介にしても、弥十郎と千明のいきさつを知ったのは、ずっと後になってからであった。

「それは、すまぬことをした」と言うと、千明が、

「子供のころの口約束などにしばられ、あなたさまの妻になれないのなら、千明は死んでしまいます」

「ふ、ふふ。それほどまでに、おれを……」

もう夫婦になってしまったのだし、弥十郎は他国へ去ったのである。

すぐに、鹿之介は忘れた。

何しろ、武勇を尊ぶ世に、戦旅の中で筆をなめつつ山野の風景なぞを写生しているような清松弥十郎がうけていたものは、家中の人びとの軽侮《けいぶ》のみであった。

しかし、絵も書もうまい弥十郎は、地図や文書の作成にはその才能を見せ、尼子義久にだけは、ほめられていたようである。

それはともかく、山中鹿之介の満々たる抱負は、結婚後間もなく、むざんに打ちくだかれることになった。

毛利元就が、いよいよ本格的な出雲《いずも》攻略に乗り出して来たのである。

毛利軍の執拗《しつよう》な進撃に、尼子の出城《でじろ》は一つ一つ奪いとられていった。

尼子家にとって、もっとも重要な出城であった白鹿城《しらがじょう》をとられたのも、つい先年のことだ。どちらにせよ、毛利には押されつづけてきた尼子家なのである。

こういうわけで、十三歳の初陣《ういじん》に敵の首三つをとった山中鹿之介の武勇は、相次ぐ敗戦のうちに発揮されてきた。

負け戦さであればこそ、彼の武勇はことさらに光ったとも言えよう。

十六歳のころ、伯耆《ほうき》・尾高《おだか》城をめぐる戦いで、敵軍の菊地音八《おとはち》を討ったことは、鹿之介が時代の寵児としての階段を、はっきりと一段のぼってみせたことになる。

菊地音八といえば、因伯二国にかくれもない勇士として著名な人物であったからだ。

千明を迎えて二年後に、毛利の大軍が出雲を埋めつくし、富田城ひとつに尼子勢が押しこまれた攻防戦で、鹿之介は、毛利軍の豪勇・品川大膳《だいぜん》と一騎打を行い、これを倒すという武勲をたてた。

この武勲も、鹿之介の名を光彩陸離《こうさいりくり》たるものにしたようである。

だが、それもむなしかった。

鹿之介の槍一本が、いかに凄《すさま》じい活躍を見せたところで、名将毛利元就が指揮する巧妙で悠揚《ゆうよう》せまらぬ物量作戦には、手も足も出なくなってしまった。

るることになった。

　永禄《えいろく》九年十一月二十一日。

　今でいうと、島根県能義《のぎ》郡広瀬町にあった富田城は、毛利軍によって開城された。

　殿様の尼子義久は、弟の倫久・秀久と共に捕われ、毛利の本拠である芸州《げいしゅう》へ送られることになった。

「ついに……ついに、駄目《だめ》であった!!」

　鹿之介は天を仰いで、わめいた。

「戦さというものは、むずかしいものだ」

　しみじみと、妻に嘆きもした。

「これで尼子家も、ほろびましたなあ」

「いや、このままではおかぬ。おれが、きっと盛り返して見せるわ」

「盛り返せましょうか」

「鹿之介あるかぎり、きっと……」

　自負は消えぬばかりか、むしろ反動的に強くて激しいものと変った。

「はじめから、このおれが……」

　このおれが作戦の一切を指揮していたら、こんなことにはならなかったのにと、言いたいところなのだ。

　鹿之介が重く用いられるようになったのは、ごく最近のことで、それまでは、いわゆる重代の老臣という連中が幅をきかせ、若手の建言は一方的にしりぞけられていた。

なまぬるい老臣達の作戦が失敗を重ね、そのたびに鹿之介らの果敢な武者ぶりが光りを放った。

そして、ようやく鹿之介が尼子義久の近習《きんじゅう》となり、若手の家臣たちの指導者として言いたいことを言えるようになったとき、すでに、尼子軍は富田城ひとつに押し詰められてしまった、ということになる。

鹿之介にしてみれば、あきらめきれぬところであったのだ。

ところで、芸州の配所へ去る殿様の供を願い出た鹿之介は、きびしく毛利元就にはねつけられた。

道中において主君兄弟を奪い返そうというもくろみなどは、元就が見破るに容易なことであった。しかも尚《なお》、

「尼子のもので、毛利に仕えたしと思うものは申し出でよ。抱えつかわす」

元就は、あくまでも寛大な態度であった。

「へい」とばかり、ころげこんだやつもいるが、鹿之介はじめ二百余名の家臣達は、

「おことわり申す!!」

つとめて堂々と胸を張り、富田城下を発し、はじめての浪人生活へ足を踏み出した。

（かならずや、上様をお迎えし、鹿之介は尼子再興をなしとげてごらんにいれます

る）

主従というよりも、友情のような温かさでむすばれていた殿様なのである。

故国・出雲の一木一草は、退去して行く鹿之介の多感な胸を離愁の哀《かな》しみではち切れそうにしたし、その愛すべき故国をうばった毛利への憎しみは、

「今に見よ、今に見よ、今に見よ!!」

鹿之介が生涯をかけての復讐《ふくしゅう》の念願となって、彼の肉体の細胞と化したところがである。

かんじんの殿様、尼子義久は弟たちと共に、すっかり毛利家の厚遇に馴《な》れ親しみ、やがて、もう戦争はたくさんだという心境になってしまった。

鹿之介が、このことを知ったのは、富田開城あってから二年後の夏のことであった。

二

そのころ山中鹿之介は、京の妙心寺内の塔頭《たっちゅう》・退蔵院《たいぞういん》に起居していた。

妙心寺は、康永《こうえい》元年に花園上皇が関山慧玄《かんざんえげん》を請《しょう》じて開創した禅刹《ぜんさつ》であり、洛西《らくせい》・双《ならび》ケ岡《おか》からほど近い景勝の地にある。

応仁《おうにん》の乱以来、うちつづく戦乱に荒廃した京の町の復興が、まだ充分なかたちをと

とのえていないころであったから、妙心寺も現在のような大伽藍《だいがらん》をほこっていたわけではない。

妙心寺のみならず、当時の禅寺からは僧侶《そうりょ》を諸方の戦国大名に派遣し、学芸を伝えひろめ、その報酬としてかなりの金銀を獲得し、寺院の拡張と整備にこれを当てていた。

中央からはるかに遠い裏日本の山陰地方へも、これらの僧たちは進出してきて、尼子家も妙心寺の僧・通玄《つうげん》を抱え、殿様も家臣も中央の学芸の香りに接したのである。

浪人した鹿之介たちが、一時の起居を求める場合、まずそうした関係にある寺院などは恰好《かっこう》の場所であった。

同じような関係で、鹿之介は、妻の千明を近江《おうみ》の禅寺にあずけておき、たまさかにこれを訪れることにしていた。

鹿之介が京にいるのは、京が首都であり、政治の中心であり、従って諸国の情報をいち早くとらえることが出来るからであった。

「鹿之介様。上様もな、弟御のお二人様もな、ちかごろはまことにのびやかな御日常にて、もはや合戦の苦しみはこりごりじゃ、このまま毛利の世話をうけ、長生きして世をたのしみたいと、かようにおおせられましてな」

尼子義久の近況を、妙心寺の鹿之介にもたらしたものは、重蔵坊という老山伏である。

「ま、まことか、それは――」

「まこともまこと大まこと。そばで見ておりましても歯がゆうて歯がゆうて」

うすい眉《まゆ》をひそめ、団子のような鼻を小指で掻《か》きつつ、重蔵坊は大いに嘆いた。

重蔵坊は、山伏ながら永年にわたり、尼子家の密偵《みってい》として働いてきたものである。

鹿之介は、これを殿様の侍臣として、名も高尾重兵衛《じゅうべえ》と変えさせ、安芸《あき》の配所へつけてやった。今後の連絡を絶やさぬためにである。

山伏に似ず、歌もよみ遊芸にも長じている重蔵坊には一種の愛嬌《あいきょう》もあり、毛利家でも、これなら害はあるまいと見たらしく、尼子義久に随行することをゆるした。

その重蔵坊の報告なのだから、

「あまりと言えば、あまりの上様じゃ」

鹿之介は足を踏みならし、慟哭《どうこく》した。

「御無理ござらぬ、御無理なし」と、重蔵坊も哀しげに首をふる。

これは事実であった。

後年、毛利家では尼子義久へ千二百余石をあたえ、義久は慶長十五年に六十五歳の寿《じゅ》を保ち、大往生をしている。このように毛利家が尼子へ対する処置は非常に温かいものであった。

当時二十を出たばかりの義久が、おだやかな優しい性格をもっているのに好意をもったためもある。

だが、もう一つの理由があった。それは、尼子義久に戦意を失わせることによって、尼子の再興運動を押えようとしたことだ。

現に、この重蔵坊がそれである。

もっともらしく殿様の堕落も嘆いてはいるが、実は重蔵坊自身、すでに毛利にろうらくされ、毛利から〔お前たちの殿様の心境の変化を鹿之介たちに伝えて来い〕と命ぜられ、京へのこのこ出て来たのである。

けれども鹿之介は、重蔵坊の寝返りなど、まったく考えても見なかった。

「それがし、この事実を山中様にお伝えせんがため、身をもって円明寺の配所を脱出してまいったのでござる」

尚も、もっともらしく老山伏は力説した。

「苦労であった……」

鹿之介の声は沈んだが、すぐに猛然たる決意をこめ、

「よし!!　こうなれば、ひそかに芸州へ忍び行き、毛利兄弟を刺し殺してくれるまでだわ。さもなくば、鹿之介の武名がすたる」

「では、どうしてもおやりなさるので?」

「むろんのことだ‼」

「それがしは、もはや老齢。これにて、故郷の大和へ帰り、そこに骨を埋めたき所存でござる」

「そうか。それもよし。これはな、わずかながら、うけてくれい」

「おそれいりまするな」

鹿之介が出した餞別《せんべつ》の金包みを淡々とうけとった重蔵坊は、淡々と去った。

何処《どこ》へ去ったかというと安芸へ去ったのだ。鹿之介との面談のすべてを毛利家へ報告し、そのまま重蔵坊は、義久と共に、のんきな隠遁《いんとん》暮しを死ぬまでたのしんでいたようである。

この山伏、尼子の密偵をつとめていたときも、あまり骨は折らなかったに違いない。

去るときに、重蔵坊が鹿之介へ言った。

「それがしのかわりに、お役にたつべきものを差し向けまする」

三

その日――鹿之介は、万里小路《までのこうじ》二条にある傾城町《けいせいまち》にいた。
重蔵坊が去った夜から此処《ここ》へ来て、ただもうひたすらに、遊女の肌の香におぼれひたっていたのである。

人生の苦難に直面した男が求めるものは、酒と女にきまっている。この二つは、それほど男にとって貴重なものなのだ。妻の千明にも、ここしばらくは会っていない鹿之介であった。

はじめは玉垣《たまがき》という遊女が相手に出、次は桂《かつら》という女で、その次は……。

何しろ、鹿之介がたくましい巨軀《きょく》を狂人のように女のからだに巻きつけ「おのれ、よくも……この、わしの苦しみも知らず、上様は……」とか「このままで、わしが引下るとでも思うておるのか!!」とか「毛利め!! 今に見よ」とか、飽くこともなく女を責めさいなむので、遊女たちも閉口してしまい、三日の間に四人も交替した。

「このような、おそろしいお方は初めてわいの。もうもう、体中の骨が粉々になってしもうた」

三日目に、もう一度相手に出た玉垣が、こうつぶやきながら、ようやく眠りに入った鹿之介の傍から身を起し、裸身の汗をぬぐいつつ、

「なれど、まあ、何とよい男わいの」

昼下りの夏の陽《ひ》に部屋の中は蒸れ上っていた。

鹿之介の端正な鼻すじに蠅《はえ》が一匹とまっているのを、玉垣が追い払ってやったときである。

廊下に人影がさした。

「たれ？」

「このお方の家来でござる」

「まあ……いま、おやすみになったばかりわいの。お急ぎの用かや？」

「いいや。よろしゅうござる。待たせていただきまする」

玉垣と入れ替り部屋へ入った男は、鹿之介の枕頭《ちんとう》にすわり、扇をひらき鹿之介の寝姿へ風を送りはじめた。

「では、たのみましたぞえ」

玉垣が去ったとたんに、男の手の扇は短剣に替った。

骨組みのしっかりした四十がらみの男である。それまでは異様にふくれ上った両の瞼《まぶた》の下に消えていた眼《め》が針のようなきらめきをのぞかせた。

男の短剣がふりかぶられた。

鹿之介が寝返りをうったかと思うと、壁ぎわの大刀をつかみとっていた。

「誰か？」

男の手から短剣が消え、またも扇がゆらめいていた。

「お待ち下され。怪しきものではござり申さぬ」

何やら妙な気配を感じ、眼をさました鹿之介は、毛利の刺客かと思い、すばやく身構えたのである。

「それがしは小五郎と申し、鉢屋《はちや》の末のものにござる」

「何、鉢屋の子孫だと申すか」

「それがしは、重蔵坊殿によって……」

「おお。役に立つものをさしむけると言うておったが……お前のことであったのか」

鹿之介は、重蔵坊の紹介ということと、鉢屋の子孫だと聞いて、この男にすっかり心をゆるしてしまった。

ここで〔鉢屋〕なるものにつき、のべておこう。

尼子氏は、もと京極《きょうごく》氏という守護大名の代理として、富田城に入り、出雲を統治した。

ところが尼子清定の代になって、本家の京極氏が軍をさし向け、尼子一族を出雲から追い払ってしまったのである。

尼子清定は、あまりよい殿様ではなかったらしいが、この清定の子に経久《つねひさ》という骨太い息子があって、一族離散の後、ひそかに山間にひそみ、機をうかがっていた。

戦国の風雲に乗じ、富田城を奪い返しての尼子家再興をねらっていたのである。

文明十八年正月元旦のことだ。

富田城下には、毎年元旦の吉例として、出雲地方で〔鉢屋〕とよばれる一種の傀儡《くぐつ》師《し》（遊芸やまじないなどを業とする流浪《るろう》の民）を城下へ迎え入れ、千秋万歳楽を舞い奏させるという行事がある。

土地の風習だから、ときの城主・塩冶掃部介《えんやかもんのすけ》も、毎年これを行っていた。

尼子経久は、この〔鉢屋〕を、ひそかに抱きこんだ。

そして、八十余名の尼子一党が〔鉢屋〕に変装し、まんまと城内へ入り込み、突如、城主の塩冶を襲い、殺害してしまったのだ。

かくて尼子経久は近隣の豪族を切り従え、しかも民政にも意をもちいたので、その威望は、山陰のみか、山陽にまで及ぶことになった。

もう本家の京極も手が出ない。

はじめに、毛利氏が尼子へ屈服したのもこのときである。

経久は、天文十年に永眠した。八十三歳である。まさに尼子氏一代の英雄だと言える。

ところが経久の孫・晴久が駄目な殿様であった。

毛利や大内とうまく手をむすんで行けばよいものを、やたらに威張りちらすので、毛利も愛想をつかして大内氏へつき、共に攻撃をしかけてくるようになった。

この暴君主・晴久が病死したとき、山中鹿之介は十六歳になっている。

晴久の後をついで、勢力がおとろえかけた尼子家の当主となった義久が十五歳。鹿之介は抜擢《ばってき》をうけて、義久の近習となる。

以後の出来事は、すでにのべた。

こうした主家尼子の波瀾《はらん》にとんだ歴史は、鹿之介の血をわかすに充分であった。しかも〔鉢屋〕を使っての計略を考え、尼子経久に進言したのは、鹿之介と同じ山中一族の、山中勘兵衛《かんべえ》というものなのである。

「そうであったか。わが山中家の者も、むかし、あのときの勇ましい戦さに、鉢屋のものと一役買うて手柄をたてたと聞き及んでおる」

鹿之介の憂悶《ゆうもん》も、いくらかはれてきた。

「酒はどうじゃ？」

「たしなみませぬで」

「では……」と、鹿之介は小五郎を従えて妙心寺へ帰って来た。

夕暮れである。

蟬《せみ》の声も絶え、うす闇《やみ》が寺院をかこむ森にたちこめていた。

退蔵院の自室へ入ろうとして廊下をわたっていた鹿之介は、庭に面した広間で一人の男が黙念と床の間を見つめているのに気づいた。

その後姿に見おぼえが、たしかにあった。

「弥十郎……」

男が、うっそりとふりむいた。

「おお、鹿之介殿……」

「おぬし、おれを訪ねて来たのか？」

「うんにゃ。鹿殿がこの寺におられようとは思うても見なんだ」

「では、何で？」

弥十郎は、ゆっくりと床の間にかけられた画軸を指した。

この絵が、応永年間、日本水墨画に新鮮な境地をひらいた画僧・如拙《じょせつ》えがくところの〔瓢鮎図《ひょうねんず》〕であることは、鹿之介も知っている。

「弥十郎は、その絵を見に来たのか？」

「うむ。もう朝から、ここに坐ったままじゃ」

「もう見えまい」

「かすかながら、まだ見える」

「おぬし、いまは何をしておる？」

「絵師じゃ」

若い僧が灯をもって来た。廊下をへだてた鹿之介の部屋が明るくなった。

茶を僧にたのみ、鹿之介は、弥十郎を自室にまねいた。

ずんぐりとした体つきは変らないが、ここ四年の間に弥十郎の顔には、鹿之介がハッと息を呑《の》むような精神の緊張がただよっていた。

「弥十郎。おぬしの絵も、本物になりかけたようだな」

さすがに鹿之介であった。

「まだよ、これからよ」

「母御は？」

「去年、亡《の》うなったわ」

「それは、気の毒……」と言いかけ、鹿之介は、弥十郎が〔鉢屋〕の小五郎を、するどく見やっているのに気づいた。

「おう、このものはな、鉢屋の末のものだそうじゃ。さきほど町で出会うての」

「ふむ……」

部屋の隅にうつ向いていた小五郎が、ていねいに頭を下げた。

その瞬間であった。

清松弥十郎が壁にたてかけてあった鹿之介の大刀をつかみ、小五郎の頭上に躍りかかった。

「何をする!!」と叫んだ鹿之介の声と、小五郎があげた悲鳴とが同時であった。血がしぶいた。

「鹿殿。こやつは毛利の間者《かんじゃ》じゃ？」

「何……」

「寺内での殺生《せっしょう》はいかぬと知っていて、つい……」と弥十郎は唇を嚙みしめ、大刀をぬぐいつつ、

「お家再興のために苦労しているおぬしの身を案じるあまり、つい、殺《や》ってしもうた。早い方がよい」

「こやつが、毛利の……」

「六年ほど前に、――ほれ、白鹿の戦いがあったとき、わしは、乱軍の中で、こやつが味方の首をあげる姿をたしかに見た」

「馬鹿な……」

「絵師の眼は常人と違うのだ。一度見たものは決して忘れはせぬ」

声をかける間もなかった。清松弥十郎は廊下から広間へ――広間から庭の闇へ走り消えた。

四

翌早朝、京の町を流して歩く物売女が一通の手紙を鹿之介にとどけてきた。

手紙は、清松弥十郎からのものであった。

およそ、左のような意味のことがしたためられてあった。


昨夜は失礼をした。

鹿どのは豪胆武勇のお人ゆえ気にもかけまいが、わしから見ると、まことに危うく思われたので、もう夢中で手にかけてしまった。あと一呼吸遅れなば、あの男は逃げてしまったろうと思われる。この一呼吸の差を、鹿どのは、これからも、ようお考え下されたい。今の世は、まこと凄《すさま》じいものになってきている。わしも、雪ふかく山ふかい出雲にいたころのことを考えると、あのころは、日本の大勢、その動きについて、まったくの田舎ものであったことに気づいている。

わしも、もと尼子家に仕えたものの一人として、鹿どのが御家再興の実をむすばれることを心から祈ってはいる。なれど……その方法にも、いくつもの道があるように思われる。わしは、鹿どのの武勇をほめたたえると同時に、鹿どのの、激しいひたむきな気性を恐れている。あせらず、ゆっくりと手間をかけて事をなしとげてもらいたい。

また、わしは鹿どのの、まろやかな心情をも恐れている。いまの世に、人を信ずることは武士たるものの一生をかけた重大な別れ路《みち》となることを、よっく考えていただきたい。

なれど、わしは人を信ずることが出来る。わしは絵師だからだ。絵師には、何度、人に裏切られたとて、最後のものが残っている。最後のものは決してわしを裏切らない。それは、わしの絵だからだ。わしが尼子を出奔したのも、今の世に、そうした境涯《きょうがい》を得ようと決心をしたからなのだ。とうてい鹿どのにはわかってもらえまいが……。わしは、いかにも武将らしい鹿どのの風格が、むかしから好きであった。鹿どのの画像を、きっと、そのうちに描きたいと思うている。だが、わしは、わしの好まぬような武将に、鹿どのがなってくれることをも、ひそかにのぞんでいる……。

千明については一言もふれてはいない手紙であった。

鹿之介は、弥十郎に打ちのめされたような気がした。〔鉢屋〕の小五郎が、もしも、弥十郎の言う通り毛利がさしむけた刺客だとしたら、鹿之介は大馬鹿者になってしまう。だが昨夜の弥十郎の、恐るべき真実がこめられた意外な早業を想い起すたびに、鹿之介は、弥十郎の言明にうたがいをさしはさむ余地が無くなってくるような気がしてきた。

(となると……おれのみか、重蔵坊も騙《だま》されたのだ……)

ここに至っても、まだあのいかさま山伏を信じてやまぬ山中鹿之介なのである。もっとも、それはそれでよかった。殿様の心変りだけは真実のものであったのだから……。

この年の九月——。

織田信長が京へのぼって来た。

この美濃《みの》・尾張《おわり》一帯を支配していた戦国大名は、いまや、その勢力範囲を諸方に延長し、威名は天下にとどろいている。

性は勇猛果敢、すぐれた家臣にめぐまれ、天皇の信頼も信長一人に向けられているようだ。

足利《あしかが》将軍は義昭《よしあき》の代になっていたが、その力はほとんどおとろえてしまっている。

皇室も将軍も、信ずるに足る戦国大名によって、その面目をたもつという時代であった。

だから将軍義昭は、織田信長にも通じ、毛利元就にも通じ、一時も早く将軍の権力を取り戻すべく焦りぬいている。

ところが、戦国大名たちは、すでに将軍など眼中になかった。ただ、その名目を利用して天下の覇権をつかみとろうとしているだけのことであった。

信長は天皇のまねきに応じ、京へ乗り込み、この王城の都を再建すべくはたらきはじめた。

「今こそ、又となき機会であろう。織田家にすがり、尼子再興の助力を仰げ、鹿之介よ」

北国の隠れ家から京へ馳《は》せつけた叔父の立原久綱が、鹿之介をけしかけた。

尼子がほろびたとき、毛利元就とよしみを通じていた織田信長も、天下をつかみかけている現在では、中国一帯に君臨する毛利が邪魔な存在となってきたし、将軍義昭は、こっちへ色目を使うかと見れば、こそこそと裏へまわって毛利を引きつけようとしている。油断はならない。

「なれど……」と鹿之介は嘆息して、殿様の心変りを叔父に告げた。

立原久綱も、これにはおどろいたらしい。

「それがまことなれば、……」と舌打ちをくり返し、「上様にも困ったものじゃ」

苦い顔をした。

折も折であった。

清松弥十郎から、第二の手紙がとどけられたのである。いうまでもなく、弥十郎は旧殿様の心変りについては何も知らない。

手紙には、こう書いてある。

もう手紙もさしあげぬつもりであったが、思いがけぬ御方《おかた》に出会うたので、一筆したためる気になった。

というのは……先日、所用あって、東福寺へ出向いたところ、ひとりの若い僧と親しくなりいろいろ物語をした。すると、その僧が、まこと意外な御方であることがわかった。

弥十郎が出会った青年僧は、尼子一族のひとり勝久であったのである。戦いは厭《いや》じゃと言い出した殿様の義久の祖父と勝久の祖父が兄弟だというつながりになっているのだ。

これには、いろいろなわけもあり事件もあったのだが、はぶくことにする。

勝久様も、鹿どのが主家再興のために働いていることを嬉しく思うとおっしゃった。ひまを見て、一度、おたずねあったら如何《いかが》?

わしは、数日中に関東から信濃《しなの》へ旅に立つ。おそらく、もうお目にかかることもあるまい。

清松弥十郎の手紙は、それで終っていた。

「叔父上!!」

「鹿之介!!」

二人は、昂奮《こうふん》に光る眼を見合せ、手をにぎり合った。

「勝久さまを奉じて尼子家を‼」

二人は、まっしぐらに東福寺へ駈けつけた。

若き学僧・尼子勝久は、鹿之介の熱誠あふれる説得を聞き終えると、しずかに言った。

「ようわかった。坊主よりも生甲斐《いきがい》がありそうじゃ。すべては、そなたにまかせよう」

ときに勝久は十七歳。仲々おもしろい少年であったようだ。

この知らせをうけた潜伏中の尼子の残党が、続々と京へ集まって来た。

勇み立った山中鹿之介は、単身、織田信長を本願寺の宿舎に訪問した。

信長は、すぐに会ってくれた。

「おことが山中鹿之介か。なるほど、聞きしにまさる美丈夫じゃ。のう筑前《ちくぜん》……」

筑前とは、のちの豊臣秀吉である。秀吉は一目見て、鹿之介の醇乎《じゅんこ》たる風格に好感をもったようであった。

信長の傍にひかえていた秀吉は、愛嬌《あいきょう》のある微笑を鹿之介に投げてよこした。

天下の信長の耳にも、自分の武名がとどいていることをたしかめ、鹿之介は嬉しかった。

出来るだけの力は添えようと信長は言って、鹿之介が、よろこび勇んで帰って行くのを眼で追いながら、

「筑前。あの男、いまどき珍《めずら》かなるやつじゃ」

「いかさま……」

「うまくあやつれば、くそ力を出して働くやつじゃ。よいか、あやつっておけ。われらの役に立とう」

秀吉はちょっと厭な顔をしたが、すぐに平伏した。

鹿之介は妙心寺へ戻ってからも、まだ昂奮がさめなかった。

「まるで違う!!　まるで……」

尼子義久などとはくらべものにならないスケールの大きさを織田信長はもっていた。鷹《たか》のような鋭い両眼と、豪華で瀟洒《しょうしゃ》な衣服に包まれた信長の風姿は、まさに威風堂々たるもので、完全に鹿之介は圧倒された。

(いよいよ、あの大将の助けを借りて、御家再興が叶《かな》うのだ!!)

翌、永禄十二年になると、毛利は、九州の大友軍に背面をおびやかされ、止《や》むを得ず九州へ出兵することになった。

出雲を襲うに絶好の機会である。

鹿之介は、織田信長の居城、岐阜《ぎふ》へ飛んだ。

立原久綱は、尼子残党を狩り集めた。

信長は、こころよく軍費と武器弾薬を鹿之介にあたえ、

「今こそ、毛利を手痛くいためてやれい」と、はげました。

勇躍した鹿之介は、東福寺から勝久を迎え、これを推戴《すいたい》して、二百六十余名の尼子残党をひきい、先ず但馬国《たじまのくに》へ向った。

但馬の豪族・垣屋播磨守《かきやはりまのかみ》は尼子家恩顧のもので、再興運動には何かと力を貸してくれていた。

密使の知らせをうけ、秋上伊織介《あきあげいおりのすけ》・横道兵庫介《よこみちひょうごのすけ》・真木宗右衛門《そうえもん》・吉田八郎左衛門《はちろうざえもん》など、鹿之介が力とたのむ尼子の勇士たちも、そろって但馬へ駈けつけて来た。

尼子勢は、奈佐日本之助《なさやまとのすけ》という裏日本の海から中国・朝鮮を舞台にあばれまわっていた海賊の頭領の舟に乗り、隠岐《おき》の島へわたった。

「それがしは、日本一の海賊でござる。ゆえにこそ日本之助と名のり申す」

垣屋播磨守の引き合わせで、はじめて鹿之介に会った奈佐日本之助は、こう名のりをあげ、

「伝え聞く山中様はじめ尼子の方々の主家を思う忠節、それがし、まことにもって感服いたした。義によって一命をなげうち、お味方いたすは男子の本懐でござる」と胸をたたいてみせた。まるで芝居にでも出て来るような愉快な豪傑だが、前にのべた品

川大膳《だいぜん》という毛利軍の武士、これも日本之助の豪傑ぶりにおとらない。尼子に名高き鹿之介の首を掻き切って見せようというので、大膳は、わざわざ棫木狼之助《たらのきおおかみのすけ》と改名したという。鹿よりも狼の方が強いというわけなのだろうが、この狼は力闘の果てに鹿に負けた。

鹿之介にしても、そういうところがなきにしもあらずであった。

鹿之介の幼名を甚次郎《じんじろう》という。

兄が病弱のため家をついだとき、未亡人の母が、三日月と鹿角のかざりがついた家重代の兜を甚次郎にさずけた。

甚次郎は激しく感動し、これからは、この兜《かぶと》にちなみ鹿之介と改名し、三日月を守り神にするつもりだと言い出し、母をよろこばせたものである。

つまり山中鹿之介には、剛勇と浪曼《ろうまん》的な素質が同時に内蔵されていたのだ。

いまから見ると、そのロマンチシズムは古めかしい美しさをたたえていると共に、いささか芝居じみたものを感じさせるが、当時に於《お》いては、

「ややあ、遠からんものは音にも聞け。我こそは……」と、名のりをあげて一騎打を行う講談の勇士たちのごとき人間感覚が、別に可笑《おか》しくはなかったのだ。

しかし、可笑しくないままに鹿之介は成長した。

中央では、多くの戦国大名たちが、戦争自体によって生み出される新兵器と経済機

構を駆使し、スケールの大きな戦争と謀略とを複雑に、凄惨《せいさん》にくりひろげていた。

ところが、尼子家では山陰の山国ひとつにかじりつき、敵と言えば毛利だけに目角《めかど》をたてて、やたらに勇み立っていただけなのである。

そのような、自分というものを形成した視野のせまい風土と環境に気づいたわけではないが、

「わしも以前の鹿之介とは違うぞ。この四年の浪人暮しの間に、わしは巡礼となり、甲斐《かい》にも関東にも足をのばし、武田・北条・織田などの治政と軍備を、つぶさにこの眼のうちにとらえて来ている。おぬしたちも、わしを信じ、安心して、すべてをゆだねてくれい」

鹿之介は、一同に向い悠然と言いわたした。

鹿角の兜と黒の鎧《よろい》、白地に金箔《きんぱく》で三日月をあらわした陣羽織など、鹿之介の巨体をかざる武装は、いやでも鹿之介の英姿を引きたたせたし、その生来の美貌には四年の年輪もさすが加わり、風格もゆたかに、いっそうのたくましさをも兼ねそなえてきている。

「大丈夫!! この大将にならば命をあずけて悔むところはないわい」

奈佐日本之助も、すっかり鹿之介に見とれてしまったようだ。

尼子一党は、あらためて山中鹿之介を再認識し、御家再興の気勢は高まるばかりで

ある。

このありさまを見て、不快をおぼえたものが一人ある。

秋上伊織介だ。

伊織介の剛勇は、鹿之介のそれと共に尼子がほこる大看板であった。かつては対等の地位にあり力を合せて尼子家のホープとして戦って来たのに、いま、尼子一党は完全に鹿之介を頭領と仰ぎ、鹿之介もまた平然とこれをみとめているらしい。

第一、新しい殿様の尼子勝久は、もう鹿之介でなければ夜も日もあけないという信頼ぶりではないか。

伊織介、ちょいと面白くない。

(鹿之介も、少々、増長しすぎておる)

隠岐へ向う船中で、秋上伊織介は胸中につぶやいた。

五

隠岐の島の島主は隠岐為清《ためきよ》といって、尼子一族の血をひく豪族である。協力するのは当然であった。

尼子勢は、ここで軍備をととのえ、隠岐勢を合せて、ふたたび出雲国・島根郡仲《ちゅう》山《ざん》に上陸。近辺の砦《とりで》を守る毛利の部隊を次々に追い払い、六月下旬には新山城を落し、入城した。

このことを聞き、諸方にかくれていた尼子のものが続々と集まって来た。

かくて尼子勢は、いよいよ目ざす富田城へ迫ろうとした。

「山中鹿之介というやつ。やはり油断はならぬやつであった?」

毛利元就は、この報を受けると、すぐさま九州へ出陣している吉川元春《きっかわもとはる》・小早川隆景《こばやかわたかかげ》を呼びもどした。

元春も隆景も、共に元就の子で、早くから吉川・小早川という豪族の養子となり父元就の中国制覇を助けてきている。

吉川元春は、本家毛利の後つぎとなっている甥《おい》の輝元《てるもと》と共に一万三千の大軍をひきいて出雲に向った。

「いよいよ、これからが本当の戦さじゃ」

鹿之介も二十六歳の春を迎えた。

毛利の九州出陣の隙《すき》をねらって侵入し、まずは華々しい戦果をあげたが、これからが大変であった。

せっかく奪いとった砦も、次々に奪い返された。

鹿之介は、戦闘のたびに陣頭に立った。

彼の十文字槍は、かつての武勇談など問題にならぬほど、敵の血を跳ね飛ばし、吸った。

けれども、劣勢はおおうべくもない。

(これほどの大軍が来ようとは、思わなんだ)

鹿之介は、むしろ意外に思った。

九州の大友が、もう少し毛利を押えておいてくれると考えていたのだが、毛利軍は、すでに目ざましい戦果をあげて大友軍を圧倒しており、尼子が兵をあげたと聞くや、電光石火、戦備体制をととのえて山陰へ取って返して来たのである。

毛利の水軍は天下に知られた強力なもので、二百余の軍船が日本海へ乗り出して来て、兵力・糧秣《りょうまつ》を補給してくるのだ。たまったものではない。

しかも毛利のスパイ戦術は巧妙であった。

中国地方の盟主として、日の出の勢いの織田信長とも張り合おうという毛利元就である。

重蔵坊や〔鉢屋〕の小五郎のようなものに一杯喰わされてしまう鹿之介の素朴さでは、とても太刀打は出来ない。

「わしも、この四年の間に……」苦労をつみ、新時代の武将になれたつもりの山中鹿之介だったが、人間の素質が四年間で変るものではない。

毛利では、まず秋上伊織介にスパイを送り、見事これに寝返りをうたせた。ということは、秋上が鹿之介に抱いていた不満をすでに知っていたといえよう。

隠岐為清もまた尼子を裏切り、隠岐の島へ帰ってしまった。

「おのれ、為清!!」と叫んでも、隠岐の島まで追撃する船も無いというわけであった。

このような情況を見て、

「これは駄目だ。尼子再興はむずかしいわい」というので、どこかへ逃げてしまうものもあり、毛利軍へ投降するものも出て来た。

「われに、七難八苦をあたえ給《たま》え!!」

空に浮ぶ三日月を仰ぎ、鹿之介が叫んだのは、このころのことである。

不幸を追い払って信念をよぶためのいのりであった。

(命をかけての苦労が実をむすばぬ筈《はず》はない。主家再興の正義のために闘うおれの心が天に通ぜぬ筈はない!!)

浪曼的な信念である。

だが、山中鹿之介の体軀は強靭《きょうじん》であった。

強靭な肉体は強靭な精神を生む。その理非いかんにかかわらず、その状態の多種多様なるにかかわらずである。

苦戦がつづくうちに、翌元亀《げんき》二年六月十四日、毛利元就が病歿した。

「天、いまだ我を見捨てたまわず‼」

　鹿之介は躍り上ってよろこんだ。

　これは、ルーズベルトが死んだのでアメリカの攻撃がにぶるだろうと思い込み「万歳」と叫んだという日本軍将官の――それも中国の奥地あたりに押しこまれていた一部の将官の心境に少し似ているようだ。しかし、

「父の死によって、われらは尚《なお》も心を引きしめねばならぬ」

　毛利兄弟は誓い合った。

　元就の次男・吉川元春は父の死にも帰国せず、倍増の猛烈さときびしさをもって攻撃を続行して来たのである。

　このとき、鹿之介は伯耆《ほうき》の末石城《すえいし》にたてこもっていた。

　末石城は、いまの米子《よなご》市から六里ほどのところにあり、伯耆大山《だいせん》の山麓《さんろく》に構えられ、日本海をのぞむ要害の地にあった。

　鹿之介は大山の僧兵を動かし、僧兵たちもまたこれに応じた。

「よろし‼　なれば先ず大山の坊主どもを攻めてくれよう‼」

　吉川元春は、こう宣言した。

　この宣言が鹿之介の耳へもとどくようにスパイを働かせたので、鹿之介もそのつもりになり、

「毛利軍が大山を攻めるその背後から奇襲し、敵を粉砕してくれよう」と、吉田八郎左衛門に城内の兵力の大半をあたえ、ひそかに出発せしめた。

ところが、吉川元春は大山の僧兵など見向きもせず、まっしぐらに末石城へ攻めかかってきた。

「失敗《しま》った!!」

鹿之介は口惜《くや》しがったが、もう遅い。いつも一足遅い。

兵力を外へ出してしまったのだから、城が落ちるのは当然であった。

山中鹿之介は、ついに吉川元春の手に捕えられた。

鹿之介ほどのものが自決しなかったのは、殿様の尼子勝久が新山城にこもって力戦中であったからだ。

(おれはあきらめぬ。上様!! 必ずや鹿之介は……)

必ず逃げるつもりであった。

元春は、縄つきのまま引き出された鹿之介を一眼《ひとめ》見て、

(むむ、見事な面《つら》がまえよな)

先に〔鉢屋〕に化けさせた刺客を放ったこともある吉川元春だが、感服した。いかに鹿之介の風貌が美と力にめぐまれていたかが知れよう。

元春の侍臣・宍戸《ししど》安芸守《あきのかみ》や口羽《くちば》刑部大輔《ぎょうぶたいふ》なども、

「鹿之介をお召し抱えあれば、将来、必ずや御家のためとなりましょう」と進言をした。

元春はこころみに、

「毛利家に仕えぬか。周防《すおう》・伯耆にて二千貫をあたえよう」

そう切り出してみると「かくなる上は……」と鹿之介もうなずき、

「もはや力をつくし切りましてござる。この上は何事もおまかせいたす」

意外にいさぎよい態度が、反《かえ》って元春に助命の意をそそったようである。このあたりは鹿之介もなかなか俗にいう大人？になってきていた。

しかし尚、元春は鹿之介の様子をしばらくは見ることにして、その身柄を杉原盛重《すぎはらもりしげ》という部将にあずけ、杉原が守っている伯耆・尾高城の締り所へ鹿之介を監禁した。

山中鹿之介が、尾高城から脱走したのは、六月二十日の夜更《よふ》けであった。

尾高城へ押しこめられたとき、鹿之介は下痢をおこした。二日、三日とたつうちにも病状は悪化するばかりだ。嘘《うそ》でもいつわりでもない。

だから警固のものも鹿之介のひんぱんに行う厠《かわや》通いを許さざるを得ない。

おそらく赤痢か何かだったのであろうが、鹿之介のように勇猛な男が相手では赤痢菌の方で逃げ出してしまうらしい。

（しめた!!）

熱もやや下り、これなら大丈夫と思うようになってからも、尚、鹿之介は病苦をうったえ、一日に数十回も厠へ通った。

その夜――鹿之介は厠の便壺《べんつぼ》の中へもぐり込み、くみとりの切口を破って崖を飛降り、二の丸の北側の石垣下へぬけ出すことが出来た。

赤い月が出ていた。

真夏の、いやに蒸しあつい夜であった。

石垣に沿って草むらの中を這《は》うように進んで行くと、すぐ近くで、

「や……? 何やら臭いのう」という声がした。

どきりとなって眼をあげると、三間ほど向うに、上半身は肌着だけになった五十がらみの部将が筵《むしろ》の上に寝そべって冷酒をのんでいる。

そばで足軽が三人、給仕をしたり大団扇《おおうちわ》で風を送ったりしているのだ。

この部将は、吉川元春麾下《きか》のもので大沢七郎兵衛《しちろうびょうえ》成淳といった。

鹿之介にとっては、その部将の名前なぞはどうでもよかった。

魔神のように草むらから襲いかかると、

「む!!」

大沢七郎兵衛を力一杯に撲《なぐ》りつけた。

声もなく大沢は倒れた。あとで見ると、首の骨がぐしゃぐしゃに打ちくだかれてい

たという。

「くせ者!!」

「ああッ!!」

足軽三人も、たちまち鹿之介に撲殺された。

大沢の太刀を引摑《ひっつか》むと、鹿之介は、一散に二の丸番所へ駈《か》け寄る。

此処でも悲鳴と絶叫と血けむりが散乱した。

急を告げる太鼓が城内に鳴りはじめたとき、鹿之介は、すでに濠《ほり》の水の中にあった。

(天、いまだ我を見捨て給わず)である。

このことは、山中鹿之介の自信を尚も強烈なものとした。

六

「おことは、三日月を仰ぎ、我に七難八苦をあたえよと祈られると聞いたが、まことか?」

織田信長が、山中鹿之介に言った。

「わが力のあらんかぎりをためして見ようと考えまして……」と、鹿之介は答えた。

信長の本拠、岐阜城内の一室に於《おい》てである。

鹿之介が尾高城を脱出してから三年目の天正二年春のことであった。

鹿之介は三十歳になっている。

尼子一党は毛利軍によって出雲から追い払われた。

いま、尼子勝久も鹿之介も、それぞれ家族と共に岐阜城下に屋敷をもらい、信長の庇護《ひご》をうけて暮していた。

千明に女の子が生れた。八重と名づけた。

千明も二十七歳。女ざかりである。

かつては、鹿之介の巨体が押しつぶしてしまいそうに思われた手弱《たおや》かな千明の肢体《したい》にも、ねっとりとしたあぶらが浮き、肉づきもめっきりとゆたかになった。

「そなた、抱きごたえがあるようになったの」

鹿之介に言われ、

「ま、そのような……永い間、わたくしを放っておおきになり、その間に、諸方の女《おな》子《ご》とたわむれておられたのでございましょう」

千明は、よくこんなことを言う。

「何を申す!! わしにはそなた一人が女子じゃ」

ともあれ、この、二、三年間が、鹿之介にとっても千明にとっても、もっともおだやかで楽しい日々を送ることが出来たのではないか……。

鹿之介は尼子勝久と共に織田軍の部将として諸方に出陣した。もちろん織田の客分としてであった。

その間にも女性には割とこまめで、摂津《せっつ》の片田舎の豪農の娘に子を生ませたりしている。この子が山中新六となって大阪、いや日本の大財閥の鴻池《こうのいけ》家の先祖となるわけだが、そのいきさつはここに語るまでもあるまい。

さて、その頃の鹿之介は三日月に何をいのっていたか……。

例によって尼子家再興を叶えたまえといっていたのである。

「ふむ。奇特なことよの」

信長は感心して見せたが、後になって秀吉にこうもらした。

「空に浮ぶ三日月どのは、いくら祈ったとて鉄砲も金銀も、出してはくれまいにのう。あやつ、不思議な男じゃ」

「御家にほしき人物でございまするな」

「ふむ。なれどあやつは、ただもう、おのれの力をもって出雲を攻めとり尼子の忠臣として名をあげようという……」

「なれど、それはあまりに……」

「ふむ。鹿之介は、ただひたすらにおのれを捨て、主家のためにつくそうという心、それのみじゃと申すのか。あまりにも美しい忠義の志の底には、本人がそれと気づかぬ虚栄の心が間々ひそんでおるものじゃ。筑前にわからぬ筈《はず》はないがの」

信長は笑った。

今や織田信長の天下統一完成は衆目のみとめるところである。

強敵、甲斐の武田信玄も先年歿してしまったし、足利将軍も今は信長を頼るほかはなく、信長はまた度び度び上洛《じょうらく》して皇居の造営や市中の復興に力をそそぎ、天皇の信任はいよいよ重く厚い。

（あとは毛利を残すのみじゃ。毛利との戦いは目前に迫っておる。そのときこそ、……）

そのときこそ鹿之介は、毛利の大軍に向って死物狂いの闘いをいどむに違いなかった。

だからこそ、尼子勝久と鹿之介を大切に扱ってきたのである。

「なれど、余が天下びととなったとき、尼子や鹿之介が生き残っておったなら、出雲一国はくれてやってもよい。またそれだけの働きはしてくれようからの」

秀吉は、主君をおそろしいと思った。

毛利と戦うとき、信長は、まず尼子一党を消耗作戦に投入し、敵の力を殺《そ》いでおいてからおもむろに自らの手を下そうというつもりらしい。

何しろ、天下を自分の手で治め、うちつづく戦乱の世をしずめようという大理想のためには、愛する妹をやった聟《むこ》まで殺すほどの信長であった。

それほどの信長でいて、しかも、八年後の天正十年には、四十九歳の若さで明智光秀の謀叛《むほん》に害せられてしまったのだ。

宿命というものであろう。


天正二年初秋――。

鹿之介は因幡《いなば》に攻め入って、毛利方の城を落しいれること十五という戦果をあげた。まさに力戦奮闘である。

信長も、そのころは伊勢《いせ》長島や石山《いしやま》本願寺の一向一揆《いっこういっき》を鎮圧するため諸方に転戦して多忙であったが、尼子への武器・兵糧《ひょうろう》の補給などに援助を惜しまなかった。

こうして翌年一杯は何とか持ちこたえたが、ついに天正四年五月。吉川元春・小早川隆景が合せて四万余の大軍をひきい、山陰に進出して来たので、一万に足らぬ尼子勢（織田からも兵力が加わっていた）ではどうにもならなくなり、ふたたび山陰の地を退去し、勝久と鹿之介は京へのがれた。

岐阜へ戻ると、織田信長は、

「あせるな、鹿之介。あれほどの兵力で二年もちこたえたは立派じゃ」とほめてくれた。

鹿之介は、ちらとうらめしげな視線を信長に投げた。どうせ助けてくれるなら、何《な》故《ぜ》もうひとつ力を貸してはくれないのかと言いたかったのであろう。

「いま少しの兵力がござりましたら、むざむざと……」

「は、は、は――この二年の間、おことが働いてまいったことは決して無《む》駄《だ》ではない。それよりも、来年はな……来年は、おそらく……」

ここまで言ってから、信長は微笑を消し、するどく空間を見入ったまま、口を閉じてしまった。

足利将軍・義昭の動きが、ちかごろはまた微妙なものを見せてきはじめたのを思い起したからである。

足利義昭は、信長に不満をもちはじめてきている。

いくら将軍の権威をとりもどそうとしても、事実上の権能は今や信長のものになりつつあったからだ。

表向きは将軍をたてていても、信長はもう義昭の言う通りにはならない。

義昭が泣きつくところは、毛利家のみしかない。

この年の二月。

足利義昭は備《びん》後《ご》の鞆《とも》（広島県・福山市）へやって来て、毛利輝元に幕府の再興を命じ、さんざんに信長の悪口を言い出した。

毛利輝元は、叔父の吉川元春・小早川隆景をよび協議を行った。

毛利家では、故元就の遺訓によって天下制覇の野望はなかった。

けれども、足利将軍に頼られ、そのために事態が好むと好まざるとにかかわらず、信長と敵対するように変って行くのである。

それでも、吉川元春はすぐに信長へ使者を派し年頭の祝賀をのべ、信長もまた、「この後、尼子氏や山中鹿之介を保護することはしない」と答礼をしている。

互いに嘘を承知の外交戦であった。

二月二十三日、信長は建築中の近江国・安土《あづち》の城の一部へ移った。

五月になって、ようやく毛利家では旭日昇天《きょくじつしょうてん》の勢いを持つ織田信長と決戦する肚《はら》をかためた。

ぐずぐずしていて、まわりの大名たちが織田方へついてしまえば、自分の家ひとつ取り残され、厭《いや》でも信長に屈服しなくてはならないからだ。

しかも足利将軍はこちらの手にあり、戦いの名目は立派にたつのだ。

七月十六日、信長は羽柴《はしば》秀吉に中国遠征軍総司令官を命じた。

「どうじゃ？　先鋒《さきがけ》をつとめて見るか、鹿之介――」

「心得て候《そうろう》」

鹿之介は血わき肉おどる思いがした。

今度は織田の大軍と共に闘うのだ。負けよう筈はない。

尼子の勇士・山中鹿之介は、一体いつになったら主家の再興をなしとげることが出来るのか？　という世上の噂《うわさ》に、今こそ答えを出すことが出来ようというものだ。

（これで、わしの面目もたとうというものだ？）

尼子勝久も、このとき二十五歳になっている。激しい歴戦は勝久に凛然《りんぜん》たる風格をあたえた。

心変りをした先代の義久とは、闘志の点でくらべものにならない殿様になってきている。

「殿が御先祖の経久公。それがしは、山中勘兵衛となって、これが二度目の尼子再興でござりますな」と鹿之介は、かつての尼子の歴史をふりかえり、感無量の面持《おもも》ちになった。

「殿!!　夢がまことになり申した」

「富田城へ入ったならば、経久公のごときよき君主となり、わしは二度と尼子に不幸を招来せぬつもりじゃ」

「御立派に成人なされ、幸盛《ゆきもり》、感泣つかまつりました」

十七のときから手塩にかけ、命をかけて守って来た勝久なのである。鹿之介の感動も並々ならぬものであったろう。

主従二人、早くも富田入城の夢を現実のものとしてしまっていた。

「今度こそ、そなたを富田城へ迎えようぞ」

鹿之介は愛妻・千明に言い残し、岐阜を発した。

七

それから二年たった。

天正六年七月三日の夜更けであった。

二十七歳の尼子勝久は、今まさに、切腹をしようとするところである。

「殿のおん後を追わず敵に降《くだ》る鹿之介の心中、おわかり下さいますか？」

「わかる」

尼子勝久、少しも悪びれたところはなかった。

播磨国《はりまのくに》・上月城《こうづきじょう》内の一室である。

上月城は播磨と備前《びぜん》・美作《みまさか》の国境に近い山城で、前方に能見《のみ》川をひかえ、周辺には無数の沼地が点在している。

能見川に沿ったわずかな田地をのぞいては、山また山にかこまれた要害の地で、山陰と山陽の両地方にまたがる拠点でもある。

毛利との開戦に当り、

「上月の城を尼子に攻めさせよ!!」と、信長の命が下ったことは言うまでもない。

二年前の冬に、勝久と鹿之介が、八百そこそこの尼子一党をもって攻めかかったところ、その勢いに恐れをなした上月城を守る真壁某は、一戦も交えずに城を捨てて逃げ出してしまったのである。

真壁は弟の次郎四郎と合同し、兵力を増強し、押し寄せてきたが、

「敵は三千、味方は八百。ここは夜襲にしくはない」

俊敏に打って出て、風雪が捲《ま》き吹く夜戦に、鹿之介の大刀・荒身国行《あらみくにゆき》は敵将・真壁兄弟の首を宙に跳ね飛ばした。

以来、尼子勝久と山中鹿之介が尼子勢と共に上月城を守備することになる。

足利将軍を奉じている毛利軍には、多くの西国大名ばかりか、越後《えちご》の上杉《うえすぎ》、甲斐の武田、関東の北条などの強力な大名たちが味方したし、織田信長も、はじめはかなり苦しい戦いに奔命することになった。

こういうわけで中国征討司令官である羽柴秀吉もなかなか忙しい。

がやがやと一年がたってしまった。

ところが今年の春に、秀吉が安土の信長のもとへ呼びつけられ作戦会議に列席した

その隙をねらい、毛利軍が上月城へ攻め寄せてきた。

毛利としては、内外への名目にかけても、尼子勢を打ちのめして信長の鼻をあかしたいところだ。

七百の軍船を明石浦《あかしのうら》へまわし、毛利兄弟は総勢五万の大軍をもって上月城を包囲した。

八百と五万だ。もう籠城するより他《ほか》はない。

「なれど、一同もよう聞けい。このたびは、織田殿と共に戦うわれらじゃ。すぐさま、筑前殿（秀吉）が駈けつけてくれよう」

鹿之介は、平然たるものであった。

なるほど、筑前殿は三万余をひきいて安土から駈けつけて来てくれ、上月城の東・高倉山へ陣をとったが、

「こりゃ、いかぬわい」

秀吉も手をこまぬいた。

毛利の大軍の配置は水も洩《も》らさない。

戦って戦えぬことはないのだが、丁度そのとき、同じ播磨の三木城主・別所長治《べっしょながはる》が火の手をあげたのだ。

さすが毛利である。秀吉が引返して来るころを見はからって、同盟軍の別所をうま

く動かしている。いま、尼子勢を助けんがために毛利と戦えば相当の出血を覚悟しなくてはならない。

「困ったわい、これは……」

秀吉もあぐねて、安土へ急使を派した。

信長から返事がとどいた。

「上月は捨てよ。三木城を先ず落せ」

厳命である。

「鹿之介どのは惜しい男よな。可哀相《かわいそう》じゃが仕方あるまいわい」

秀吉は手を引いてしまった。

目高村の谷から引いていた用水も、その方面から輸送されていた糧食も毛利軍によって絶たれた。

五月晦日《みそか》の吉川元春の書翰《しょかん》にこんなのがある。


城内には勝久・源太（立原久綱）・鹿、以下の由《よし》候。水、食糧一円これ無きよし、落人《おちゅうど》たしかに申候。

ひそかに城をぬけ、毛利方へ降参する者も出て来たと見える。

約二ヵ月の間、ねばりにねばって辛抱をしたが、ついに七月三日、鹿之介は吉川元春に降伏した。

「尼子勝久切腹すれば、将卒の命は助けよう」という元春の条件をのむより仕方がなかった。

「わしは、学問のすじもあまりよくなく、一生を名もなき僧侶として終るところであったのに、一軍の指揮をとれるまでになったことは、いまさら悔むところでない。まして一同の命に代るは本懐である」

尼子勝久はそう言った。

「殿。いずれは、それがしもおん後を……」

「無理はせずともよい。なろうことなら生きのびておれ。なれど、わしが言うたとて、耳をかすそちではなかったの。まあ、よい。好きにいたせ」

勝久が切腹した翌早朝に、山中鹿之介は手勢七十騎を従え、山麓につめかけている毛利軍へ降った。

吉川元春が、陣屋に鹿之介を引見した。

（いかん!!　これでは……とても……）

鹿之介は唇を噛んだ。

元春は十余間の彼方《かなた》にあり、そのまわりは数十名の旗本が槍の穂を林立させ、これを護衛している。

引見の機をねらって敵将・元春を刺殺しようという鹿之介の肚のうちは、すでに見通しであった。

「どうじゃ。織田信長は、おぬしが考えていたほど信ずるに足る大名ではなかったようじゃな」

鹿之介は口惜《くや》しげに眼を伏せた。

……今の世に、人を信ずることは武士たるものの一生をかけた重大な別れ道になることを、よっく考えていただきたい……。

あのときの清松弥十郎の手紙を、この一ヵ月というもの、鹿之介は何度思い浮べたことだろう。

……わしは人を信ずることが出来る。わしには何度人に裏切られたとて、最後のものが残っている。最後のものは、わしを裏切らない。それは、わしの絵だからだ……。

(おれにも最後のもの、おれ独りの力が、まだ残っているぞ?)

おめおめと恥をしのんで投降したのも、吉川元春の息の根をとめてくれようという決意があったからだ。

(尼子家に鹿之介ありと世上に噂されたこのおれだ?)

それほどのことをして見せなくては、時代の寵児《ちょうじ》たるもの世上に顔向けが出来ないといったところだ。

「ひとまず、鹿之介を備中《びっちゅう》・松山の城へ送れ」

吉川元春は、そう命じた。

降伏条件の通り、尼子勝久が切腹したので尼子一党の命はすべて助けようが、

（鹿めのみは、ならぬ!!）

元春の決意であった。

命あるかぎり、恐るべき鹿之介の執念は何を仕出かすか知れたものではない。

しかし、すぐに殺しては降伏の約束を破ることになる。

備中・松山へ送る道中に機を見て殺害せよと、元春は、鹿之介護送の指揮に当る河村新左衛門《しんざえもん》のみに密命を下した。

元春が特に河村をえらんだのは、しかるべき理由があった。

「鹿之介。おことを備中へ護送する」

吉川元春がそう言ったとき、

（しめた？　まだ機会はある）と、鹿之介は思った。

下痢の二番煎《せん》じは利くまいが、何とか逃げ出し、死神と化しても元春か、輝元を暗殺してやろうというのだ。

（ひょっとすると、おれを召し抱えたいのかも知れぬな……）

無理もないと思った。

自分ほどの剛勇はざらにないものだ。

（いまは何処《どこ》にいるか知らぬが、清松弥十郎よ。おれはまだ、おぬしには負けぬ。おれの最後の力のほどを見せてくりょうぞ）

炎天の山峡《やまがい》を、鹿之介護送の一行は、松山城に向けて出発した。

毛利の本国安芸からの急使が、上月の吉川元春のもとへ飛来したのは翌未明のことであった。

一時、本国へ引上げていた甥輝元からの使者である。その手紙を見て、元春は、

「む、む……」

複雑なうめきをもらした。

毛利輝元は、こう言ってきている。

元春どの。あなたは鹿之介を殺すつもりでありましょう。私も、そのつもりでありました。

なれど、当家に隠居中の尼子義久殿が、熱誠をこめた嘆願をしてきて、鹿之介を助けてやってくれというのであります。むかし、仲のよい主従の間柄であったそうな。

ゆえに、尼子のため命運をかけて、しかも、尚《なお》失敗の苦渋のみを重ねてきた鹿之介の

あわれを見るに忍びないのでありましょう。すでに尼子家は、勝久をもってほろびました。ここは、ひろい心を見せ、鹿之介を放してやってはいかがか……。

毛利家伝統の温情主義を継いだ嫡子の輝元らしい手紙であった。

元春も尼子義久の温和な人柄は気に入っている。

(それもそうか。鹿一匹を恐れるも大人げなかったやも知れぬ)

護送隊長・河村新左衛門宛《あて》の手紙をしたため、元春は、

「まだ充分に間に合おう。急げ!」と騎馬の使者を発せしめた。

手紙は——そちには忍びがたきところであろうが、世上へのきこえもあって、このたびは鹿之介の命を助けることに変更をしたから、そのつもりで、無事に松山へとどけよ……という文面であった。

河村新左衛門は、翌々日に、この手紙を受けとった。

「わかった。帰れ」

上月へ引返して行く使者を見送った新左衛門は、主人・元春の手紙を火中に投じた。

十日後の七月十七日の午後に、護送の一行は備中・甲部《こうべ》川の阿井の渡しへかかった。

松山城は、対岸を少しさかのぼった東面にそびえる臥牛山《がぎゅうざん》に構えられている。

三十一名の護送の士卒を休ませておき、河村新左衛門は、腹心の天野某、福間某を呼び寄せ、ひそかに命じた。

「鹿之介を刺殺せよとの上意じゃ」

すべては元春と新左衛門のみに交された命令であり、命令取消しなのである。

天野も福間も「では、やはり」と、うなずいた。

東西の山肌にかこまれ、南面にひらけた峡谷には、午後の太陽が、ぎらぎらと照りつけていた。

川の音も聞えぬほど、峡谷いっぱいに蟬が鳴きこめている。

鹿之介は越後帷子《かたびら》をまとい、脇差《わきざし》ひとつを許されたのみの軽装であった。

「まず、山中殿の手の者を渡せ」

河村新左衛門が命じた。

鹿之介を慕って随行して来た八名の従者が、天野某の指揮によって小舟に分け乗り、対岸へわたることになった。

鹿之介は馬から下り、夏草の上に腰をおろした。

護送の士卒の大半は、鹿之介の従者を警衛し、川へ乗り出している。

「河村殿。水を所望」

汗をぬぐいつつ、鹿之介が声をかけた。

河村新左衛門は、まわりにいる四名ほどの歩卒に命じ、竹の水筒をもって川の水を汲《く》ませ、これを自らとって、鹿之介の前へ近寄って来た。

「水でござる」

「これは、おそれいる」

うけとった鹿之介が竹筒に唇をつけた、その瞬間であった。

「ええい！」

河村新左衛門が、鹿之介のななめ後ろに飛びまわって、抜打ちに斬りつけてきた。

血がしぶいた。

「謀《はか》ったな!!」

頭から肩を割りつけられた鹿之介は新左衛門に組みついた。

どどっと、夏草の中をころげて、二人は、そのまま、水しぶきをあげて、川に呑《の》まれた。

対岸についたばかりの舟の中から従者たちが悲鳴をあげる。

河村につづいて福間某が水中に飛びこんだ。

蟬の合唱は止まなかった。

水中で福間の短刀を腹にうけたとき、山中鹿之介の脳裡《のうり》を、千明や勝久や、義久や、娘の八重や、摂津の女に生ませた男の子の顔などが……三十四年の生涯が矢のようにかすめ去った。

（千明よ。そなたは弥十郎と夫婦《めおと》になるべきであったな……）

思いもかけぬ想念が、ぱッとひらめいたが、あとはもう、鹿之介の意識は奔流の中にとけこんでしまっていた。

山中鹿之介の首を水中に掻き切って岸へ上った河村新左衛門は、

「義父上《ちちうえ》！　これにて成仏されよ」と叫んだ。

新左衛門は、主命にそむいた申しわけに切腹をするつもりでいた。

七年前、便壺から脱走した鹿之介に撲殺された大沢七郎兵衛の娘が河村新左衛門の妻だということなど、むろん鹿之介は知るよしもなかった。

鴛鴦《えんおう》ならび行く

——太原雪斎——

安西篤子

安西《あんざい》篤子《あつこ》（一九二七〜）

兵庫県生まれ。父の仕事の関係で生後三カ月から高等女学校二年までをドイツや中国大陸などで過ごした後、神奈川県立高等女学校を卒業。一九五二年から中山義秀に師事。一九六五年、中国の伝説を題材にした「張少子の話」で直木賞を受賞する。その後も少女時代を過ごした中国史を題材にした「花あざ伝奇」などを発表する。その一方で日本史にも関心を広げ、語られることの少なかった女性の視点から歴史を描く『義経の母』『家康の母』、悪評の高い淀殿を再評価した『淀どの哀楽』などを発表。一九九三年には『黒鳥』で女流文学賞を受賞している。

一

薫風が、善得寺《ぜんとくじ》の書院の広い庭を吹き渡ってくるにつれて、庭樹の青葉若葉が、いっせいにひるがえる。

旧暦の四月下旬のことで、池のほとりの花菖蒲《はなしょうぶ》が、濃い紫の艶麗な花をつけていた。

書院の一間に坐《すわ》る雪斎《せっさい》の、半ば閉じられた眼は庭へ向けられていたが、花も青葉も見てはいなかった。

雪斎は異相と云っていい。面長で頰《ほお》骨高く、顎《あご》が逞《たくま》しく発達している。鼻梁《びりょう》秀で、唇は厚い。眼は大きくはないが、ときに鋭い光を放つ。

いまその相貌に、ひときわ険《けわ》しい表情が浮かんでいた。雪斎はひたすら、あるものを待ち受けている。

ひたひたっと広縁を近づいてくる跫音《あしおと》を耳にすると、雪斎の唇《くちびる》はいっそう固く結ばれて、への字を描いた。跫音の主がだれか、すぐ気づいた雪斎には、それが気に入らなかったのである。

まもなく長身の新発意《しんぼち》が姿をあらわした。ずいと入ってくるなり、はずんだ声で告げた。

「和上《おしょう》、府中より使者が参りましたぞ」

若い僧が自分の前へ坐ったとき、雪斎は半眼のまま相手を見た。が、口はきかない。美しい新発意だった。白くふくよかな頰は、いま昂奮のために薄赤く染まり、大きな瞳がきらきらと輝いている。

――乙女を見るような……。

いつもの嘆声を、雪斎は心中に洩らしたが、表面は最前からの厳しい顔つきを崩さなかった。

「大方殿《おおかた》が、和上と私をいそぎ、府中へ召されますそうな」

無邪気な歓喜を隠さずに、青年僧は語を継いだ。

「いよいよ、そのときが参りましたぞ」

しかし、雪斎は相手の気分に引き込まれなかった。

「御曹司」

唇の間から押し出すように呼びかけた声音は、あくまでも固い。

「はい？」

「お覚悟はよろしいかな」

問われてもなんのことかわからぬ様子で、御曹司と呼ばれた梅岳承芳《ばいがくしょうほう》は首をかしげた。

「と云われると？」

「われらが念願の叶ったあかつきは、御曹司はすなわち、駿・遠・三の太守《たいしゅ》、これまでのような軽々しい態では通りませぬぞ」

じろりと一瞥《いちべつ》された承芳は、雪斎の眼光に射竦《いすく》められたように、大柄な体軀《たいく》を縮めた。

「わかっています。わかっていますとも」

「いやいや、そうでない。たとえばたった今、ここまで足を運ばれたが、本来ならば人をよこして、拙僧《せっそう》を御居間へ召し寄せられるのが筋でありましょう」

「私の師に当る和上を呼びつけるなど、できることではありません」

「これまでとは違います。おそらく府中から御召しと聞き、お喜びのあまり、われを忘れられたのではありますまいか」

「はい、そうかも知れません。以後、気をつけましょう」

「まだある。国主となられたなら、万事に御油断は禁物ですぞ。御曹司は聡慧《そうけい》であられながら、ちと御用心が足りぬ。これまでは世を棄てた御身、危害を加えるものもなかったが、今後はそうは参りませぬ。どこに敵がひそんでいようも知れぬ世の中ですぞ。たとえば、もしもこの私が、人知れず花倉方にまわっておりましたら、どうなさる」

とたんに承芳は、はじけるように笑い出した。

「和上が私を裏切る？　天地がくつがえろうと、あり得ぬことじゃ」

腹を抱えて楽しげに哄笑《こうしょう》する承芳を、じっとみつめているうちに、巌《いわお》のように固く引き緊まった雪斎の頬も、しだいにゆるんできた。

「では、拙僧をどこまでも信頼してくださるのですな」

「当然でしょう。私にとって師傅《しふ》であるばかりか、父のようにさえ思えるのです」

承芳はきっぱりと云い切った。

雪斎は、庵原《いはら》山城（静岡市清水区）城主庵原左衛門尉と、そこからほど近い横山城々主興津《おきつ》藤兵衛尉正信の娘との間に生れた。ほかに姉が一人、弟が一人いた。

幼時から学問を好んだ雪斎は、十歳のとき父に死別すると、それをきっかけのように仏道修行に志し、富士郡の善得寺に入った。当時、京都天竜寺から来て善得寺六世住持となった舜琴渓《しゅんきんけい》のもとで得度《とくど》し、九英承菊《きゅうえいしょうぎく》と号した。その後、京都へ上って、建仁寺《にんじ》霊泉院の常庵竜崇《じょうあんりゅうそう》長老に仕えた。雪斎と称するようになったのは、このころである。更に妙心寺の大休宗休《だいきゅうそうきゅう》に参じ、「平生底不学池瞞、大地都盧鉄一団、劈破将来無寸土、三更紅日黒漫々」の偈《げ》を得て大悟《たいご》した。

在京十八年余、雪斎の俊秀ぶりは駿府《すんぷ》へも伝わり、当時の国主今川氏親《うじちか》から、しきりに帰郷を乞われた。氏親の三男で、善得寺の喝食《かっしき》になっている方菊丸《ほうぎくまる》のために、師傅となってくれるよう、懇請されたのである。国主の依頼に背くわけにもいかず、雪斎は渋々、郷国へ戻ってきた。大永二年（一五二二）、雪斎二十七歳のときのことである。

駿府へ戻るとほどなく、雪斎は氏親の館へ召された。奥御殿で謁見《えっけん》を許される。

雪斎は氏親とは初対面ではなかった。父左衛門尉が健在のころ、伴われて御目見《めみえ》を許されている。まだ七、八つの小児に過ぎなかったが、雪斎はある興味を以て、主君の顔を仰ぎみた。と云うのも、乳母や侍女《じじょ》のひそひそ話から、自分の出生にこの主君が絡んでいる、という噂を聞き知っていたのである。雪斎の生母興津氏は、一時、氏親の側に仕えていた。

――もしかすると、おれの父か。

こう思いながら、しげしげと氏親の顔を見上げたが、とくべつの感慨もなかった。氏親は額《ひたい》が広く、顎は狭く小さく、雪斎に似ていなかった。

およそ二十年ぶりに会った氏親は、五十の坂を越したばかりとは見えないほど、老い窶《やつ》れていた。近ごろ中風《ちゅうふう》で衰弱しているとの噂《うわさ》は、嘘《うそ》ではなかったらしい。言語もやや不明瞭だった。

その氏親に代って、おもに口を利いたのは、夫人中御門氏だった。

「まだいとけない和子を和上に預けるのです。くれぐれもよろしく頼みますよ」

親しげに語りかける夫人の美貌に、雪斎は打たれた。年齢もまだ二十代の半ばであろう。抜けるように色白の面上には、精気が溢れ、くろぐろと大きい双眸《そうぼう》が、いきいきとよく動いた。権大納言中御門宣胤《のぶたね》卿の息女と聞いているが、さすがに気品高い。

夫人のかたわらに、四つ五つとみえる幼童が、きちんと手を膝《ひざ》に置いて坐っていた。その面差《おもざし》が、夫人に瓜《うり》二つだった。

「方菊丸、そなたの師となってくださる雪斎和上ですよ」

教えられると、ややはにかんだ笑みをうかべて、おっとりと一礼した。

「明けて四歳に過ぎぬが、この通り、柄も大きく、しかも利発じゃ。ゆくゆくは、五郎の片腕ともなろう」

不自由な口で、氏親が云い添える。五郎とは氏親の嗣子《しし》で、のちの氏輝《うじてる》である。

「まず、ともに善得寺に住んで、親代りともなり、守り育ててください」

夫人の言葉に、雪斎は黙《だま》って頭を下げた。多く語りはしなかったが、雪斎の胸中に一種の感動がしみ透っていった。

雪斎は早く親元を離れ、京都で厳しい修行にあけくれた。こうした親子夫婦のまどいに触れるのも、久しぶりのことだった。女人の優しい声音、愛らしい少年、どれもこれも、自分には生涯、無縁と思い定めていたものである。しかも、方菊丸はもしかすると、自分の異母弟に当るかも知れないではないか。

この日から、雪斎の運命は方菊丸に深く結びつけられたのである。

善得寺にあって梅岳承芳と号した方菊丸と雪斎は文字通り、寝食をともにした。それは実の父子にもめったに見られぬほど、緊密な交わりだった。氏親の見込み通り、承芳は申し分なく明敏であるばかりか、雪斎を心から慕った。善得寺御曹司と呼ばれる承芳の神童ぶりは、ようやく内外に知れ渡った。

大永六年六月、長く病床にあった氏親が亡くなり、五郎氏輝《うじてる》が家督を継いだ。まだ十四歳の若年に過ぎなかったので、夫の死後、落飾出家して寿桂尼《じゅけいに》と号した氏親夫人が、後見を勤めた。

一方、善得寺の承芳は、享禄三年（一五三〇）十三歳のとき、駿河に下向してきた常庵竜崇によって得度した。そして、府中にあった祖母北河殿の旧宅に住まい、これを善徳院と呼んだ。むろん雪斎も行をともにする。

天文二年（一五三三）十二月、十五歳の承芳は雪斎に伴われて上洛し、建仁寺に入った。修行のためもあるが、前関白近衛稙家《このえたねいえ》をはじめ、貴顕《きけん》・文人との交際を深めるのも目的の一つだった。雪斎は愛弟子の教養に磨きをかけるべく、京都滞在の日々を有効に活用した。

妙心寺の大休宗休に参じた雪斎は、妙心寺派の臨済禅《りんざいぜん》を駿河に広めようと志した。これまで駿州は曹洞宗《そうとうしゅう》がさかんだったのである。足利将軍の帰依する臨済宗は、貴族的、文化的香りが高い。国主の実弟承芳を守り立てることによって、臨済宗普及の足がかりとしようと雪斎が考えたのは、当然である。

ところが事態は、意外な方向に展開しはじめた。在京二年目の天文四年、しばらく和平の続いた甲州の武田信虎《のぶとら》と今川氏輝の仲が悪化し、交戦状態に入った。そこで梅岳承芳と雪斎は、いそぎ呼び戻され、富士の善得寺に入った。付近には善徳寺城があり、甲州への重要な押さえの役を担ったのである。

更にその次の年、まだ若い太守氏輝が、嗣子もないまま、三月十七日に急逝した。いま一人の弟彦五郎も、同日に亡くなった。

狼狽《ろうばい》したのは寿桂尼をはじめ重臣たちである。早急に世継ぎを決めねばならない。氏輝と彦五郎の葬儀など、あわただしく過ごす合間に、雪斎は承芳に説いた。

「必ず、府中から御召しがありますぞ。そのおつもりで」

「しかし、花倉殿がおられるが」

承芳は答えた。氏輝と承芳の間に、氏親が側室福島《くしま》氏の腹に儲けた玄広恵探《げんこうえたん》がいる。恵探は花倉村・遍照光寺の住持となっており、花倉の御曹司と呼ばれていた。

「いやいや、大方殿の御胸の内は、拙僧にはよくわかりますのじゃ」

ここ十年ほど、氏輝の後見を勤める寿桂尼の辣腕《らつわん》ぶりを見てきた雪斎には、寿桂尼がなんとしても実子承芳を擁立するもの、と考えられた。禅僧としても、ゆくゆくは必ず名僧智識と仰がれるであろう承芳だが、弓馬《きゅうば》の家に生れた子として、太守となるのは本望にちがいない。以後、雪斎は大いに耳目を働かして情勢をさぐった。

氏輝兄弟の四十九日の法要も無事に終った、五月初旬の一日、善得寺にいる承芳と雪斎のもとへ、ついに府中からの使者が到着した。駿府での衆議が一決し、氏輝の後嗣として承芳を迎えようというのであろう。

ひそかに期待していた承芳が、躍り上がって喜んだことは、云うまでもない。それでいそぎ雪斎のもとへ駈けつけ、その軽忽《きょうこつ》をたしなめられてしまった。

むろん雪斎も、大切に養い育てた承芳が太守の位に備わることを、喜ばないではない。しかし雪斎は、手放しで歓喜してばかりはいられなかった。これまでに探り得たところでは、今川氏麾下《きか》の屈指の重臣福島一族が、その生母の縁によって花倉の恵探を国主に推そうと、画策をはじめていると聞く。すんなりと承芳推戴《すいたい》が実現するかどうか。

この十数年、片刻も側を離れず承芳を見守ってきた雪斎は、この青年の美点も多く知ったが、弱点にも気づいていた。心持が鷹揚で些事にこだわらず、まことに太守にふさわしいが、いま少し、細心緻密であってほしい。それで折にふれて苦い口も利くのである。

それはそれとして、承芳と雪斎がさっそく府中へ駈けつけてみると、果して寿桂尼と掛川城主朝比奈泰能《やすよし》が待ち構えていた。泰能は中御門家から寿桂尼の姪を迎えて妻としており、尼御台《あまみだい》腹心の宿老である。この二人も、花倉の恵探の動向を気にかけていた。

「どうかして首尾よく承芳に家督を継がせたいのですが、よい考えはありますまいか」

問われて雪斎はためらわなかった。

「それには、まず陸奥守《むつのかみ》を御味方に引き入れ、その口から一門・譜代衆に説かせるのがよいかと存じます」

「おお、たしかにその通りじゃ」

寿桂尼が大きくうなずいた。

瀬名陸奥守氏貞は今川氏の一門に当り、このとき四十歳、重厚な人柄で人望もある。やがてもくろみ通り、瀬名氏貞が承芳に味方したと聞くと、岡部左京進、由比助四郎ら、重臣たちが続々と承芳側に立った。

むろん恵探派も一戦を辞さぬ構えである。ついにその月の二十五日未明、駿府城下で最初の戦闘が起こった。その結果、恵探派の福島一族は承芳派に敗れ、久能山城へ逃れた。

早くからこのときあるを期していたように、雪斎の打つ手は抜け目がなかった。六月に入るとすぐ、雪斎は岡部城主岡部左京進の一隊を、そこからほど近い方ノ上城《かたのかみじょう》にさし向けた。方ノ上城は、その奥に位置する花倉城を守護する役を帯びる。云うまでもなく花倉城こそ、恵探の本拠である。

一方、承芳派の小笠原春儀《はるよし》の手兵は、恵探派の総大将福島上総介の本城高天神城《たかてんじんじょう》を攻め、これを降した。方ノ上城も城将福島彦太郎らの必死の防戦も空しく、たちまち落ちた。

残るは花倉城である。雪斎はみずから一軍をひきいて、城攻めに加わった。京都で兵法を学んだことのある雪斎の采配は、あざやかだった。

六月八日、花倉城は落ち、恵探は瀬戸谷の奥、普門寺まで逃れ、そこで自刃した。十日とも十四日とも云われる。還俗《げんぞく》した承芳は首尾よく家督を継いだ。今川義元の誕生である。ときに十八歳。以後、雪斎は北河館趾の善徳院あらため臨済寺の住持を勤める一方、義元と寿桂尼の絶大な信頼を得て、執権に就任する。

二

最前からひそひそと囁《ささや》き交わす声が、蝿《はえ》のうなるように耳ざわりでならない。約束の時刻をよほど過ぎているので、誰も彼も気が鬱《うっ》してきているのであろう。せめて私語を続けることによって、時を消すつもりとみえる。

雪斎一人は人々から少し離れて沈黙を守っていた。それだけに聞くまいとしても、彼らの会話の中身が耳に入ってくる。

ここは尾張国・鳴海から遠くない笠覆寺《りゅうふくじ》、俗にいう笠寺の方丈の一間である。ほど近い末盛城には、猛将織田信秀がいるので、みな油断はしないが、時の移るにつれて緊張もゆるんできているのであろう。

「信秀の嫡男三郎信長というのは、とんだうつけ者だそうな」

こういう声は朝比奈泰能である。

「わしも聞いた。しかし、美濃の斎藤道三が、娘をくれてやったというではないか」

答えているのは今川義元の妹聟《いもうとむこ》鵜殿長照《うどのながてる》である。

「道三のめがね違いであろう。織田の家督は三郎の舎弟勘十郎へゆくと、もっぱらの噂だぞ」

口を出したのは岡部五郎兵衛尉だった。

なおも話題は、織田家の内情をめぐって尽きない。

——世は移り、人は変わる。

庭の籬《まがき》のもとに咲く寒菊の、眼にしみるような黄のいろをみつめながら、雪斎は独りごちた。

近ごろしきりに、人の世のはかなさを思わずにいられない。

——わしも老いの坂にさしかかったか。

雪斎は日焼けした頰におぼえず苦い笑いをうかべた。

いまから十余年前、義元が兄の跡目を継いで、駿河・遠江・三河三国を支配下に収めた当時は、雪斎も夢中で働いたものである。

雪斎の最初の献策は、甲斐の武田氏との和睦《わぼく》だった。

もともと今川氏は、氏親の生母北河殿が小田原の北条早雲の妹だった縁から、北条氏とは緊密な関係にあった。氏親の娘は北条氏綱の嫡男氏康に嫁し、氏政をはじめ十二人の子女を儲けている。しかし雪斎は義元に説いて、武田氏との親近を図った。何事も雪斎の云うままの義元は、武田信虎の長女と縁組した。天文六年二月のことである。二人の間には氏真が誕生する。

むろん、この甲駿同盟に、北条氏綱は激怒した。先年、今川氏輝が信虎と戦ったときも、求めに応じて氏綱は援軍を送っている。信義に違背することはなはだしいではないか。さっそく兵を出した氏綱は、富士川を越えて興津辺まで攻めこみ、あたりを焼き払って引き揚げた。

雪斎としては、そのぐらいの嫌がらせは覚悟の上だった。それよりも、背後をおびやかす甲斐の信虎と組む利益は大きい。

すでに雪斎は、大きな希望を義元に懸けていた。まず西へ勢力を伸展させねばならない。それには三河の完全な併合が肝要である。

三河の岡崎には、若い松平清康がいたが、天文四年、近臣に殺され、その子広忠は各地を放浪したのち、今川義元を頼ってきた。よい機とばかり義元は広忠を援《たす》け、岡崎城へ帰還できるようはからった。このときから三河も、今川氏の支配下に入ったのである。

ところが三河を制したことで、今川氏は尾張の織田氏とじかに対決する立場となってしまった。尾張の織田信秀は、このころ三十歳を過ぎたばかりの男盛りで、武田信虎にも劣らぬ戦上手として怕《おそ》れられるようになっていた。広忠の岡崎帰還から三年目の天文九年六月、織田信秀は岡崎と眼と鼻の先の安祥《あんしょう》城を攻略した。云うまでもなく、三河制圧の足がかりにしようというのである。今川氏にとっては眼の中の棘《とげ》にもひとしい。以後、今川・松平連合軍と織田勢の間で、幾度か安祥城の争奪戦がくり広げられる。

しかし一方、甲斐の武田氏との関係は、友好の度を深めた。このころ、信虎の嗣子晴信（のちの信玄）は、自立の機をうかがっていたが、姉聟に当る今川義元と交渉の末、義元夫人となっている長女を訪ねてきた信虎を駿府に留めてほしいと要請してきた。実父を甲斐から追放したのである。義元はこれを引き受け、晴信が甲斐国主となった。駿府で暮すことになった隠居信虎の生活費や、身辺の世話をする侍女についてのこまかい取り決めには、雪斎が当った。氏親や氏輝をしばしば苦しめた信虎の、牙を抜かれた猛虎のような姿に、雪斎はやはり一種の感慨を催さずにはいられなかった。信虎が駿府に隠居した天文十年には、北条氏綱が世を去っている。世代交代は着実に進んでいるのである。

雪斎が主と仰ぐ義元も、日に日に逞しさを増した。少年のころはすらりと痩せていたのが、二十代も終りに近づくにつれて肉づきがよくなり、どっしりと風格も備わってきた。北条勢や織田勢との合戦にもたびたび出陣し、どれほどの激戦にも決しておくれを取らない。近ごろでは〈海道一の弓取り〉と評判されているという。

――いずれは中原《ちゅうげん》に旗を。

まだ誰にも洩らさないが、雪斎はそこまで考えていた。義元が四十歳の声を聞くころが、適当な時期ではないかと計算していた。

それには、当面の敵の織田を叩かねばならない。ところが織田信秀はなかなかしぶとく、追っても追っても三河領内に侵入してくるのである。

いまから四年前の天文十四年九月、松平広忠は総力をふり絞って安祥城を攻めたが、織田勢は手強く、岡崎勢は大敗を喫した。そして二年後の天文十六年、こんどは信秀が大軍を催して岡崎城に攻撃を加えてきた。三河勢だけでは到底、防ぎ切れない。そこで松平広忠は、駿府へ援軍を乞うてきた。

使者の口上を義元に取り次いだ雪斎は、ひそかに義元に進言した。

「よい折です。三河との絆をいっそう固めるのがよろしいでしょう」

「うむ、そうかな」

「これまでは広忠も弱年で、御当家を頼るほかに道はありませんでした。が、いまはたしか二十歳を過ぎたはず。力量も備わり、形勢次第ではいつ御屋形様《おやかた》へ弓を引こうやも知れませぬ」

「なるほど、もっともじゃ」

いつもながら雪斎の先を読む眼の鋭さに感嘆しながら、義元はうなずいた。

「どうすればよかろう」

「広忠には、当年六歳になる嫡男があると聞きます。この子を当方へ預かるのがよろしい」

嫡男竹千代《たけちよ》を人質に、との今川からの申し出に、広忠は否も応もなかった。岡崎の本拠さえ危ないとき、幼児一人を惜しんではいられない。

石川数正らに守られて岡崎城を出た竹千代は、西の郡から船に乗り、渥美半島の田原に上陸した。当時、三河の吉田城（現豊橋市）には、雪斎が城代として入っており、竹千代を迎えとって駿府へ送る手はずになっていた。田原城主戸田康光は、松平広忠が最初の妻で竹千代の生母に当る水野氏お大を離別したあと、後添いに迎えた妻の父である。義理の祖父の出迎えを受けて、石川数正らが気を許したのもむりはない。ところが戸田康光はかねてから、尾張の織田信秀に気脈を通じており、竹千代を奪いとって船で熱田へ送ってしまった。信秀は恩賞として青銅百貫を康光に与えたという。竹千代は那古野万松寺の天王坊に捕われの身となった。

むろん織田信秀はすぐ使者を送って、松平広忠を味方に誘った。広忠としてもつらかったであろうが、信秀の誘いを断わり、あくまでも今川氏との厚誼を変じないと答えた。

こうなっては、今川氏としても手を束《つか》ねているわけにはいかない。とりわけ、竹千代を人質にと献策した雪斎は、この策略の齟齬《そご》に、責任を感じないではいられなかった。これがもとで松平広忠が尾張へ寝返るようなことでもあれば、かねての大望も消し飛びかねない。

天文十七年三月、織田勢の三河侵入の報を受けると、雪斎はみずから大手の大将として、駿河勢をひきいて出陣した。副将は朝比奈泰能、搦手《からめて》は朝比奈小三郎泰芳と岡部五郎兵衛尉長教《ながのり》である。岡崎からも出兵し、小豆坂（現岡崎市内）で、尾張勢と遭遇した。激戦の末、尾張勢は敗れ、信秀は長男信広を安祥城に残して、撤退した。

――どうしても、眼中の棘である安祥城を、こちらへ奪い返さねばならぬ。

雪斎は固く心に誓い、出陣の準備を怠らぬうち、松平広忠が岡崎城内で発病したとの知らせを受けた。しだいに重態に陥り、ついに天正十八年三月、世を去った。ようやく二十四歳の若さである。

松平氏の当主が亡くなったというのに、ただ一人の世継ぎ竹千代は敵中にある。さすがに雪斎も焦慮《しょうりょ》せずにはいられなかった。

その年の十一月一日、雪斎はまたも今川の総大将として、七千余騎をひきいて安祥城へ馳せ向かった。雪斎も五十代の半ばに達し、身につける甲冑《かっちゅう》を重く感ずる日もあったが、愛する義元のため、わが身に鞭《むち》打って馬上の人となったのである。朝比奈泰能・岡部長教らも、手兵を引き連れて馬を進める。

主君を失った岡崎衆は悲しみを怒りに変え、先手を承って無二無三に安祥城へ攻めかかる。二番手は朝比奈泰能、三番手は雪斎、搦手に鵜殿・岡部・葛山ら駿河衆がまわり、同月六日の早朝に攻撃の火蓋を切った。

城将織田信広も、必死に防いだが、雲霞《うんか》のような大軍にささえかね、二の丸、三の丸をたちまち奪われる。残るは本丸ばかりで、ついに城を明け渡した。信広を生捕りにした雪斎は、尾張の信秀のもとへ使者を送り、万松寺に留めおく竹千代を返してよこすなら、信広の一命を助け、尾張へ送ろう、と申し入れた。

信秀は承知した。十一月十日を期して、笠寺でたがいの人質を交換すると定められた。それで雪斎をはじめ駿河の宿老たちが、織田信広を警固していま笠寺に顔を揃《そろ》え、竹千代が那古野の万松寺から連れてこられるのを待ち受けているのである。

短い冬の日が、そろそろ暮れようかという時分、寺の山門に当って人馬のざわめきが起こり、やがて広縁を踏む男たちの跫音《あしおと》が近づいてきた。座敷にいたものはみな、居住いを直し、障子際に眼を向ける。

最初に入ってきた男が、織田玄蕃允と名乗った。

「三郎五郎（信広）殿は、いずこにおわす。この通り、竹千代殿をお連れしましたぞ」

玄蕃允の手で押し出されたのは、七、八つとみえる少年だった。松平竹千代にちがいない。ふっくらとした頬、つぶらな瞳、みるからに愛らしい若君である。

「竹千代殿か」

真っ先に進み寄った雪斎は、ふと、府中の今川館ではじめて義元に引き合わされた日のことを思い出した。聡明らしい点は、義元の幼時によく似ているが、それにしてはなんと苛酷な運命に弄ばれた子であろうか。

「ようこそ御無事で」

別室から信広を連れて現われた岡崎衆の大久保長世らは、竹千代の姿を眼にするなり、感きわまって泣き出してしまった。

——末長く、御屋形様のよき御味方となってほしいものじゃ。

竹千代の手をとって玄関へと導きながら、雪斎は心からそう願った。

三

「和上には、はやばやとお出ましか」

太刀持ちの小姓一人を連れて、真っ先に善得寺の書院に現われたのは、今川義元だった。

「この寺へも久しく詣でておりませんので、一足お先に参り、昔をなつかしんでいたところです」

頬をほころばして雪斎は答えた。

「うむ、まことになつかしいのう。こうして和上と対坐していると、三十年の歳月が夢のように思われる」

「御幼少のみぎり、足をすべらして落ち入られた池も、そのまま残っておりますぞ」

「はは、和上のもの覚えのよいことよ」

「いよいよ御世継ぎと決まり、府中から御迎えの使者の到着したときも、このようにさわやかな風が吹いておりましたな。季節はいま少し遅く、あの池の水際の花菖蒲が盛りでしたが」

　いまは三月の末で、色とりどりのさつきが美しい。

　いつになく口数多く、しきりに往時をなつかしむ雪斎に、義元はふと、不審の眼を向けた。

「どうなされた和上。顔色がすぐれぬようじゃが」

「なんの、庭の青葉のせいでありましょう」

　雪斎は打ち消したが、頰のあたり、たしかに窶《やつ》れがみられる。

「御屋形様にはますます御壮健で、祝着しごく」

　頼もしげに雪斎は、義元をうち仰ぐ。三十代の半ばに達した義元は、すでに肥満の徴候をあらわしていた。しかし、蘇芳《すほう》の狩衣に白の指貫《さしぬき》をゆったりと着こなした姿には、並の武将に見られぬ品格があり、この人をここまでに守り立てたのだと思うと、雪斎は誇らしさが胸に溢れるようにおぼえた。

「再々、申し上げる通り、ようやく機は熟して参りましたぞ。本日の会盟が終れば、もはやなんのお気づかいも要りませぬ」

「うむ、和上の骨折り、まことに有難く思っている。今後とも頼みにしておりますぞ」

　すると雪斎は、かっと眼をみひらいて、義元をみつめた。

「いやいや、もはや拙僧の役目は今回で終ったようなもの。あとは御屋形様の御力にて、充分、やり遂げられましょうぞ」

「なんと云われる。執権として、どこまでも輔佐してもらわねばならぬが」

義元が云いさしたとき、雪斎が手をあげて制した。一団の人々の書院へ歩み寄ってくる気配がしたのである。取次がいち早く武田晴信の来着を告げる。

やがて現われたのは、侍烏帽子《さむらいえぼし》に鶴と花菱を散らした直垂《ひたたれ》姿の青年武将だった。義元に劣らぬ長身ながら、引き緊まった体軀である。

「晴信でござる」

義元に向かって折目正しく挨拶する風貌はおだやかで、眼には聡明らしい光を宿していた。薄く口髭を貯えているので、老けてみえるが、義元より二つ三つ年少のはずである。義元とはこれが初対面だった。

「遠路おはこびいただき、恐悦に存ずる」

丁重に義元も礼を返す。

雪斎はたびたび甲州へ使者に立っており、武田晴信とも見知り越しの間柄だった。三人の間でしばらく話が弾んだ。

駿府には晴信の父信虎が、久しく世話になっている。また、晴信の姉に当る義元夫人定恵院は、先年、病没したが、その腹に生れた姫君が、晴信の嫡男義信の正室として、甲斐へ輿入れしている。たがいにその消息を述べ合った。

そこへ、北条氏康の入来が告げられた。

本日、ここ善得寺に会盟する三人の国主のうちでは、北条氏康が最年長だった。と云っても、今川義元より四、五歳まさりに過ぎない。柳色の直垂に侍烏帽子をいただき、威儀を正して入ってくると、まず主人役の義元、次いで晴信と挨拶を交わした。

北条氏康の正室は義元の姉に当り、元来二人は義兄弟の仲である。氏輝存命のころは、みずから小田原を訪ねることもあり、両家の仲も緊密だったが、義元が家督を継ぎ、甲州と同盟を結ぶに及んで、駿・相二国はたがいに争乱をくり返してきた。したがって義元と氏康は十数年ぶりの対面である。

「この度は、拙僧の申し入れを快く御承引いただき、まことにかたじけのうございます」

まず雪斎が如才なく口を切った。今日の斡旋役として、みずから座をとり仕切る覚悟だった。

天文二十三年三月末、駿州富士郡の善得寺に、甲斐の武田晴信、相模の北条氏康、そして駿河の今川義元が顔を揃えたのは、すべて雪斎の働きと云わねばならない。

この三人は、いずれ劣らぬひとかどの人物だった。父の地位を継いだあと、民政をととのえ、更に近隣諸国と戦ってその勢力を伸ばした。しかもそこで満足しているわけではない。いっそうの飛躍を望んで、虎視眈々たるものがある。

しかし一方で、それぞれ難敵を控えていた。北条氏康は関八州を手中にしたものの、越後の上杉謙信や常陸《ひたち》の佐竹義昭、安房《あわ》の里見義堯を警戒しなければならなかった。武田晴信も、謙信の圧迫に悩まされている。

雪斎はここに眼をつけた。多年にわたる北条氏との不和を解消しなければ、義元もいま以上の雄飛はむずかしい。

あたかもこの年の三月初旬、義元は三河の西条城（現西尾市）を本拠とする吉良氏を叩くため、出陣していた。その隙を狙っていたように、北条勢が駿州へ乱入し、富士川を越えて蒲原《かんばら》あたりまで焼き立てたのである。義元はいそぎ兵を返して、浮島ヵ原で北条勢を迎え撃つとともに、甲州へ援軍を求めた。

この情勢を見ていた雪斎は、義元に対面して説いた。

「いまが潮時と存じます。相州と和睦なさいませ」

「氏康が聞き入れるだろうか」

「拙僧にお任せくだされ」

雪斎は単身、北条氏康の陣営に赴き、諄々《じゅんじゅん》と道理を説いた。氏康も賢明な男である。熟考の末、和議に同意した。雪斎はまた武田晴信をも動かした。こうして名高い善得寺の会盟は成立したのである。

三者の前に、雪斎は和平の条件を提示した。なんといっても相互の縁組ほど、絆を強めるものはない。

今川義元の長女は、すでに武田晴信の嗣子義信に嫁している。そこで更に、この年十二歳になったばかりの晴信の長女を、北条氏康の長男で十五歳の氏政に嫁がせることとした。同時に、氏康と夫人瑞渓院の間に生れた長女を、義元の長男氏真の妻に迎える。

だれにも異議はなかった。戦場の猛将も、ここでは一人の父親に返って、喜ばしげな顔を見せ合った。晴信はとりわけ子煩悩《ぼんのう》とみえて、折入って娘の身の安穏を氏康に頼みこんでいる。

その場で納采《のうさい》や婚礼の日取りも決められた。

「では、固めの御盃を」

雪斎の指図で、三方に載せた酒盃や銚子が運びこまれる。盃事が終ると、あらためて酒肴が並び、にぎやかな祝宴となった。

しかしそれも一刻ほどで、傾きかけた日脚をみて客人はそれぞれ、あわただしげに引き揚げてゆく。

玄関まで客を見送った義元が、書院の座敷へ引き返してみると、檜皮《ひわだ》色の直綴《じきとつ》に金《きん》襴《らん》の五条の袈裟をかけ、頭巾をいただいた雪斎が、夕闇の迫った室内にたった一人、ぽつねんと坐っていた。その眼窩《がんか》がくぼみ、頬の肉も落ちて、頬骨ばかりが目立つのに、義元はあらためて胸を突かれた。

「和上は病んでおられるのではないか。早く医師どもに診せ、療治をさせねばならぬ」

「いやいや、それには及びませぬ。ちとくたびれたのです」

「そうもあろう。この度の功労はひとかたでない。なにもかも和上のおかげじゃ」

「なんの、たまたま時宜にかなったというに過ぎませぬ」

「それは違う。相州や甲州に和平の志があろうとも、和上が乗り出さねば、まとまることではない。そのぐらいはわしにもわかる」

こう云って義元は愉快そうに笑った。

「むかしから聡い和子でしたものなあ」

雪斎もともに唇をほころばした。

「ともあれ、これで一段落じゃ。しばらくは戦も休もう。そうじゃ、久方ぶりに臨済寺で歌会を催そうではないか。この季節では竹越しの富士は見えまいが」

先ごろこの駿河に、歌人の冷泉大納言為和が滞在し、義元と雪斎を中心に、たびたび歌会をひらいた。為和は数年前に亡くなり、以来、催し事もとだえていたが、雪斎が和漢連句を殊《こと》のほか好んだのを、義元は覚えていて、雪斎の気を引き立てるように、すすめてみたのである。臨済寺には雪斎の寮があり、富士の眺めが美しいばかりか、春には梅・桜、また夏は池の蓮の花がみごとだった。

　しかし雪斎は静かにかぶりを振った。

「御心づかいはもったいなく存ずるが、拙僧には別に願い事があるのです」

「はて、なんなりと申されよ」

「拙僧は菲才ながら、名利を棄て、深く仏道に悟入して生涯を終えるのが望みでありました。しかるに増善寺殿（氏親）のたってのお頼みにより、駿府へ戻り、御屋形様の師傅となったのです。以来、一心に守護し奉り、こんにちに至った次第。仏法と檀《だん》越《おち》は鴛鴦《えんおう》のならび行く如しと申すが、われらが身になんとよくあてはまりますことか。しかしながら拙僧も来年は還暦を迎える齢《よわい》。今日より御暇を頂戴致し、姉のおります葉梨の長慶寺に退隠いたしとう存じます」

「なに、隠居したいと申されるか」

　思いがけない申し出に、義元はまじまじと雪斎をみつめた。薄闇の中に、雪斎の相貌は疲れ果てた人の如く浮かんでいた。

　義元はなぜともなく身内の寒くなる思いで、あわててうなずいた。

「よい。望みに任せよう。しばらく長慶寺で休養されるがよろしかろう」

「有難き幸せ」

そのとき、喝食《かっしき》が燭台を運んできた。次の間から義元の近侍が顔をのぞかせ、帰城の時刻の迫ったことを告げた。

「拙僧は当寺で一夜を過ごしましょう。早々、御立ちを」

「そうか。ではわしは立ち戻ろう」

「あ、いま一言、申し上げたい儀があります」

「うむ?」

「駿府にある竹千代殿ですが、まだ十三歳ながら、末頼もしきお子ですぞ」

「おお、和上が臨済寺へ招いて、史書兵法を教えていると聞いたが」

「御屋形様の御幼時を思い出しつつ、手ほどきをしております。御屋形様の聡慧は、比べるものもありませんが、三河の和子もなかなかのもの、とりわけ肝太く、人を人とも思わぬところ、大将の器かと存じます。他方、律儀にして、よく約を変じません。ぜひ御屋形様には、竹千代殿に御目をかけられ、御引き立てあそばすなら、ゆくゆくは頼もしき御味方となりましょう。このこと、ぜひとも御耳に入れたく存じたのです」

「よし、わかり申した」

「では」

一礼すると雪斎は瞑目し、太守の見送りにも立とうとしなかった。

ほどなく葉梨の長慶寺に移った雪斎は、寺内修善院に住する実姉の看護を受けながら、病を養っていたが、翌年十月十日、眠るが如き大往生を遂げた。

今川義元が雪斎の遺志を重んじて上洛の途についたのは、それから五年後の永禄三年（一五六〇）五月のことである。しかし、わずかの油断から織田信長の奇襲を受け、桶狭間《おけはざま》において討死した。

城を守る者

――千坂対馬――

山本周五郎

山本《やまもと》周《しゅう》五郎《ごろう》（一九〇三～一九六七）

山梨県生まれ。小学校を卒業後、質店の山本周五郎商店の徒弟となる。文芸に理解のある店主のもとで創作を始め、一九二六年の「文藝春秋」に掲載された『須磨寺附近』が出世作となる。デビュー直後は、倶楽部雑誌や少年少女雑誌などに探偵小説や伝奇小説を書いていたが、戦後は政治の非情を題材にした『樅ノ木は残った』、庶民の生活を活写した『赤ひげ診療譚』『青べか物語』など人間の本質に迫る名作を発表している。一九四三年に『日本婦道記』が直木賞に選ばれるが受賞を辞退。その後も亡くなるまで、あらゆる文学賞の受賞を拒否し続けた。

一

「甲斐《かい》のはるのぶと槍を合せることすでに三たび、いちどはわが太刀をもって、晴信《はるのぶ》を死地に追いつめながら、いまひと打ちをし損じて惜しくものがした」

上杉輝虎《てるとら》は、けいけいたる双眸《そうぼう》でいち座を見まわしながら、大きく組んだよろい直垂《ひたたれ》の膝を、はたと扇で打った。

「だが、このたびこそは、勝敗を決しなければならぬ。うちつづく合戦で民のちからは衰え、兵もまた労《つか》れた。いたずらに甲斐との対陣をながびかすときは、思わぬ禍が足下からおこるとみなければならぬ。善くも悪くも、このたびこそは決戦のときだ、このたびこそは勝敗を決するのだ」

かれの声は、館の四壁をふるわして響きわたった。

弘治三年七月、越後のくに春日山《かすがやま》の城中では、いま領主うえすぎ謙信を首座として、信濃《しなの》へ出陣の軍議がひらかれていた。集っているのは上杉の四家老、長尾越前政景《まさかげ》、石川備後《びんご》為元、斎藤下野《しもつけ》朝信《とものぶ》、千坂《ちさか》対馬《つしま》清胤《きよたね》をはじめ、二十五将とよばれるはたもと帷幄《いあく》の人々であった。……上杉と武田との確執について、ここに精《くわ》しく記す要はあるまい。「川中島合戦」といわれる両家の争いは天文二十二年から永禄七年まで、十年余日にわたってくりかえされたものであるが、このときはその四たび目の合戦に当面していたのである。

「さればこのたびは全軍進発ときめた」

輝虎はつづけて云った。

「留守城《るすしろ》の番はいちにん、兵は五百、余はあげて信濃へ出陣をする。したがって留守城番に誰を置くかということは」

「申上げます」

とつぜん声をあげて、石川備後が座をすすめた。

「仰せなかばながら、わたくしは信濃へお供をつかまつりまするぞ。留守番役はかたくお断わり申します」

「越前めも、留守役はごめんを蒙《こうむ》ります」

長尾越前がおくれじと云った。するとそれにつづいて列座の人々がわれもわれもと出陣の供を主張し、留守城番を断わると云いだした。もっとも善かれ悪かれ決戦ときめた戦である、誰にしてもこの合戦におくれることはできないにちがいない。みんな肩肱《ひじ》を張って侃々《かんかん》とののしり叫んだ。

輝虎はだまっていた。いつまでもだまっているので、やがて人々はだんだんとしずまり、ついにはみんなひっそりと音をひそめた。

そこで輝虎はあらためて一座を見まわし、よく徹る澄んだ声で云った。

「おれから名は指さぬ。しかし誰かが留守城の番をしなければならぬのだ。誰がするか」

「……わたくしがお受け申しましょう」

しずかに答える者があった。みんなあっといった感じで声の主を見やった。それは四家老のひとり、千坂対馬清胤であった。すると列座の人々はひとしく、ああ千坂どのか、という表情をし互いに眼と眼でうなずき合った。

「そうか、対馬がひき受けるか、ではこれで留守はきまった」

輝虎は、そう云って座を立った。

人々は自分が留守役になることはあたまから嫌った。それにも拘わらず千坂対馬がみずからそれを買って出たことで、あきらかに一種の軽侮を感じた。しかし、それは対馬が合戦に出ることを嫌った臆病者という意味ではない。当時の武士たちは、合戦に参加することを「稼《かせ》ぐ」といったくらいで、臆病ゆえに戦場を嫌うなどということは有り得ることではなかった。では、なぜ人々が千坂対馬に軽侮を感じたかというと、……いや、ここではそれを説明するいとまはない。春日山城の軍議が終って、千坂対馬がおのれの屋敷へ帰ったところへ話を続けるとしよう。

清胤が屋敷へ帰ると間もなく、長男通胤《みちたね》がひどく昂奮した顔つきではいってきた。

かれは生来の病身で年は二十三歳、色白の小柄なからだつきはいかにもひ弱そうにみえるが、眉宇《びう》と唇《くち》もとには不屈な性格があらわれている、……しずかに座った通胤は、そのするどい眼をあげてきっと父を見あげた。

「父上、このたび四度目の御出馬に、留守城番をお願いなされたと申すのは事実でございますか」

「……それがどうかしたか」

「父上みずから留守城番をお望みなされたのかどうかを、うかがいたいのです。お館よりのお申付けでございますか、それとも、ご自身お望みなされたのでございますか」

清胤は黙ってわが子の眼を見ていた。通胤もまた父の眼を刺すように瞶《みつ》めていた。父と子はその一瞬、まるで仇敵《きゅうてき》のように互いをねめ合ったのである。……しかし、やがて清胤がしずかに答えた。

「お留守役は、おれが自らお館へ願ってお受けしたのだ。おまえそれが不服だと云うのか」

二

「父上！」

　通胤はさっと色を変えながら、

「こなたさまは、世間でこの千坂家をなんと評判しているかご存じでございますか」

「知っていたらどうする」

「千坂は弁口《べんこう》武士だ、戦場へは出ずに留守城で稼ぐ、そう申しているのをご存じですか」

「…………」

「それをご存じのうえで、このたびも留守役をお望みなされたのでございますか」

　千坂対馬が信濃出陣に供をしたのは、第一回のときだった。それも、川中島へ出は出たものの、しんがりにあって、主に輜重《しちょう》の宰領《さいりょう》に当っていた。戦場の功名手柄というものが人間の価値をきめる時代にあって、輜重の宰領などという役が軽くみられるのは当然である。ことに、千坂対馬は平常から経済的手腕にぬきんでていたし、私生活はほとんど吝嗇《りんしょく》にちかく、稗《ひえ》を常食として焼味噌と香のもの以外には口にしないという徹底したものであった。

だから、輜重の宰領をしたときには、「千坂どのは算盤《そろばん》で稼いだ」と云われたし、二回、三回と続けて留守城番を勤めたときには、「兜首《かぶとくび》の二つや三つより、千坂どのは留守役で二千石稼ぐ」という評判がたったくらいであった。

「世間の噂くらいは、おれの耳へもはいる。俗に人の口には戸がたてられぬというとおり、誰しも蔭では公方将軍の悪口も申すものだ。云いたい者には云わせて置くがよい。言葉を一万積み重ねても、蠅一疋《はいいっぴき》殺すことはできぬものだ」

「よくわかりました。しかし蠅一疋殺すことのできぬ言葉が、あるときは、人をも殺すちからを持っていることにお気づき下さい。父上はそれでご満足かもしれませんが、わたくしはいやでございます、通胤は御出馬のお供をつかまつります」

「……ならん」

「父上のお許しは待ちません。わたくしは信濃へまいります」

「……ならん、おまえは父と残るのだ」

「いや、たとえ御勘当を受けましょうとも、このたびこそは出陣をいたします、ご免」

云い捨てて、立とうとする通胤の、袴《はかま》の裾《すそ》を、清胤は足をあげてはたと踏みとめた。

「ゆるさんぞ通胤、おまえは千坂家の長子だ。父のおれがゆるさぬと申したら動くことならん。おれならでは留守のかためができぬからお受けしたまで、戦場ご馬前で働くのも、留守城を預ってかたく護るのも、武士の奉公に二つはない。うろたえるな！」

通胤は身をふるわせながら居竦《いすく》んでいたが、やがて悄然と立って自分の部屋へ去った。

それとほとんどいれちがいに、五人の客が訪ねて来た。親族のなかに口利き役がそろって、用件はやはり留守役のことだった。……かれらもまた口を揃えて清胤の非をなじった。親族一統の面目にかかわるとまで云いたてた。

通胤は客間から聞えてくる罵《ののし》りの声に耳をすましていたが、やがて裏手へおりてゆくと、馬をひきだして屋敷を出て行った。

もう出陣の支度をはじめたとみえ、活気のあるざわめきが辻々に漲《みなぎ》っている。かれは追われるような気持でその街並を駆っていたが、石川備後の屋敷へ来ると馬をおりた。……そこでも小者や家士たちが右往左往していた。武具の荷や、糧秣《りょうまつ》の山がそこ此処に積みあげてあり、黄昏《たそがれ》の濃くなりつつある庭にはあかあかと、篝火《かがりび》が燃えあがっていた。

「おお千坂の若か、ようみえたな」

備後為元は白いもののみえはじめた髭《ひげ》を食いそらしながら、すでに鎧下を着けて、大股に客間へはいって来た。

「この通りとりちらしてある。なにか急な用でもあってみえたか」

「ぶしつけなお願いにあがりました」

「わかった、信濃へつれてゆけと云うのだな、そうであろう」

「いいえ違います」

通胤はさっと蒼い額をあげて云った。

「かねて親共とのあいだにお約束つかまつりました、菊枝どのとわたしとの縁談、いちおう破約にして頂きたいと存じまして……」

為元の眼がぎろりと光った。

「それはなぜだ、どういう仔細で破約しろというのか。わけを聞こう」

「仔細は申し上げられませぬ。ただ、わたくしの考えといたしまして、ぜひとも菊枝どのとの縁組を無きものにして頂きたいのです」

「そうか、……そうか」

為元の眉がけわしく歪んだ。

「云えぬと申すなら聞くまい。しかしそれは対馬どのも承知のうえの話であろうな」

「いやわたくし一存でございます。一存でございますが、妻《めと》を娶る者はわたくし、その当のわたくしがお断わり申しますからには、べっしてうろんはないと存じます」

「よし、たしかに破約承知した」

こえ荒く云って、床板を踏み鳴らすように為元は立った。

「用事と申すのはそれだけか」

「はい」

「出陣のかどでに娘へのよき置き土産ができた。わしの思ったほどおぬしは利巧ではなかったな」

投げつけるような声の下に、通胤はただ低く頭を垂れていた。

三

ほとんど全軍をひっさげて、輝虎が信濃へ進発すると同時に、千坂対馬の名で、

――武家にて貯蔵米のあるものは、三日以内に一粒も余さず城中お蔵へ納むべし。違背ある者は屹度《きっと》申付くべき事。

という触書が廻った。そして、其日から千坂家の者が各屋敷をめぐり、びしびしと督促してすべての貯蔵米を城へ運びこんでしまった。……当時、遠征の軍を送るのに、もっとも重要なものは糧道《りょうどう》の確保であった。輜重は軍と共に進むけれども、それで戦の全部がまかなえるわけではない。武具、兵粮《ひょうろう》、医薬の類はたえずあとから補給しなければならぬ。ことに前にも記した通り、武田家との戦はすでに連続四回にも及び、領内の民たちはかなり疲弊していたから、留守城の武家にある貯蔵米を召上げるのは

ふしぎではなかった。しかし、「一粒も余さず」というのは過酷だった。

人々はなによりも先に、

――そろそろ千坂どのが稼ぎだしたぞ。

という疑惑をいだいた。

こうして貯蔵米をすっかり御蔵へ納めたうえ、こんどは各家の家族をしらべ、平時のおよそ半量ほどの米を一日分ずつ、毎日に割って配分することになった。それも「野菜を混じて粥雑炊《かゆぞうすい》として食すべき事」という厳しい注意つきであった。

女や子供は城中へあがり、矢竹つくりや武具の手入れを命ぜられた。これまで曾《かつ》てそんな例はなかったのである。そして、留守城番として残された五百人の兵は、毎日半数ずつ交代で、矢代川の岸に沿った荒地の開墾にくり出された。

不平はそこから起った。

――われらは留守城を護るために残されたのだ、百姓をせよとは申付かっておらんぞ。

――だい一、この合戦のさなかに荒地を起してどうしようというのだ。此処へ稲でも植えて、今年の秋の兵粮にでもするつもりか。

――千坂どのの専横も度が過ぎるぞ。

いちど不平が口にされると、にわかに次から次へと弘まりだした。

対馬清胤はしかしびくともしなかった。そんな悪評はかねて期したことだと云わんばかりに、触れだした条目はぴしぴし励行させ、たとえ女子供でも容赦《ようしゃ》がなかった。

通胤は自分から五百人の兵たちの中にまじっていた。かれは父に対する悪評のまっ唯中にいて、兵たちと共に鍬《くわ》をふるい、黙々と荒地の開墾をやっていた。……みんなはわざと通胤に聞かせるように、しきりに千坂対馬の専横を鳴らし不法を数えたてた。しかし、なんと云われても通胤は半句の弁解もしなかった。まるで父に代って世間の鞭《むち》に打たれているような感じだった。

家へ帰っても、かれは父とは口をきかなかった。清胤もわが子を避けるようすだった。ときたま眼が合うと通胤は父にむかって射通すような視線を向けた。……かれの胸には、あの日父の云った言葉がまざまざと残っていた。

――戦場御馬前の働きも留守城を護るのも武士の奉公に二つはない。

父ははっきりとそう云った。

――おれならでは留守城のかためがならぬからお受け申したのだ。

そうも云った。あの言葉が通胤を此処へひきとめたのである。五人の親族に面詰《めんきつ》されながら、自ら留守役を買って平然とうごかなかった態度が、戦場へぬけて出ようとする通胤の足をとめたのだ。しかし、父の仕方は、予想以上に専横だった。貯蔵米を根こそぎとりあげ、女子供を城中にとどめて、矢竹を作らせ武具の手入れをさせる。

また五百人の城兵に矢代河畔の荒地を起させるなど、すべて城代の威光を不必要に濫《らん》用《よう》すると云われても仕方のないことばかりだった。

――あのときの言葉は、やはり父の口舌の弁にすぎなかったか。「留守城で稼ぐ」と云われるのが本当だったのか。

通胤は父の言葉に惹《ひ》かれて、戦場へぬけて出なかったことを後悔した。そして自分はできるだけの事をして、父のつぐないをしようと心をきめていた。

八月中旬の或る日、城へあがった通胤は、二の曲輪《くるわ》で思いがけぬ人に呼びとめられた。

「千坂さま、もし……千坂さま」

小走りに追って来る人のこえにふりかえってみると、石川備後のむすめ菊枝だった。菊枝は色白のふっくらしたからだつきで、いつも眼もとに温かい頰笑《ほほえみ》をたたえている娘だった。二年まえから縁組の約束があったのを、父の悪評に耐えかねて、通胤は自分から破約した。父に対する反抗の気持もあったが、もっと強く、その悪評のなかへ菊枝をひき入れるに忍びなくなったからである。それ以来、会うのは今日がはじめてだった。

四

「かような場所でお呼びとめ申しまして、まことに不躾《ぶしつ》けではございますが」

娘は眼もとを赤くしながら、眩《まぶ》しそうに通胤を仰ぎ見て云った。

「ぜひあなたさまのお口添えをお願い申したいことがございまして」

「……なにごとでしょうか」

通胤は罰《ばつ》を受ける者のように、眼を伏せ頭を垂れた。娘の温かい眼もとには、男の心をよく理解したやさしい憐《あわれ》みの色がにじんでいた。

「ご承知のように、わたくし共女子や子供たちの多くは、お触れによってずっと城中にあがり、矢竹つくりやお物具のお手入れをいたしておりますが、いまだにいちども屋敷へ下げて頂けぬ者が多うございます」

「さぞ御不自由なことでしょう」

「いま合戦の折からゆえ、不自由はどのようにも忍びますけれど、お物具の手入れは終りましたし、矢竹つくりは屋敷にいても出来ますことゆえ、お城から下げて頂けますようお願い申したいと存じます」

「それならわたくしがお伝え申すより、係りへじかにお申出でなさるがよいと思いますが」

「それはあの、もう再三お願い申したのですけれど、……御城代さまからどうしてもお許しが出ませんので」

通胤ははっと息をのんだ。

――此処でもまた父が。

そう思うと恥ずかしさで身が竦《すく》むような気持だった。

「そうですか、ではわたくしからすぐに話してみましょう」

「ご迷惑なお願いで申しわけございません」

もっとなにか云いたげな娘の眼から、逃げるようにして通胤は館へあがった。しばらく待たされてから、父の前へ通されたかれは、すぐに菊枝のたのみを伝えた。……清胤はふきげんに眉をひそめたまま黙って聞いていたが、通胤の言葉が終ると言下に、「ならん」と云った。

「なぜいけないのですか、矢竹つくりだけなら屋敷へさがってもできると思いますが」

「どうあろうと、そのほうなどの差出るところではない。さようなことを取次ぐなどは筋違いだ。さがれ」

「父上、お言葉ではございますが、今日はいささか通胤にも申し上げたいことがございます。父上が城代の御威光をふるって、事を専断にあそばすことが、お留守城の人々をどのように苦しめているかお考えになったことがございますか。父上はかつて『留守城のかためはおれならでは』と仰せられました。戦場も留守も奉公に二つはないと仰せられました、あのときのお言葉は、この通胤を云いくるめる一時の方便にすぎなかったのでございますか」

「云いたいだけのことを申せ、聞くだけは聞いてやる、もっと申してみい」

「もうひと言だけ申しあげます、通胤は信濃へまいります、せめて殿の御馬前にむくろを曝《さら》し、千坂の家名のつぐないを致します。もはやお目通りはつかまりません」

「死にたいとき死ねる者は仕合せだ。好きにしろ」

　通胤は席を蹴って立った。

　屋敷へ帰ったかれは、小者の藤七郎を呼んで信濃への供を命じ、すぐに出陣の支度をととのえた。生きて還るつもりはない。道は唯一つ、いさぎよく戦場で死ぬだけである。祖先の墓に別れの詣でをしたかれは、折から降りだした小雨をついて、午《ひる》さがりの道を信濃へ向って出立した。……雨は強くなるばかりだったが、少しでも道を進めたいと思って、馬を急がせた。走田《はしだ》の郷へかかる頃には、とっぷりと暮れかかった。するど、その部落を通りぬけようとした時である。

　――わあっ。

という人々の喚き声がおこって、道のまん中へばらばらと人が駆けだして来た。みると七八人の農夫たちが手に手に得物を持って、一人の旅商人ふうの男を追いつめているところだった。通胤はすばやく馬を乗りつけ、

「これ待て、なにをする」

と制止しながらとび下りた。農夫たちはいっせいに振返ったが、春日山城の者とみたのであろう、なかでも年嵩《としかさ》のひとりが進み出て、

「これはよい処へおいで下さいました。いま此処へ怪しい奴を追い出したところでございます」

「怪しい奴……その男か」

「はい、麻売り商人だと申して、数日まえからこの街道をうろうろしておりましたが春日山のお城の模様などを訊ねまわるのがてっきり諜者《ちょうじゃ》とにらみましたので」

「いや、いや、ち、ちがいます」

旅の男はけんめいに叫んだ。

「私は近江の麻売りで、この土地へまいったのは初めてですが小栗へはちょくちょく商売に来ています。決して諜者などという怪しい者ではございません」

「よしよし、騒ぐには及ばぬ」

通胤はじっと男の様子を見やりながら、

「諜者であるかないかはしらべてみればわかることだ、前へ出ろ」

五

「決して、決して怪しい者ではございません。どうかおゆるしを願います」

「怪しいとは申さぬ。しらべるだけだから前へ出ろというのだ」

「はい、はい、私はこの通り」

と云って前へ出るとみた刹那《せつな》、男の右手にぎらりと刃が光り、体ごとだっと通胤へ突っかけて来た。みんな思わずあっと云った。まさに虚をつく一刀である。しかし極めて僅《わずか》なところで刃は、躱《か》わされた。そして通胤が、右へひらきながら抜き打ちに浴びせた一刀は、逆に男の背筋をしたたかに斬り放し、かえす太刀で太腿を薙《な》いでいた。男は悲鳴をあげながら顚倒《てんとう》した。そして地上に倒れながら、片手を自分の髪のなかへいれ、白い紙片のようなものをひきだすと、それをずたずたに裂いて捨て、そのままがくっとのめってしまった。

通胤はとっさに走せ寄り、男の裂き捨てた紙片を拾うと、人々から離れて、道ばたの杉の巨木の蔭《かげ》へはいり、手早く紙片をつぎ合せてみた。瀕死の手で裂いたのだから、つぎ合せるのにひまはかからなかった。かれは夕闇のなかで、紙片に書いてある文字

を走り読みしたが、にわかに顔色を変え、低く、口のなかであっと叫んだ。かれは卒然とふりかえり、

「藤七郎、その男はまだ息はあるか」

「いえ、もう絶息しております」

「しまった」

通胤は呻くように云ったが、

「よし、おれは城へ戻る。おまえはあとの始末をしてこい」

そう云うとひとしく、通胤は馬へとび乗っていっさんに城下のほうへ駆け戻って行った。

父は屋敷へさがったところだった。通胤が庭から広縁へまわると、清胤はちょうど居間へはいろうとしていた。かれはつかつかと近寄って、声をひそめながら、「一大事でございます」と云った。清胤はぎらりと眼をふり向けたが、わが子のさしだす紙片をみると、黙って受け取って部屋へはいった。

燈火の下に置かれた紙片には、左のような文言がしたためてあった。

（——予《かね》て申合せし如く、尾越《おごし》どの旗揚げの儀はかたく心得申し候、援軍ならびに武具の類、当月下旬までに送り届け申すべく候、そのほか密計の条々相違あるまじく、懇《ねんご》ろに存じ候、小田原）

「尾越どの」とは上杉輝虎の義兄にあたる長尾義景のことで、げんざい尾越の城主として上杉家一方の勢力をにぎっている。「小田原」というのは北条氏にちがいない。すなわち文面は北条氏と長尾義景とのあいだに交わされた密書で、義景の謀叛《むほん》を北条氏が援ける意味のものである。

「父上……その密書いかが思し召しますか」

通胤は走田での出来事を手短かに語りながら、父の眼色をじっと瞶めた。……清胤

は黙ってその紙片に燭の火をうつすと、燃えあがる火を見ながらしずかに云った。

「この書面、そのほうのほかに見た者があるか」

「読んだのはわたくしだけでございます」

「そうか」

清胤はふかく頷き、やがてしずかな低い調子で云った。

「尾越どのと小田原との密書が、わしの手にはいったのはこれで三度めだ」

「三度めと仰せられますか」

「小田原北条の死間《しかん》（わざと斬られる間者）のたくみか、それともまことに尾越どの

にご謀叛の企てがあるか、殿このたびの御出馬直前より、しばしばかような密書が手

に入る……若《も》し北条の死間のわざとすれば、上杉一族離反のたくみにかかわるもとい、

また尾越どの謀叛とすれば、殿お留守の間が大切、……いずれにしても世間に知れて

はならぬゆえ、今日までわし一人の胸にたたんで出来るだけの事をして来た」

「父上……」

「矢代川の荒地を起す必要はなかった。ただ尾越どのの不意討ちがある万一の場合の備えだった。貯蔵米を召しあげたのも、女子供も城中にとどめてあるのも、みなその万一の場合の備えだったのだ」

清胤は低く息をひきながら云った。

「その仔細を話せば、誰も不平を云うものはなかったであろう、……しかし、この理由を云えば御一族のあいだが離反する、家臣の心が動揺する。人心を動揺させず、なお万一に備えるために、つねづね不評なわしが留守をお受けし、専横の名にかくれて、大事を守らねばならなかったのだ」

「父上、……申しわけございません」

通胤は崩れるように庭へ坐り、せきあげる涙と共に云った。

「通胤は愚者でございました。お赦し下さい父上、どうぞお赦し下さいまし」

清胤はじっとわが子のせきあげる声を聞いていた。ながいこと相離れていた父と子の心が、いまこそ紙一重の阻《はば》むものもなく、ぴったりと互いに触れあうのを感じた。

「わかればよい、それでよいのだ」

「………」

「明日にでも石川へまいって、縁談破約をとり消してまいるか」

「はい、いまさらお詫びの申しようがございません」

「詫びるには及ばぬ。これからもまだまだ父の悪評を忍ばなければならぬのだ、……殿の御凱陣《がいじん》まではな」

もはやいかなる悪評を怖れようぞ。通胤の前には光に満ちた道がひらけた。たとえ世人から罵詈讒謗《ばりざんぼう》をあびようとも、千坂父子のまごころは弓矢神こそみそなわすであろう。

「父上、通胤は明日石川どのへまいります」

かれはそう云って高く額をあげ、力強く立上がった。

まぼろしの軍師

——山本勘助——

新田次郎

新田次郎《にったじろう》（一九一二〜一九八〇）

長野県生まれ。無線電信講習所を卒業後、中央気象台に勤務。気象学者としての業績も大きく、一九六三年から始まった富士山気象レーダーの建設では責任者を務めている。気象台在職中から小説の執筆を開始、『強力伝』で直木賞を受賞する。『槍ヶ岳開山』『八甲田山死の彷徨』などの山岳小説（ただし本人は山岳小説という呼称を嫌っていたという）だけでなく、推理小説にSF、ジュブナイルなど幅広い作品を発表している。郷土の英雄を主人公にした『武田勝頼』『新田義貞』などの歴史小説もあり、『武田信玄』で吉川英治文学賞を受賞している。

一

山城国《やましろのくに》妙心寺の僧、鉄以《てつい》は帚《ほうき》を持ったまま老武士の動きを見ていた。

老武士は庫裡《くり》に通ずる木戸をおして中へ入ろうかどうしようかとためらっているようだった。彼は三度木戸に近づいたが、結局延ばした手を引こめて、飛び石伝いの道を山門の方へ引返していった。思いなやんだ末、あきらめたせいか、ひどく元気のない歩き方だった。老武士が方向をかえると、梢《こずえ》の間から、ひとすじの落陽が彼の顔をはっきりと照し出した。老人は片眼だった。それに眉間のあたりから頬にかけての刀傷が、さらに彼の顔を醜怪《しゅうかい》なものに見せていた。老武士はかなりひどいびっこを引いていた。旅をつづけている証拠に、老武士の背には、色あせた道中袋が斜めに背負われていた。武士の階級を示すにしてはあわれなほど、粗末な腰の物を申しわけのようにさしてはいたが、武士としての体面を保つほどの身支度ではなかった。彼の腰から、その刀を奪ってしまえば、武士でも老武士でもなく、それはただの、旅につかれた老人に過ぎなかった。

老人は山門のところまで戻って来ると、本堂の方に向き直って、両手を合わせて、なにか口のなかで言った。遠くから拝んで帰ることを、自分自身に納得させているように見えた。それからは、二度とふりかえらなかった。老人はびっこを引き引き、山門を出て杉並木の参道へおりていった。木蔭に入ってすぐ、暗くなったためか、老人はなにかにつまずいて倒れた。

「あぶない」

そこまで見送っていた鉄以は思わず声を上げた。それ以上、その老人が去っていくのを、黙って見てはおられなかった。いわくありそうなその老人を、そのままにして置いたならば、すぐそのあとに、取りかえしのできないほどの不幸が、彼を訪れるような気がしてならなかったのである。鉄以は、帚を木の幹にもたせかけて置いて、山門をかけぬけて、倒れている老人のそばに走りよった。

老人の白髪頭が何度か動いた。動くたびに老人の口の中からかすれたような息使いが聞えた。

鉄以はころんで、容易に立てそうもない老人を助け起しながら言った。

「どこぞ怪我でもなされましたか」

老人はまぶしそうに片眼を開けて、坐ったままで鉄以の顔を見上げていた。鉄以にはその隻眼《せきがん》が両眼で見詰められるよりも怖く感じた。近よってよく見ると、ひどい服装だった。刀をさしていなければ、乞食と間違えられてもしようがないような襤《ぼ》褸《ろ》の衣服だったが、乞食のように不快な体臭を発してはいないし、ちゃんと、膝《ひざ》の上

に両手をそろえて、

「かたじけない、ご坊は当寺の僧か」

と聞きかえしたあたりには、落ちぶれはててはいるが、やはり武士としての体面を維持しようとする、必死なものが見えていた。

「私はこの寺の僧で鉄以と申します。もしやあなたは、この寺に所用でもあって来られたのではないでしょうか」

そう言われると、老人はほっとしたような顔をした。自分で言えないことを、他人に言って貰ったあとのように、やや照れくさそうな顔はしたけれど、すぐ前どおりの土色の、みにくい、表情のない顔にもどって、

「この寺に三河国の牛窪《うしくぼ》生れの僧がおられたら、お目にかかりたい」

老人ははっきり言った。

「三河国牛窪生れの僧ともうしますと、私ひとりだけでございますが、その僧の名は?」

鉄以は心もち老人とはなれた距離で言った。

「あなたが、牛窪生れの僧であったか、するとあなたは、川中島で戦死された武田信玄公の軍師、山本勘助《やまもとかんすけ》殿の子息ではござらぬか」

そういう老人の眼は異様な輝きを持っていた。満身の期待を鉄以の答えに掛けてい

る眼であった。

「さようです、私は、三河国牛窪の山本勘助の子で、幼い頃からこの寺に預けられておりますが……」

彼が十歳になるまで生きていた母が、折りにふれて父のことを話してくれたから、父の名はよく知っていた。

「お前のお父さんの山本勘助は、そのうち、きっと大手柄を立てて、大将に出世して、お前を迎えに来る――」

母は念仏のように、そればかりを繰りかえしていた。その父、山本勘助は母が死んでも、帰っては来なかった。寺にあずけられ、鉄以という名を貰って、三十年にもなるけれど、父山本勘助の消息は一度も聞いたことがなかった。ずっと前に武田に仕えているということは、風のたよりに聞いたことはあったが、武田に仕えて、なにをやっているかは分らなかった。だから、老人が、二十二年も前の川中島の戦いで死んだ武田信玄の軍師、山本勘助と言ったことばが、鉄以には、父勘助と直ぐに接続されなかった。鉄以は父勘助のことは、なかばあきらめていた。風雲にあこがれて、妻子を捨てて出ていった父勘助は、名を挙げるどころか、ただ一兵卒として、どこかの戦場の露と消えたものと思いこんでいた。その父が、武田信玄の軍師だったと言われても、にわかにそれが実感となって、鉄以の胸を打っては来なかった。

「あなたの幼名は勘一、そしてあなたの母はそのでござったな」

鉄以の疑念をはねとばすような、鋭い眼つきで老人は言った。鉄以にはそれが質問ではなく、駄目押しに聞えた。

「いかにも私の幼名は勘一、母はそのですが、私や母の名前まで、知っておられるあなたはどなた様でしょうか」

しかし、老人は自分の名前をすぐに答えようとはしなかった。言い渋っているのではなく、彼が長いこと求めていた相手にめぐり会った喜びに、しばらくはそのまま陶酔しているようだった。

「あなたが勘一……」

と老人は言った。それは、まるで、何十年も逢わないでいた吾子《あこ》に会った父親が、洩らすであろうように、苦痛にも似た響きを持っていた。そして、老人のその一つの眼には水の膜が張られ、やがて頬を伝わって涙があふれはじめたころ、老人はやっと自分を取り戻したように、

「これは失礼つかまつった。拙者は、山本勘助とともに武田信玄にお仕え申していた三枝《さえぐさ》十兵衛と申すものでござる。……あれから二十二年。とうとう、山本勘助の子息にめぐり会うことができ申した。そしてこの胸の中に畳みこんでいた、山本勘助の一部始終をお伝え申すことができるのだ。これこそ、神仏の加護というものであろう」

老人はそう言うと、坐ったままで、寺の方へ向き直って手を合わせた。

しかし鉄以は、その老人の拝む姿を冷然と見おろしながら、なんとも言わなかった。寺の境内を掃除しながらふと見かけた老人に、なにか曰くありそうだと思ったときは、好奇心にひかれて眼で追った。寺に入ろうとして入れずに帰っていく姿は、鉄以にあわれを覚えさせた。そして老人は転んだ。僧としての本能が鉄以を走らせた。そしていまここで、老人から父勘助を知っていると言われたとき、鉄以は冷たい水をあびせられたように、冷酷な眼で、老人を見おろしたのである。

寺にあずけられて三十年間、鉄以は、父山本勘助のことを一時たりとも忘れたことはなかった。母が言ったように、大将となって帰って来るとは思わなかったが、いつかは誰かが、父の消息をもたらすだろうと思っていた。しかし、その父の消息を知っているという人間が現われた瞬間、鉄以は、そこに、なにかしらの矛盾を感じたのである。鉄以が長いこと待ち望んでいたものを、その老人がもたらしたということに、用心深い鉄以は注目した。仕組もうと思えば充分に仕組むことのできることだった。鉄以の四十歳という年齢と経験が、情をおさえた。戦乱につぐ戦乱だった。この夏、一世を風靡《ふうび》していた信長が討たれ、信長を討った光秀が討たれたあとの天下を、治める者はまだ決ってはいなかった。羽柴筑前守《はしばちくぜんのかみ》秀吉が、信長のあとを継ぐ者であるという人もあったが、越前の柴田勝家、甲信を手中におさめてにわかに強大となった徳川家康も、北条も、上杉も、毛利もいまなお健在であった。戦乱はまだまだつづき、戦乱の蔭について廻る、小悪、大悪もまた、いろいろの形を以て現われるだろうことは、疑う余地のないことだった。鉄以は妙心寺の中堅僧であった。幼くして家を失った鉄以にとっては、この寺が彼の家であった。彼は、亡き父よりもその家たるべき寺を愛していた。

（みだりに人を寺内に入れるべからず）

それはお寺嫌いの信長時代に設けた、妙心寺の掟でもあった。

そこに疲れ果てて坐りこんでいる老武士が、積極的に寺に害をなすとは考えられなかったが、山本勘助の名をかたって、寺にころがりこみ、鉄以を通じて、なんらかの物質的な要求をすることが、考えられないでもなかった。言わば、ていのいい、かたり、ゆすりのたぐいだったとしたら——鉄以はそれを考えていたのである。

「鉄以どの、一夜でいいから当寺に泊めていただくわけにはまいらぬか、多くは望まない一夜でいい、一夜で、山本勘助についてのすべてをお話し申すことができるであろう」

老武士の隻眼には哀願がこめられていた。

（かたりであろうか、戦乱の世に、落ちぶれ果てた老武士の頭脳がしぼり出した芝居であろうか、芝居とすれば、父の名、母の名、そして自分の幼名までなぜ知っている

のだろう）

しかし、それだって、三河国牛窪へいって聞けば分ることであり、たまたま、この老人が、その辺を通り合わせて、聞き知ったのだと考えてもへんではない。

「お泊め申したいが、さきごろ領主より、寺には、みだりに人を泊めてはならぬというきついお達しがありました」

鉄以の白皙《はくせき》の顔は動かなかった。

「さらば、いずくたりともよいから、宿へ案内してくださらぬか。一夜でよい、一夜あれば、鉄以どのに、山本勘助がいかに偉大なる軍師であったかをお伝えできるのだ。拙者の余命はいくばくもない。いまここで、山本勘助の真相を直接その子に伝えなければ、山本勘助は、名もなき雑兵としておわることになるのだ。それでは川中島で戦死した山本勘助に申しわけない」

烏の群が鳴きながら頭上をとび越えていった。日が暮れると急に寒くなる。鉄以は夕闇の中に立ったままだった。天正十年もあといく日も残していない。その寒空の下に、たとえその老人がいかなる素性のものであろうとも、たのまれれば宿を世話してやらねばならないだろう。まして、父や母や自分の幼名を知っているという縁があれば、ねぐらを探してやるのは、仏につかえる身として当然のことであろう。

鉄以の白い顔がやっと動いた。

「さあ、私の手につかまって、お立ちなされ、大和尚に一夜の宿をともども乞うて進ぜましょう」

鉄以は老人に手をさし延べた。

二

その夜、鉄以が三枝十兵衛を案内していった家は、もともと妙心寺の宿坊として建てられたものではあったが、いまは見る影もなく、荒れ果ててしまったので、日頃、物置がわりに使っている廃屋だった。寺内に泊めることのできない人たちが来た場合、ここへ案内することになっていた。

「なにぶんにも、寺にお武家さまを泊めることは先ごろから、きつく禁ぜられておりますので」

鉄以は三枝十兵衛の前に頭をふかくさげた。

「とんでもない。夜露だけでもふせぐことができたら、それでけっこうでござる」

三枝十兵衛はくもの巣だらけの屋内へ眼をやった。以前はしっかりした家だったらしい名残りはあったが、長いこと人が住まないために、かびくさく陰湿だった。それでも、炉だけはその家の建てられたときのままに、大きな面積をしめていた。屋内一部が薪《まき》と榾《ほだ》の物置に使われていた。

鉄以は老人を炉端に坐らせると、すぐ寺に取ってかえして、小鍋の中に、大根、芋、そして稗餅《ひえもち》などを入れて持って来ると、鍋を炉のかぎにかけた。

炉に火が燃えあがると、そのぼろ屋も、生きかえったように明るくなった。老人はあまり食べなかった。食べたくとも食べられないのだということは、老人が物を口へ運んでいく様子を見ているとよく分る。疲労が限界を越えているらしかった。胸中の腐敗した空気を嘔吐《おうと》するようなしぐさだった。鉄以は、参道で倒れた老人に手をかして、ここまでつれて来た時の、あの尋常でないほどの、痩せおとろえた身体の軽さから考えて、多分老人は病人だろうと思った。

老人は間もなく箸を置いた。いくらかの熱い食べものを得たからであろうか、老人の顔はやや生気をとり戻したようだった。

「かようなもてなしを受けて、なんとお礼を申し上げてよいか……おそらくこれは地下の山本勘助の導きと存ずる」

老人は丁寧に礼を言ってから、姿勢を正して鉄以に言った。

「鉄以どの、拙者がこれからお話し申す、山本勘助のこと、終りまでお聞き下さいますな」

いやでも聞いて貰わねばならないといった顔だった。

「拝聴いたしましょう」

鉄以は覚悟をきめていた。三枝十兵衛と名乗る老人がいかなる者であろうとも、父を語るというからには、聞かねばならないと思った。老人の話の真否のほどは、そのあとで判断すればいいことだった。

「山本勘助は当世一の軍師でござった。武田信玄公は、陰の軍師山本勘助の十七年間の奉仕によって、不動の基礎を作ったのでござる。だが、山本勘助はあくまでも陰の軍師であり、陰の人だったから、彼が策戦失敗の責を負って、川中島で戦死しても、彼の名は表には出ず、武田勝頼《かつより》公の戦死により、武田が滅亡した今日においては、もはや山本勘助の陰の軍師としての業績を知るものは、拙者ひとりになり申した。かくいう三枝十兵衛は、二十年間山本勘助と同じ道をたどり申したが、川中島の一戦で、上杉家にとらえられ、その後今日まで生き長らえて、恥をさらして歩く、おろか者でござる」

老人はそう前置きしてから、やや肩から力を抜いた。それからは静かに話し出した。

山本勘助が武田家の宿将、甘利虎泰《あまりとらやす》の館を訪れたのは、天文十二年の春先きだった。甘利虎泰は山本勘助を引見《いんけん》して、なにが得意であるかと聞いた。

「いささか軍法を心得ております」

「その軍法は誰に教わったのか」

「誰にも教わりません。この足で諸国を遍歴して、さまざまな合戦の次第を見聞し、それによって、自らの軍法をうち立てたものでございます」

甘利虎泰はその答え方が、ひどく気に入った。孫子の兵法を、なにがしに学んだなどと言って、まことしやかな漢語をべらべらしゃべる自称軍学者、兵法者は数かぎりなくやって来るが、いずれも戦争を食い物にして、諸国を渡り歩いている輩《やから》であって、彼等の軍法が実戦の役に立つものとは考えられなかった。そういう男にかぎって、口先だけは達者だが、武器を持たせれば、犬一匹殺すこともできないのだ。そういう渡り者の軍法者とくらべると、山本勘助はどこか違っていた。聞けば答えるだけで、自らを少しも売ろうとしないその謙虚さが、虎泰の気に入った。

「それでは聞くが、この館を、ただ今、すぐ兵五十人を以て攻めよと言われたらなんとする」

甘利虎泰が聞いた。

「攻めても、無駄です。お見掛けするところ、この館には、少くとも兵二百が守りをかためています。今すぐ五十やそこらの兵で、いかように攻めてもどうともなりませぬ。ただしあと半日の御猶予を下されば、必ず攻めおとしてごらんに入れます」

「なにあと半日中に攻めおとす」

甘利虎泰は不審な眼を勘助に向けた。

「天文を案じまするに、今宵おそくなって、南の烈風が吹き出します。その機を利用して、厩小屋に火を放ちます。炎がお館に燃え移るのを待って攻撃すれば、ひとたまりもなくこのお館は亡びます。南風の鼻先に厩小屋を設けたのは、お館を危うくすることこの上もないことと存じます」

山本勘助は顔色ひとつ変えずに答えた。その夜、山本勘助の予言どおり、強い南風が吹いた。翌朝、甘利虎泰は山本勘助を召し出して、知行二百貫文を与えることにし、その日のうちに厩小屋を移築させた。

甘利虎泰の幕下《ばくか》にあった山本勘助が、武田信玄にその才をみとめられたのは、天文十四年、信州塩尻合戦のときであった。山本勘助は甘利虎泰を通じて献策し、その策戦により武田軍は大勝を得た。甘利虎泰は、信玄に軍議の席に山本勘助を参加させるように乞うた。

「諸国をわたり歩いてきたような者を、たとえ一度や二度功を立てたといって、軍議に参加させることはできぬ。だが、その者に軍法の心得があるならば、軍議の前の下ごしらえに使ったらどうか」

軍議の前の下ごしらえというのは、敵兵力の分析、合戦の場の地形図の作製、間道《かんどう》里程《りてい》の調査、自軍の整備情況の再確認等の資料を、作戦会議に提出する役目だった。

「まことにお館様のおおせのとおり」

甘利虎泰は信玄の前をさがって、そのことを山本勘助に伝えた。山本勘助が武田信玄の陰の軍師となったのはそれ以後である。軍議の始まる前に、武田信玄は山本勘助に取りそろえた資料を持って来させて、一応資料についての説明を聞いてから、

「そちは、どうすればいいと思う」

と策を聞いた。それに対して山本勘助は、低いしゃがれ声で、彼の考えを答えた。

「さがってよろしい」

信玄は山本勘助をさげて、諸将を呼んで軍議を開いた。軍議がどう決着したかは、山本勘助には分らなかった。いよいよ、合戦が始まってから軍議によって決った作戦が、山本勘助が信玄の前で延べた策であることを知った。戦さを重ねるたびに、信玄の建てた策は図に当り、武田は勝ち、武田信玄は部下に尊敬され、敵には畏怖された。武田は旭日《きょくじつ》のいきおいで隣邦を席捲《せっけん》していった。だが、山本勘助は有能なる作戦補助員として、幕中の隅に座を占めているに過ぎなかった。軍議に列する者は武田家累代の宿将たちだけであり、流れ者の軍師が出る幕ではなかった。山本勘助の出る幕は、その軍議の始まる以前において、神経質なほど青白い顔をした信玄の前で、ぼつぼつと、まるでひとりごとのように、ひとくさりしゃべることで終っていた。信玄は、山本勘助の作戦にはいっさい口をさしはさまなかった。そこには天地ほどの身分の懸隔があった。

「だが、信玄公と山本勘助とは心の中では通じ合っていたのだ。心と心とが通じ合っていても、武田家という古いしきたりが、山本勘助を軍師として、軍議の席へ迎えるわけにはいかなかったのでござる。甘利虎泰をはじめとして、名のある諸将も、山本勘助の策が、即ち武田信玄の策であることを知ってはいたが、そんなことを口に出すものはいなかった。陰の軍師は、陰に置いた方が信玄公にとっても、武田一族にとっても、すべてに好都合だったのでござる」

三枝十兵衛は話の途中で言葉を切って、

「鉄以どの、湯をいっぱい所望いたしたいが」

老人は鉄以が汲んで与える湯をうまそうに飲んでから、

「山本勘助は十七年間、陰の軍師として、武田信玄に仕え申した。そして、たった一度だけは、陰の軍師ではなく、ほんとうの軍師として、信玄公の前に坐ったことがござった。そして、それが山本勘助の最期のときとなったのでござる」

それは永禄四年九月九日、川中島の戦いの時であった。

その日山本勘助は信玄に呼ばれて、彼の居所にいくと、信玄はいつになくむずかしい顔をして言った。

「上杉勢と対峙《たいじ》してはや二十日以上も過ぎた。このまま敵の動きを見るか、進んで攻撃するか、そちはどのように考える」

いつかはそのような下問があることを期待していた山本勘助は、その答えをちゃんと用意していた。

「これ以上の長陣は無益と存じます。軍を二つに分けて、一手を以《もっ》て森の平を越えて、西条山にいる上杉勢の背後を突けば、謙信は必ず千曲川を渡って、川中島へ出てまいるものと存じます。その機を待って、一気に攻めかかれば、お味方勝利は間違いないものと存じます」

「森の平への迂回軍が敵に発見されたら、いかがいたす」

信玄は山本勘助に訊ねた。十七年間こういうことは一度もなかったことである。すべて山本勘助が一方的に語るのを、信玄は黙って聞いていたのだが、今日にかぎって、信玄が質問を発したことは、あきらかに山本勘助を陰の軍師ではなく、表の軍師として認めたことであった。山本勘助は感激した。

「森の平の半ばまでは隠密行動が必要と存じますが、それ以後発見されても、西条山の敵軍は陣を立て直すことはできないでしょう」

武田信玄と山本勘助との軍略会議は、小半刻にわたって行われた。山本勘助の策が用いられることになって、高坂弾正《こうさかだんじょう》、馬場民部《ばばみんぶ》、真田幸隆《さなだゆきたか》の迂回軍が行動を起したのは、その夜であった。

だが上杉謙信は、武田軍の動きをぬかりなく察知していた。謙信はあらゆる方面に放っておいた物見からの情報によって、武田の策を見破ると、その夜のうちに行動をおこし、翌十日の朝霧を利用して、武田の本陣へ接近し、霧の霽《は》れるのを待って斬りこんだのである。まさかと思っていた敵軍が、眼の前に迫っていたのを見て、さすがの武田軍も狼狽した。戦いがその一瞬に決ったかに見えた。

山本勘助は狭霧《さぎり》の中に敗戦を意識した。そして敗戦の責任者としての自らの処置をも考えていた。彼は久住優軒、大仏庄左衛門、諫早五郎等数名の家来と共に、敵陣深く斬りこんでいって、東福寺村附近で柿崎和泉守の郎党の手にかかって死んだ。

「もはやこれまでと思った山本勘助は、紺糸縅《おどし》の鎧《よろい》をつけ、青毛の駿馬にうちまたがり、穂先一尺二寸、長さ一丈五寸、目方五貫六百匁《もんめ》の大身の槍を、自由自在にうちふりながら、越軍の中にかけこみ、まず、本庄、山吉の二陣を蹴ちらし、敵将謙信いずれにあるやと呼ばわりながら、つき進んだ。鬼神もあざむくような武者姿だった」

山本勘助の最期の場面になると、三枝十兵衛は、その隻眼を見開き、手をふり、叫び、時には立ち上って、その乱戦の模様を物語った。その時六十歳をとうに過ぎていた山本勘助が、一丈五寸などという大身の槍をうちふるうなどということは、想像されなかったけれど、鉄以には、三枝十兵衛のものがたる、川中島の戦いだけは、おそらく真実に違いないと思った。ただ鉄以にはその老人が、二十二年前の川中島の戦いの郷愁だけに、残された彼の生命力のすべてを打ちこんだような気の入れようで、戦いを語るのが不思議に見えてならなかった。三枝十兵衛の言うとおりの死に方を山本勘助がしたとしても、それを語る三枝十兵衛は、第三者であり、当然客観的な表現がなければならない。おそらく、この老人は、川中島における体験を山本勘助に託して、話しているに違いないと思った。志を得ずして、いまなお、戦乱の世を、はいずり廻っている老武士の姿はあわれであった。

やがて老人は語りつかれたのか、声をおとし、肩ではげしく息をついていたが、飲みかけの湯で喉をうるおすと、

「もはやなにも申すことはない。これで拙者は死ぬことができる」

老人はその場にくずれるように倒れこみ、生命の余燼《よじん》のすべてを、山本勘助のものがたりにつぎこんだかのように、そのまま深い眠りに落ちこんだ。

鉄以は、老人のそばに一夜、つき添ってやっていた。榾の火をたやさぬようにして、朝を迎えたが、老人は再びその片眼を開けようとはしなかった。鉄以は隙間洩る朝日の下で、老人の乾いた唇に水を塗ってやり、合掌した。老人の死顔は静かだった。

三

鉄以が妙心寺の大和尚に、諸国行脚《あんぎゃ》の許しを乞うたのは、天正十八年の四月である。

三枝十兵衛が妙心寺を訪れた天正十年ごろにくらべると、世の中はずっと安定していた。秀吉に反旗をひるがえした北陸の柴田勝家が賤ヶ嶽《しずがたけ》の一戦で潰《つい》え去った後秀吉は、諸国の大名を和戦二様のかまえによって次次とその勢力下に従え、天正十五年、九州の島津氏を新勢力の一つに加え、更に天正十八年三月、小田原の北条氏を攻め亡ぼしてからはもはや、秀吉に敵対するものはなくなっていた。

鉄以の旅は、おもて向き諸国行脚による修業となっていたけれど、真の目的は父山本勘助のことを調べるためだった。鉄以が出発するに当って妙心寺の大和尚は、

「三枝十兵衛の語ったことが真実かどうかを調べるのではなく、不幸にも、亡びさった武田の事蹟を調べるつもりで、行くがよい。ほっておけば足もとから消えていく歴史を、しっかりと書きとどめることが、亡び去った人たちの最大の供養にもなり、お前の父親山本勘助への法要にもなるだろう」

大和尚は幾許《いくばく》かの路銀と、諸国の寺々への紹介状を書いて、鉄以に渡してから、更につけ加えた。

「どこへ行っておっても、山城国妙心寺の僧であることを忘れぬよう」

鉄以は妙心寺の山門を出た。十歳の時、寺に預けられてから四十年、一日も離れたことのない妙心寺との訣別はつらかった。天下は泰平の様相を示しては来たけれど、いつまた戦争が始まるかも分らなかった。そうなれば、寺へもどることすらおぼつか

ない。帰れると考えるより、帰れないと思ったほうがむしろほんとうだった。鉄以が朋輩《ほうばい》の僧や、檀家の長老などに引き止められても尚且《か》つ、この旅に出かける決心をしたのは、八年前、廃屋で死んだ三枝十兵衛の言葉をたしかめたかったからである。ほんとうの父山本勘助を知りたかったのである。生れ落ちると同時に、故郷を捨て、妻子を捨てた父山本勘助ではあったが、いまは亡き人であると思うと、なんとかして、その父の真実の姿に触れ、できうれば、父の終焉《しゅうえん》の地を訪れて、菩提《ぼだい》をとむらってやりたいと思ったのである。

鉄以の足は駿河から富士川添いに甲州に向った。

彼は道々、武田の事蹟をさぐり、戦蹟を訪れ、それを書きとめていた。甲州の地は徳川家康の領土となっておったが、武田家にゆかりのある人はあちこちに分散していた。鰍沢《かじかざわ》の妙法寺に杖《つえ》をとめたとき、鉄以は近くの栃窪《とちくぼ》村に武田信玄に仕えていた、矢川八右衛門という侍が住んでいることを聞いて、尋ねていった。

矢川八右衛門は、長篠《ながしの》の戦いで左手に受けた弾丸のあとを見せながら、

「山本勘助という御人のことは知らないな、さような人がお館様の帷幕《いばく》中にいたとすれば、当然われわれの耳にも聞えて来るはずであるが……」

八右衛門はいくどか頭をかしげて、どうも思い当らぬが、釜無川の下流の加賀美郷に、笠原助左衛門という郷士がいる。笠原はもうかなりの年齢だが、川中島の戦いに

も参加しており、信玄公の馬の轡《くつわ》を取ったこともある人だから、或はその山本勘助という人を、知っているかも知れないと答えた。

笠原助左衛門の家は、釜無川を見おろす丘の上にあった。いかにも、この近在の豪家らしく、かまえも立派であり、使用人も多かった。川中島の戦いに出た助左衛門は、既に死んでいて、その子が助左衛門を襲名していた。

「おやじは武張《ぶば》ったことが大好きでしたが、私はそういったことが大嫌いで」

助左衛門は親の助左衛門とは違って、武よりも文を好むほうだった。蔵書も多く、なかなかの見識家だった。助左衛門は、鉄以が武田興亡の歴史を調べているのを聞いて、ひどく感心した。

「私の祖父も父も武田家に仕えました。子孫として、是非、武田の歴史を書きのこしていただきたい。ここはほぼ甲州盆地の中央にありますゆえ、ここを足場として、あちこちと調べ歩きされたらいかがでしょうか」

鉄以は助左衛門の好意を受けた。助左衛門にかぎらず、甲州はどこへ行っても武田につながる者がおり、鉄以の仕事にはすすんで材料を提供してくれた。鉄以は材料を集めては加賀美郷に帰り、それらを整理してまた旅に出かけていった。武田の事蹟はつぎつぎと集まってはいったが、山本勘助についての事蹟は、なにひとつとして現われなかった。だが、鉄以は、三枝十兵衛が語った、陰の軍師ということにのぞみをかけていた。

（山本勘助はもともと陰の軍師だったから、一般の士卒は知ってはいないのだ。山本勘助を知っているものは、武田家の宿将だけに限られているかも知れない）

鉄以はそう考えた。

しかし、武田家の正統、又は、名のある武将は、武田勝頼が天目山《てんもくさん》で滅んだ直後、織田信長の徹底的な武田狩りに会い、ほとんど殺されていた。降伏した者と言わず、傷ついて捕えられた者と言わず、はては女も子供も、武田家に縁のつながるものは、首をはねられていた。その数は二千とも三千とも言われた。武田の正統とその武将の係累は、この時に根だやしにされたのである。しかし、ただひとり、主家を裏切って織田につかえた穴山梅雪《あなやまばいせつ》の一党だけは、生き残っていた。鉄以は、その梅雪の縁につながる原昌茂に韮崎《にらざき》で会った。原昌茂は徳川に仕え、韮崎の代官所に補佐役としてつとめていた。

「山本勘助……」

原昌茂は、それまで鉄以が会ったすべての人と同じように首をひねった。

「拙者は川中島の合戦の時は十九歳で、信玄公の小姓を務めていたが、そのような男はいなかった」

陰の軍師のような者がいなかったかどうかについて質問すると、原昌茂は、

「お館様は軍師とか軍略家というような者を、ひどく嫌っておられた。軍議は武田の宿老たちの間で行われ、お館様はほとんど口を出さずに、黙って軍議を聞いておられて、最後に方針を決定するというふうであった。川中島の戦いの献策は、馬場民部殿が建て、諸将がこれに反論したのであるが、お館様のひとことで決ったのだ」

鉄以はもはや、それ以上、山本勘助について聞く勇気はでなかった。

「三枝十兵衛と申すものを御存じないでしょうか」

鉄以は、別れぎわに、ひょいとそれを口に出した。三枝十兵衛の身元が分れば、或は山本勘助の手がかりになるかも知れないと、思ったのである。藁をつかむ気持だった。

「三枝十兵衛とな、三枝と名乗る者は武田には多かったが……三枝十兵衛、どこかで聞いたような名前だな」

原昌茂はしばらく考えていたが、

「そうそう、その男は山県昌景《やまがたまさかげ》殿の手のもので、物見衆組頭を務めていた。川中島の戦いで、重傷を負って、その後故郷に引こんで百姓をしている筈だ」

「生きているのですか」

「三年前までは生きていた。三枝十兵衛の孫が、徳川家に仕官したいといって、彼の手紙を持ってここを訪れて来たからな」

鉄以は眼を見張った。三枝十兵衛が生きている筈がない。彼は八年前に妙心寺の廃屋で死んだ筈だ。

「どこにおられましょうや」

「確か笛吹川の上流の室伏だったと覚えているが」

原昌茂は、答えてから、なぜ貴僧は山本勘助なるものを、それほど深く尋ねているのだと聞いた。

「拙僧の父でございます。父の生前の業績をたしかめ、父の菩提をとむろうためでございます」

鉄以は、その足で笛吹川の上流の室伏をたずねていった。

三枝十兵衛は八十歳というのに、つやつやとした頬をしていた。川中島の戦いで負傷した足が、不自由であるほか、どこにも異常がなく、その辺の郷士らしい、大きな構えの家の奥座敷に坐って、鉄以を見おろしていた。

「山本勘助か、よく知っておるぞ。彼は川中島の合戦の時は、おれの組下にいた。永禄三年九月十日の早朝、どうも上杉勢の様子がおかしいから、山本勘助ほか五人を物見に出した。霧の深い朝だった。その五人が五人とも敵に捕えられてしまったのだ。その後一年ほどたって、そのうちのひとりの者が帰って来て、話したところによると、山本勘助は片眼片足に傷を受けて捕えられたが、越後へ行く途中脱走して行方知らずになったとのことである。あの男のことだから、いまも尚、どこかで、大法螺《おおぼら》を吹いているような気がしてならない」

「大法螺？」

鉄以はむっとしたような顔で反問した。

「そうだ大法螺だ。山本勘助は大法螺ではないと思っているのだろうが、はたから見ると、それが大法螺に聞えるのだ。口才の利く男で、議論なら誰にも負けなかったし、敵情を見るのもすばやかった。兵の動かし方について、彼一流の文句を言うので、上の人からはあまりよくは思われていなかった」

三枝十兵衛は、遠い昔を見るような眼をしながら、しばらく考えこんでいたが、

「山本勘助は夢の多い男だった。彼はあちこちの戦場を渡り歩いて、彼の才能を売りこもうとしていたようだ。彼ののぞみは軍師だった。このおれを軍師にしたら、おれはその大将を盛り立てて、必ず天下を取らせて見せるなどと、本気になって言っておったことがある。そうそう、川中島の戦いの前日の九月九日のことである。彼は物見として、西条山の背後へ通ずる間道を、調べに行って帰って来て、その結果を主君の山県昌景殿に報告にいった。その折、お館様は諸将を集めて軍議を開いており、山県昌景殿もその場に列席されていた」

軍議は森の平迂回路に大軍を送りこめるか、どうかの問題で停頓していた。山県昌

景は、物見の帰りを立ったり坐ったりして待っていた。そこへ山本勘助が帰って来たのである。山県昌景は山本勘助の報告を聞くために、席を立とうとした。

「かまわぬ、その物見の者をここへつれて来て、直接その結果を語らせるがよい」

武田信玄の一言で山本勘助は幕中に入れられた。

山本勘助は用意して来た図をおしひろげて、間道について説明をはじめた。

「結論を先に申し上げますと、森の平への迂回路を経て、西条山の背後に出る道に、三千の兵をすすめることは可能です。だがこの道には二ヵ所の難関があります。第一は途中の沢のあたりで、約一丁あまりにわたって道がこわれております。第二の点は西条山へ廻りこむ地点であり、ここはしゃにむにやぶをくぐって進まねばならず、ここにおいて、迂回軍はもっとも難渋いたすものと思われますので、先に一隊を派遣して、迂回路を切り開いて置く必要があるかと存じます」

そう前置きして、問題についての細部を話し出した。明快な報告だった。言葉づかいといい、眼のつけどころといい、報告のまとめ方といい、ただの物見とは違っていた。報告が終って引きさがるとき、

「彼はなに者なるぞ」

と武田信玄が、山県昌景に下問しているのを、山本勘助は背後に聞いた。

「もと今川、北条に仕えていたことのある山本勘助と申す者でござる」

山県昌景の答えに対して、武田信玄はそれ以上なにも訊ねなかった。山本勘助は三枝十兵衛のところに戻って来て、

「おれにもとうとう運が向いてきたぞ。おれはお館様の眼に止ったのだ。おそらく迂回軍の先導役は、おれが務めることになるだろう」

と言った。

「ばかは休み休み言え。お館様がきさまの名前を訊ねたのは、きさまが余計のことを、べらべらしゃべったからなのだ。武田軍は、武を重んじて、口を重んじない。お館様はきっと、なるほど渡り者か、道理で口が多すぎると、ひそかにお洩らしになったに相違ない」

組頭の三枝十兵衛は、山本勘助を軽くあしらって置いたが、山本勘助は総大将の武田信玄の眼に止ったことで、有頂天になっていて、三枝十兵衛の言うことなぞ耳に入らぬようだった。

「しかし、今になって考えて見ると、山本勘助の言うとおりに、道路の工作をしておいて、彼を迂回軍の先頭に立てていたら、迂回軍はもっと早く、西条山の背後に到着していたかも知れぬ。そうならば味方は大勝、その後の天下の形勢はどうなっていたか分らない」

三枝十兵衛は鉄以に言った。

「山県昌景殿は、迂回軍の案内役に山本勘助を推薦したが、馬場民部殿は、山本勘助を用いず、土地の百姓を先導としたため、かえって時間がかかって、あの失敗を招いたのだ」

「そしてその翌日の霧の朝のことを……」

鉄以はすがるような眼を三枝十兵衛にむけた。

「先導役を貰えなかった山本勘助は、ひどく気落ちしていたようだった。日頃の山本勘助ならば、むざむざ敵に捕えられるような男ではない。まして、片眼片足に傷を受けるなどということは、考えられぬことだ。やはり、そのことがよほどこたえていたものと見える。霧の中へ出した物見が、誰も帰って来ないから、これはおかしいと思っているうちに、霧が霽《は》れた。驚いたことには眼の前いっぱいに越軍がおしよせて来ているのだ。それからは無我夢中だった。生きて帰れただけがもうけものであった」

三枝十兵衛は話を切って、誰でも言うように、貴僧は山本勘助と縁のあるものかと聞いた。

鉄以は、山本勘助が父であることを告げた。そうであったかと、三枝十兵衛は鉄以の顔をしみじみと見ていたが、

「やはり山本勘助も乱世の英雄だった。ところを得さえすれば、軍師にもなれただろうし、一国一城の主にもなれた男だ」

そのことばを聞いていた鉄以は、はらはらと涙をこぼした。

その後も、鉄以は武田の事蹟、戦蹟をたずねて、諸国を歩き廻っていた。山本勘助のことは二度と口には出さず、武田の興隆から滅亡への道を、くわしく調べていた。天下が泰平となると、亡び去った武田の名が、武士たちの郷愁となって盛り上り、鉄以のほかに武田について資料を集める者が出て来た。

鉄以が加賀美郷の笠原助左衛門のところに落ちついて、武田の歴史を書きはじめたのは、文禄三年の秋であった。長い間の無理がたたって、彼の健康状態は憂慮すべきものになっていた。言語がもつれ、わずかながら手が震えた。しかし彼は四年半にわたる彼の仕事に、結末をつけねばならなかった。彼が筆を取ると、彼の傍に父山本勘助が坐って彼をみつめているような気がした。鉄以は、何枚もの書きくずしを作った末、山本勘助という主題を拾い上げた。彼は、妙心寺の廃屋で、夢を語りつづけて、死んでいった父山本勘助の怪異なまでの容貌を、武田の智将山本勘助の表看板にした。それからは驚くほどの早さで筆は動いていった。それは武田の歴史ではなく、軍談だった。物語りに武田の歴史をおりこむことによって、父山本勘助の夢を達成させたのである。鉄以が筆を擱《お》いたのは、文禄四年の花の咲くころだった。

「長いことお世話になりました。ようやく武田の歴史を書き上げましたから、折を見てこれを版に載せていただきたい」

鉄以は笠原助左衛門の前に、三十数冊の綴りをさし出した。

笠原助左衛門はその一冊を取った。表に甲陽軍談と書いてあった。著者の名前はなかった。へんに思って、その末尾を見ると、山城国妙心寺の僧これを記すと書いてあった。鉄以の名はどこにもなかった。

甲陽軍談の存在は、時代をへるに従って、価値づけられていった。その後春日惣次郎、小幡康盛、外記孫八郎、西条治郎等の軍学者が、甲陽軍談の存在に眼をつけ、武田の重臣高坂弾正虎綱の遺稿と合わせて、甲陽軍鑑を書き上げ、更に江戸時代初期の軍学者小幡景憲によって、甲陽軍鑑は大成され、出版され、門弟三千のための軍学の教科書となった。甲陽軍談は甲陽軍鑑に変貌したが、軍師山本勘助の名はこの本によって不動のものとなった。

竹中半兵衛

柴田錬三郎

柴《しば》田《た》錬三郎《れんざぶろう》（一九一七～一九七八）

岡山県生まれ。慶応大学在学中から「三田文学」に小説を発表。大学卒業後は日本出版協会に入るが、一九四二年に招集。南方に向かう途中で乗艦が撃沈されて漂流するが、奇跡的に救助される。一九五一年発表の『デスマスク』が芥川賞と直木賞の候補となり、翌年『イエスの裔』で直木賞を受賞する。小説の基本はエントネ（人を驚かせること）にあるとし、『眠狂四郎無頼控』『赤い影法師』〈柴錬立川文庫〉シリーズなど奇想天外な伝奇小説を得意とした。『三国志英雄ここにあり』で吉川英治文学賞を受賞。『復讐四十七士』が絶筆となった。

一

夜半——それも、四更《しこう》に近くなって、大阪城真田丸《さなだまる》の館に、供一人もつれぬ武将が、闇の中を訪れた。

まだ牀《とこ》にも就《つ》かず、軍書をひらいていた左衛門佐幸村《さえもんのすけゆきむら》は、廊下から、筧十蔵《かけいじゅうぞう》の声で、

「塙団右衛門直之《ばんだんえもんなおゆき》殿、お忍びでござる」

と、告げられて、なにか異変があったな、と直感した。

はたして、塙団右衛門直之は、七尺近い巨軀《きょく》をはこんで来て、対坐するや、魁偉《かいい》の面貌《めんぼう》を、沈痛にくもらせて、

「何者とも知れず、国松君《くにまつぎみ》を連れ去り申した」

と、告げた。

国松とは、秀頼《ひでより》の嗣子《しし》であった。当年六歳になる。母は、正室千姫《せんひめ》ではなく、加藤清正《きよまさ》の女《むすめ》奈々《なな》であった。国松を生んですぐ、みまかっていた。

塙団右衛門が、その傅《も》者《り》となって、おのが館に、あずかっていた。徳川と手切れになった際、大阪随一の豪の者塙団右衛門ならば、もし陥落せんか、懐に抱いて、敵陣を突破し、何処かに落ちのびて守り育ててくれるであろうと、秀頼は配慮したのであ

る。

さいわい、冬の陣は講和となり、塙団右衛門も阿修羅《あしゅら》の突破行を為《な》さずに済んだが、国松はそのまま、その館にとどめて置かれたのである。

夕食後、半刻ばかり、お伽衆《とぎしゅう》対手に双六《すごろく》遊びをしてから、寝に就き、それからしばらくして、侍女が燭台《しょくだい》のあかりを細くするために入って行くと、もう褥《しとね》の中は、空《から》になっていた、という。

急報を受けた塙団右衛門は、お伽衆や侍女に、かたく口どめして、寝所をくまなく調べたが、いかなる方法で拉致《らち》されたか、皆目判らなかった。

尋常の手段では、連れ出せなかった筈である。次の間には、忍びの者が三人も、詰めていたし、廊下にも庭にも、宿直《とのい》の士《さむらい》らが多勢いたのである。

天井裏か、床下か、いずれからか出入りしたに相違ないと考えられたが、痕跡はのこっていなかった。

幸村は、筧十蔵を呼ぶと、

「国松君の今宵の伽《とぎ》をした侍女を捕えて参れ」

と、命じた。

筧十蔵は、しかし、侍女の代りに、一通の遺書を持って来た。

侍女は、居室で、自害して果てていた。

遺書には、たった一行、詫《わ》びの言葉がしたためてあった。

幸村は、団右衛門に、言った。

「其許《そこもと》が寝所にかけつけられた時、国松君は、まだ、そこに居られた筈でござる」

「なんと申される？」

「たぶん、伽の侍女が、そのせなかに、肌へじかに、国松君を背負うていた、と存ずる。其許が、この凶変を厳秘にふされ、宿直の士らにも報《し》らせないであろうことは、曲者は、あらかじめ、測って居り申した筈。寝所を調査されているあいだに侍女は、抜け出し、自室にもどって、そこに待ちかまえていた味方の者に、若君を渡した。そやつは、若君をかかえて、悠々と遁走《とんそう》いたした。そう判断つかまつる」

「しかし、侍女は、詫びのため自害いたして居り申すぞ」

「死を覚悟の上での仕業《しわざ》であった、と存ずる。侍女の仕業であった証拠は、この遺書でござる。封じた糊《のり》は、今宵つけたものではなく、この乾きは、先夜のうちに封じたことが明らかでござる。すなわち、詫びの遺書が、若君が拉致されるよりも先に書かれた――」

幸村は、微笑した。

「大御所め、あろうことか、国松君を、さらうとは！」

塙団右衛門は、悪魔のように、凄《すさま》じい、眼光を宙に放って、呻《うめ》いた。

「待たれい。大御所ともあろう人物が、このような軽はずみな指令をするとは、思えぬ」

秀頼の嗣子をかどわかして、大阪方を激昂させ、戦いをしかけさせる——そのような手段を弄《ろう》するほど、家康は小人ではない、と幸村は断言できる。

講和条件によって大阪城の濠《ほり》という濠を埋めつくし、城壁を破壊している家康である。大阪城を炎上させる方図《ほうと》は成っていたのである。

あとにのこされているのは、豊臣家を滅《ほろぼ》す天下の納得の名分をどうたてるかである。秀頼の嗣子をかどわかして、大阪方を挑発した、となれば、世間の非難は、徳川家に集まろう。

敵を滅《ほろぼ》すために、陰険であり悪辣《あくらつ》であり冷酷であるということは、むしろ、第三者の目には、攻撃者に、正当の理由があるかのごとく、思わせる——それであろう。

幸村は、家康が、幼児などをさらって、秀頼や淀《よど》君を刺戟《しげき》する下策《げさく》をとるとは、考えられなかった。

「大御所の指令でないとすれば、本多上野介《ほんだこうずけのすけ》あたりの策謀でござろうか」

「いや、若君を盗んだのは、徳川方ではない、と存ずる」

「では、何者と想像される？」

「さあ——？」

幸村も、首をかしげざるを得なかった。

判っているのは、下手人が、侍女に化けさせて、入り込ませていた味方の女を自害させたほどの、尋常一様でない曲者であるということであった。

ともあれ、この誘拐は、大阪城内にも深く秘密にしておいて、至急に、国松を奪いかえさなければならなかった。

幸村は、塙団右衛門が去ると、すぐに、猿飛佐助《さるとびさすけ》を呼んで、念の為に、伏見城内をさぐらせることにした。

次の夜更けて、戻った来た佐助は、伏見城の家康の身辺に、なんの変った様子も見受けられなかった、と報告した。

幸村は、しばらく沈思していたが、

「佐助、目的を遂げるために、自ら進んでおのれの生命をすてた忍者の回向《えこう》は、いかがいたす？」と、訊ねた。

「その里その里のならわしがござるが、何処《いずこ》でも、偈頌《げじゅ》も陀羅尼《だらに》も誦《とな》えはいたしますまい。伊賀の里あたりでは、死ぬと決めたならば、その者が、風のごとく帰って来て、先祖の墓に、黒い蓮華《れんげ》を一輪、供《そな》えて置いて去る、ときき及んだことがござる」

「佐助、伊賀へ行け！」

「かしこまった」

二

二日後、佐助の姿は、伊賀郡刃心《じんしん》山の中腹にある杉の密林内の墓地に現れた。刃心とは、すなわち、忍の字を二つに分けたもので、そこが、伊賀衆の修業の山であった。墓碑といっても、自然石が、あちらこちらに、まばらに据《す》えてあるだけで、それが墓と判るのは、それぞれに、「上」とか「中」とか「下」とか刻まれていることであった。すなわち、上忍、中忍、下忍の証《あかし》であった。上忍の墓は大きく、下忍の墓は小さかった。

佐助は、その上忍の墓のひとつの前に、漆黒の蓮華の造花が、供えられているのを、見出した。

佐助は、その墓碑が、この墓地の恰度《ちょうど》中央に位置しているのを知って、

「頭領波賀《はが》家の墓じゃな」

と、合点《がてん》した。

自害した侍女は、伊賀忍び衆の支配者の女《むすめ》であった、ということになる。

では、その娘を使ったのは、当然、波賀家の当主ということになる。

佐助は、まっしぐらに、山を駆け下って、その聚落《しゅうらく》のある忍び谷へ至った。

しかし、そこで、佐助が、きかされたのは、頭領波賀家は、三十年前に絶えて、その屋敷さえも無くなっているということであった。

伊賀忍び衆を支配していた波賀彦十郎は、豊臣秀吉が、羽柴筑前守であった頃、その軍師竹中半兵衛《たけなかはんべえ》にやとわれて、神魔《しんま》と称せられるほどの活躍をしていたが、竹中半兵衛が逝《ゆ》くと同時に、忽然《こつぜん》として姿を消し、そのまま、杳《よう》として行方を絶ち、ついに伊賀へも還《かえ》らなかった、という。

「さて――どうしたものか？」

佐助は、当惑し乍《なが》ら、大阪城へ戻って行った。

恰度、同じ日――。

関ケ原駅の東南に蟠踞《ばんきょ》する美濃《みの》の中山――すなわち南宮山の杣道《そまみち》を、すたすたと登っている一人の若い山賤《やまがつ》がいた。身丈も小柄で、どこといって特徴もない凡庸な風貌の若者であったが、その速歩《そくほ》ぶりは、視《み》る者が視れば、忍者のそれであった。かなりの勾配の、石塊の多い坂を、常人が平地を走るのとかわらぬ迅《はや》さで、進んでいるのであった。のみならず、跫音《あしおと》を消している。

背には藺草《いぐさ》を貼《は》った竹籠《かご》を、負うていたが、空ででもあるかのように、かるがるとしていた。頂上に達して、若者は、足をとめて、春光の満ちた関ケ原の山野へ、眸子《ひとみ》を放った。その凡庸な面貌に、はじめて、鋭利な表情が刷《は》かれた。

十余年前、この南宮山には、毛利秀元が陣を敷き、それにつづく東南の岡ケ鼻には、長束正家《なつかまさいえ》、安国寺恵瓊《あんこくじえけい》、そして山下には長曾我部盛親《ちょうそかべもりちか》と、いずれも石田三成《いしだみつなり》に味方する西軍の勇将らが布陣していたのである。しかし、ひとたび、関ケ原において、東軍と西軍が激突し、石田三成の主隊が総崩れになるや、毛利も長曾我部も、いずれも、戦わずして、退いたのであった。

　関ケ原の決戦は、小早川秀秋の裏切りによって、勝敗がわかれたと言われる。もとより、それは明らかだが、この南宮山に陣を敷いた毛利軍が、鉄砲の音、矢叫《やたけ》び、鬨《とき》の声が西北よりつたわって来るのをきき乍ら、ついに動かなかったことも、原因しているのである。

　毛利秀元もまた、石田三成を裏切っていたのである。豊臣家にとっては、まさに痛恨の古戦場であった。

　山賤に身を変えた若者は、往時を偲《しの》び、毛利秀元の背信を憎むがごとき気色をみせたのであった。

　われにかえって歩き出した時、背中の竹籠の中から、小さな呻き声が洩れた。

「いま、しばらくの辛抱でござる、若君様」

　若者は、意識を喪《うしな》わしめている幼児に、そう言いかけておいて、さらに飛ぶように、足をはやめた。

南宮山の尾根づたいに、一上一下すること一里で、岡ケ鼻と称《よ》ばれる栗原山に達する。

落陽が、青野《あおの》ケ原の彼方《かなた》一円に、美しい夕焼の彩《いろどり》を刷いて、美濃近江の山々をくろぐろと沈め乍ら、あかあかと、覆輪《ふくりん》をはらって、大きいすがたをあらわした頃あい。

若者は、まばらな赤松にかこまれた、中腹の平地に、ひっそりと建つ一草堂の柴門《さいもん》の前に立っていた。

柴門の編戸《あみど》は、傾いて、夕風にゆれている。

つと入った若者は、草堂が、半町もかなたに、生茂《おい》った雑草をへだてて建っているのにも拘《かかわ》らず、そこで、つつましく、膝《ひざ》を折って、一礼した。

「殿、彦太郎、ただいま、帰参つかまつりました」

草堂の中に在るであろうその仁《ひと》に、挨拶しておいて、立ち上ると、忠義の家臣のみがたたえる粛粛《しゅくしゅく》とした物腰で、足をすすめた。

しかし、若者は、玄関から入ろうとはせず、荒壁《あらかべ》に沿うて、裏手にまわり、背負うた籠をおろして、

「若君様、さぞ窮屈でございましたろう。おゆるしたまわりませい」

と言い乍ら、蓋《ふた》をはらって、五六歳の幼児を、抱きあげた。

こんこんと睡りつづける顔や手足を、筧の水で、拭いてやり、おのれも、身をきよ

めてから、

「さて、殿に、御対面を――」

と、呟《つぶや》いた。

瞬間、暮色《ぼしょく》の中で、全身をさっと緊張させて、踵《きびす》をまわすと、幼児を抱いたまま、ツツ……と、裏口から入った。

若者は、草堂の中のあるじのさまが、手にとるようにわかっていたのである。

あるじは、蒲の円座《えんざ》に坐って、黙然と、半眼に閉じて、動かずにいた筈である。ところが、幼児をいざ対面させよう、と呟いた瞬間、若者は、あるじが動いた気配を察知したのである。

その気配は、鋭いものであった。

若者は、土間にいったん蹲《うずくま》ってから、そっと、頭を擡《もた》げた。粗土《あらつち》と松の丸柱の床の間を背にして、白髪白髯、白衣の人が、端坐していた。松形《しょうけい》鶴骨《かくこつ》の老夫子《ろうふうし》の神采《しんさい》とは、この人を形容するためにつくられた賞称《しょうしょう》であろうか。

床の間に掛けられた横幅の一字「義」という朱拓《しゅたく》が、翁の白いすがたと相映《は》えて、荘厳である。

座右に渾天儀《こんてんぎ》、書簏《しょろく》、小机があるのみ。

「殿、無断にて、半歳の間、姿をくらませし罪、幾重にもお詫びつかまつります」

若者は、ふたたび頭を下げて、しばらく、そのまま、動かなかった。

老翁の膝の前には、鮫鞘《さめざや》の短剣が置かれてあった。若者は、老翁が、小机の上にのせていたそれを、把《と》って、膝の前に置いた――それだけの気配を察知して、はっと緊張し、急いで、入って来たのであった。

おのが無断出奔《しゅっぽん》を、老翁は、咎《とが》めるのだ、とおそれたのである。

「彦太郎――」

老翁は、呼んだ。その声音《こわね》はさびて、静かであった。

「はい」

「その幼童は、秀頼公の御嫡嗣《ごちゃくし》か？」

言い当てられて、若者は、

「国松君にございまする」

と、こたえた。

「美しい御子《おこ》だの」

「はいっ――」

若者は、幼児をほめられて、急に、顔をかがやかせて、

「彦太郎、一身にかえて、天下人にふさわしき武将にお育て申上げます」

と、きっぱり言った。

若者は、かねて、老翁が、

「豊臣家は一両年うちに、徳川家康によって滅ぼされるであろう。おいたわしいが、秀頼公は、自決なさるよりほかはない。やはり、豊臣家の血は、二代をもって絶える宿運であったな」

と、独語するようにもらしていたのを、きいていたのである。

――よし、それならば、大阪城が炎上する前に、国松君をおつれ出し申して、わしが、守り育てよう。殿も、義心を汲《く》まれて、幼君を薫陶《くんとう》化育《かいく》するすべを、授けて下さるであろう。

そう心に誓い、ついに実行したのである。

「彦太郎――」

「はい」

若者は、老翁を、凝《じ》っと視かえした。

老翁は、短剣を把った。

「これで、その幼な児の胸を刺せ」

穏やかな語気で、吐いたのは、無慚《むざん》なその言葉であった。

若者は、息をのみ、眦《まなじり》が裂けんばかりに、瞠目《どうもく》した。

老翁は、四十余年前に逝《い》った筈の竹中半兵衛重治《しげはる》その仁《ひと》であった。

三

古書に謂《い》う。

司馬遷《しばせん》の史記をひもとけば、張良《ちょうりょう》あり、韓信《かんしん》あり、黥布《げいふ》あり、蕭何《しょうが》あり、樊噲《はんかい》あり。あたかも春の山の桜、山吹、秋の野の菊、楓《かえで》を看《み》るごとし。わが国史の元亀《げんき》天正の際に現れたる英主、勇将を観《み》るに、また同一の感を生ず。

もし豊臣秀吉を以て、沛公《はいこう》に比することを得ば、かの加藤、福島のごとき七将は、樊噲なり。曹参《そうざん》なり。韓信なり。攻むなれば取り、戦えば勝つ。石田、長束は、蕭何か陳平《ちんぺい》か。すこしく呂后《ろこう》に似たる淀君あり。

陵墓《りょうぼ》の土いまだ乾かざるに、宮廷の内は、紛々《ふんぷん》として乱麻《らんま》のごとく、芒碭《ぼうとう》に白蛇《はくだ》を斬りし火徳はや衰えて、群雄鼎《かなえ》の軽重《けいちょう》を試みんと為すに至る。

この衰乱《すいらん》の代を見ず、覇主《はしゅ》の妬忌《とき》にふれず、赤松子《せきしょうし》に学びて高踏《こうとう》せし子房《しぼう》の風骨あるは、織田・豊臣二姓の世に、ただ一人、濃州菩提《のうしゅうぼだい》の城主たりし竹中半兵衛尉重治あるのみ。

渠《かれ》、夙《はや》くより俊英《しゅんえい》の誉《ほまれ》あり。馬皮にて包める鎧《よろい》を着し、木綿の羽織に、一ノ谷と名付けたる冑《かぶと》の緒《お》を締め、馬上凜乎《りんこ》として士卒に下知《げち》すれば、戦わざるに、先ず敵軍の気を屈せしめ、味方の士気を鼓舞《こぶ》し、百戦して百勝す、と言う。

　重治、秀吉の寄騎《よりき》となり、帷幄《いあく》の中に策をめぐらし、秀吉が征西将軍に歴上《へのぼ》るまで、奇勲《きくん》を奏せしこと、かぞえきれず。

　されど、重治は、孔明《こうめい》にも比すべき聡明叡智《そうめいえいち》の仁《ひと》、栄華ある者は必ず愁悴《しゅうすい》ある自然の理数を知りて、一身の栄位勢利を望まず、望むところは、方外の人となりて四海に遊び、蘿窓《らそう》の月をめでて、瞑想《めいそう》の妙味を識《し》らんとすることなり。

　秀吉の乞いを容《い》れて、その帷幄の臣となりし際すでに、その人と為《な》りを知り、終生を俱《とも》にする仲たるは難事とさとれり。我、渠《きょ》に服するか、渠をして我に従わしむるか、二途のうち一途あるのみ。されば、やがて渠と我との反目は火を看るよりも明らかなり。長頸烏喙《ちょうけいうかい》の人は、苦を供に為す可《べ》しと雖《いえど》も、楽は与《とも》に為すこと能《あた》わず。我が智は、渠より優ると雖《いえど》も、渠また覇者の略あり勢あり。優者、優者に供《とも》なえば、激して火となるか、触れて砕けざるを得ず。

　秀吉が勢威ようやく熾《さか》んとなる頃、重治、忽焉《こつえん》として、その病軀をかくし、ついに、その臨終を、何人にも看せず。蓋《けだ》し、おのがこの世に在ることの使命の畢《おわ》れるを知りての処置なるべし。重治こそ、張子房《ちょうしぼう》と言うべけれ。光風霽月《こうふうせいげつ》の胸懐《きょうかい》、武人中には、稀なる者なりき。

まさしく、竹中半兵衛は、日本に於ける最も軍師らしい軍師であった。

その父重元は、遠江守《とおとうみのかみ》と称して、美濃の斎藤山城守入道道三《どうさん》の家臣であった。

半兵衛は、父が逝くや、わずか十四歳で、美濃国菩提城《ぼだいじょう》の城主になり、近隣に、俊英のきこえが高かった。匂うばかりの気品をそなえた、白面の貴公子で、幼少より病弱であった。

四季にかかわりなく、城内にとじこもって、書物をひもといている明け暮れであったが、稀《まれ》に、馬場へ馬責めに、姿を現すことがあると、里娘たちは、目の色を変えて、奔《はし》ったものであった。桔梗《ききょう》色の袖無し羽織をまとい、朱房《しゅぶさ》の鞭《むち》を手にした姿は、絵に描いたように美しかったのである。

当主となったその年、斎藤家の戦いに加わるや、学問好きの病弱子とばかり思っていた周囲の人々は、陣頭に馬を進めるその姿が、いかなる勇猛の武将よりも、威厳のあるのをみとめて、目を瞠《みは》ったことであった。

ただ、文にのみ俊英ではなかったのである。武においても、その鋭鋒《えいほう》は、たちまち、あらわれたのである。

「若殿、魁《さきがけ》にお在《わ》せば、軍中なんとなく重きをなし、卒伍《そつご》の端《はし》までも心を安んじけり」

と、家臣の一人は、誌《しる》している。

また、

「軍を見給ふこと、神の如《ごと》く、戦ふや果断、守るや森厳《しんげん》、度量は江海の如く、おん目は、常に和《なご》み給ひ、いかなる困難の時にありと雖も、徒《いたず》らに狂躁のお唇をひらき給へる例《ためし》あることをきかず」

と、筆をきわめて賞讃している。

もとより、病弱の身を、乱軍中に斬り込ませて、武功を揚げるのではなかった。その卓抜した頭脳ひとつによって、われに数倍、数十倍する敵勢を、一瞬にして、敗走せしめたのである。十七歳になった時、半兵衛は、おのれの年齢と同じ数の合戦をして、ことごとく、完璧の勝利を得ていた、という。

ただ――。

このたぐい稀な軍師の上に立つ主将が、あまりにも、暗愚であった。主将は斎藤竜《たつ》興《おき》であった。その祖父山城守道三ほどの頭脳を持たず、その父義竜《よしたつ》ほどの胆力もなく、ただ、祖父・父から残忍酷薄な性格と堂々たる軀幹《くかん》だけを受け継いだ人物であった。

この暗愚の主将の下《もと》に、日根野、氏江、不破《ふわ》という三家老がいたが、いずれも、主将の威光を笠に着て、横暴きわまりなく、家中の心ある人々は、渠らを蛇蝎《だかつ》のごとく憎んでいた。

ある年の正月元旦。

朝から酒色に沈湎《ちんめん》した竜興は、美童の膝に倚《よ》りかかって、櫓《やぐら》の窓から、高峰の雪を眺めていた。

家老の一人氏江が、ふと、城門へ目をやって、

「ほう、小才子が参り居った」

と、いまいましげに、言った。

日根野、不破も、覗いて、

「あの小僧らしげに、悟りすましたなま白い面《つら》がまえは、どうじゃ。まだ十七歳の青二才のぶんざいで、軍師はわれ一人、と尊大ぶり居って……」

「味噌の味噌臭いは、反吐《へど》が出るわ。彼奴《きゃっ》めを、あのままに天狗にして置くと、あるいは、後日の祟《たた》りに相成るやも知れ申さぬ。……殿、ひとつ、こらしめておやり召されし」

と、口々に罵倒《ばとう》した。

城門を入って来ようとしたのは、出仕《しゅっし》の装いも清雅《せいが》な菩提城の城主竹中半兵衛であった。

「その方ら、重治の小智慧が、よほど、うらやましいとみえるの……ははは。したが、一度ころばして、高慢の鼻を折って置く必要はあろう。誰かある、この窓から放尿《ほうにょう》して重治に、ひっかけてやれ」

竜興は、命じた。

逸《はや》り気の若侍の一人が、さっと窓に立つや、袴《はかま》をまくりあげて、

「御諚《ごじょう》っ！」

と、叫びつつ、一条の汚水を、半兵衛めがけて、放ちかけた。

櫓下に立ちどまって、ふり仰いだ半兵衛は、自若《じじゃく》として顔色も変えず、無言で静かに踵《きびす》をかえすと、城門を出て行った。

「重治は、怨《うら》みを含んで、謀叛《むほん》するに相違ない。備えをせぬうちに、菩提山を包囲するに如《し》かず」

と、三家老は、侍大将斎藤飛驒守に、稲葉山の兵三千を率いさせて、どっと向かわせた。

しかし、半兵衛は、その軍勢に対して、一矢も酬《む》いず、

「帰城いたしてより、高熱を発して居りますれば――」

と、おのれに代って、十五歳の弟久作重矩《しげのり》を、質子《ちし》として、稲葉山へ送り、あくまで恭順《きょうじゅん》の態度を示した。

久作重矩は、兄にまさるともおとらぬ、気品をそなえた美貌の持主であった。男色好みの竜興は、たちまち、気に入って、小姓筆頭に据えようとした。

すると、久作は、

「それがしは、質子にございますれば、御城内に質子構えの一戸をたまわり、それに、殿をお迎えいたし度《た》く存じます」

と、申出た。

当時はそのようなしきたりがあったのである。

敵城内に、質子構えを建てる場合は、質子側で、職工を送って、好みの作りにするのも、ならわしのひとつであった。菩提城から、二百人ばかりの職工が、稲葉山へ送られて来た。

四

一月中は、美濃の国は、雪に埋《うず》もれていた。その白ひと色の世界の中で、若き病孫《そん》子《し》は、菩提山の城門を、かたく閉じて、音もなかった。

雪が解けた三月初旬の某朝。

半兵衛は、旗本十六騎を召すや、

「これより、稲葉城を、占領いたす」

と、静かな語気で申渡した。

それより二日前、稲葉城から、弟久作が病臥《びょうが》して、危篤状態に陥っている、という使いが来ていたのである。

半兵衛は、馬の裏皮に粒漆《つぶうるし》をかけた具足をつけ、青黄木綿《あおきもめん》の筒袖陣羽織《つつそでじんばおり》をまとい、天下にきこえた「一ノ谷」の装いも凛々《りり》しく、白馬に鞭打って、まっしぐらに、稲葉山へ疾駆《しっく》した。

到着したのは、夜半。

わずか十六騎をひきつれた半兵衛を、奇襲して来たと疑う者はいなかった。難なく、質子構えに入った半兵衛は、仮病をとなえていた弟久作と、職工に化けていた二百人の部下に迎えられて、その苦心をねぎらい、ただちに、おのおののなすべき任務をさずけた。

翌朝、日根野、氏江、不破の三家老が、一座に会した時、半兵衛は、不意に、音もなく、踏み込み、

「天誅《てんちゅう》！」一喝もろとも、まず、日根野を血煙あげさせた。

仰天して遁《のが》れようとする氏江、不破を、さっと襖《ふすま》を開いて、十六騎が包囲した。

この時、城門という城門は傭役《ようえき》に扮していた半兵衛麾下《きか》二百の面々によって、占拠されていた。主将竜興が、牀《とこ》を蹴って立ち上ったのは、突如として、鐘の丸の警鐘が、いんいんとして鳴るのをきいてからであった。

四辺の騒然たる物音は、まさしく、敵が攻め入ったことを示していた。

血まみれの近習《きんじゅう》が駆け入って来て、

「竹中重治、謀叛にございまする！」

と、報らせた時、城外には、鬨《とき》の声が噴きあがっていた。

竜興は、天守閣の上層へ駆け上ってみて、愕然《がくぜん》となった。

稲葉山の山下を十重《とえ》二十重《はたえ》に包囲した兵が、朝風にはためかせている旌旗《せいき》は、竹中半兵衛のものであった。その数二千余。

竜興の狼狽《ろうばい》ぶりは、後のちまで、士たちの笑い草のひとつになった。

竜興は、白綾《しろあや》の寝衣姿で、重代の刀をひと腰携《さ》げたままで、近習三名とともに、搦手《からめ》から落ちて行った。のみならず、その搦手《て》は、竜興が遁《のが》れ出られるように、半兵衛が、わざと手勢を遠ざけて、空けておいたのである。

竜興は、いのちからがら、祖宗が築いた城を退散して、稲葉郡黒野村の鵜飼《うがい》城へ、逃げ込んだ。

だが、もとより謀叛の心はない半兵衛は、大手搦手をしっかりと閉《と》ざしておいて、城下に降りて行き、一夜のうちに布陣せしめた手勢二千に、厳たる軍律を課し、さらに、岐阜一円に、高札を立てて、決して内乱ではないと布告した。

稲葉城は、城主を喪《うしな》っても、城下は、平常通りの平和を保った。

これをきいた四隣の武将たちは、半兵衛の神謀《しんぼう》鬼略《きりゃく》に、驚嘆《きょうたん》した。織田信長は、即

刻、使者を遣《つかわ》して、すみやかに竜興を弑《しい》さば、その賞に美濃全州を与えよう、と言越《いいこ》した。半兵衛は、笑って、

「美濃の国が御所望ならば、戦場までお越したまわりたい、と信長公へ伝えられたし」

と、返辞した。

それから二月後、半兵衛は、稲葉城を、おのが舅《しゅうと》の安藤伊賀守に引渡し、累代《るいだい》の主君斎藤家を去った。

さらに、おのが居城菩提山も、叔父の竹中重利に預けておいて、一人飄然《ひょうぜん》として、栗原山の麓に草堂を構えて、閑居《かんきょ》したのであった。

家臣らは、誰も、その草堂を訪れることは許されず、いつか、年月を経ていた。半兵衛が、どのような独居をつづけているか、知る者はなかった。いつか、竹中半兵衛の名は、諸国の武将の脳裡から薄れ、遠のいていた。

木下藤吉郎《とうきちろう》が、洲俣《すのまた》城の城主になってから、ふと、竹中半兵衛の名を思い泛《うか》べたのは、賢明であった。

織田信長の諸将が、おどろくべき大軍をもって美濃に攻め入って、一城をも奪取するを得ずして、むなしくひきあげて来た時、木下藤吉郎は、

——もしかすれば、竹中半兵衛が、斎藤家に、軍略をさずけたのではないか？

と、想像したのである。

——よし！　この上は、竹中半兵衛を、味方へ招いてくれる。

決意するや、実行は早かった。

そのむかし、劉備玄徳《りゅうびげんとく》が、三顧《こ》の礼をとって、千年に一人と称われる孔明を、臥竜《がりょう》岡《こう》上の庵《いおり》におとずれて、軍師として迎えたことを、想ったのである。

藤吉郎は、やはり、劉備玄徳と同じく、天才児の草庵を、三度おとずれた。一度目は、留守であった。二度目は、追いかえされた。そして、三度目に、門前に、二刻以上も、待ちつづけて、ついに、対面するを得た。

容貌に極端な劣等感を抱く藤吉郎は、まず、対手の気品匂う皓歯明眸《こうしめいぼう》に打たれたに相違ない。学識においても、天地の差があった。

藤吉郎は、おのれを赤裸にむきだして、当って砕けることによって、対手の好感を得るよりほかにすべはない、と咄嗟《とっさ》にほぞをかためた。

そして、それに、成功した。

半兵衛は、藤吉郎が、尋常の説客のように、とうとうとして天下国家を論じたり、誇大な好餌《こうじ》をもって釣ろうとしたりしないのが、気に入った。

藤吉郎は、自分は土民の中から身を起した男であって、ただ、労力を惜しまず、必死に働くことだけで、ようやく一城のあるじになったが、もはやこれからは、労力や直感力だけで、おのが立場を守れるものでもなく、また、前進することも不可能ゆえ、偉大な頭脳に扶《たす》けられたいために、おうかがいした、とくどいたのであった。

半兵衛は、物静かに、微笑し乍ら、

「それがしに、孔明のごとき天下三分の計はありませぬが、敢《あ》えておたずねなら、申上げる。尾張、美濃は、わが日本の中央なり。首を取るも、尾を攻めるも、ただ将帥の方寸にある。旧主斎藤竜興は暗愚にして図るに足らず、浅井、朝倉、六角は大名と言う木偶《でく》のみ。いまや武田、上杉は、天下に号令するには器量が小さく、三好、松永は、ひっきょう児戯《じぎ》のみ。尾に当ったる今川を撃ち滅された織田上総介《かずさのすけ》殿が、首をのばして畿内《きだい》に進み、室町家をさしはさみ、天下に号令されれば、中原に図るべく、覇業は成す可《べ》し」

と、断定した。

それから、凝《じ》っと、藤吉郎の猿貌《えんぼう》を見据えて、

「さり乍ら、魏《ぎ》に嗣《つ》ぎたるは司馬氏であり、覇権の行方と申すものは、いつの世も、奕棊《えきぎ》に似たものに候か」

と、意味ありげに、言い添えたことであった。半兵衛は、その時すでに、やがて、天下を取るのは、この猿面冠者であろう、と看破したのである。

半兵衛は、乞われて、草廬《そうろ》を出た。時に、二十三歳であった。

五

秀吉が、木下藤吉郎から羽柴筑前守に出世するまでに、百戦して百勝した功は、けだし、その帷幄《いあく》にあってめぐらした竹中半兵衛の智略によるものであった。

その戦歴を、いまここにくだくだしく述べる必要もあるまい。

ここでは、半兵衛がのこした逸話を、二三挙げて置く。

ある軍議の席上、秀吉の股肱《ここう》の一人が、ふと立って行き、やがて座に戻った。半兵衛は、その中座を咎《とが》めた。士は、ちょっと照れ乍ら、

「厠《かわや》に行き申した」

と、こたえた。

とたんに、半兵衛の凛乎《りんこ》たる叱咤《しった》がとんだ。

「お手前は、敵騎《てきき》が目前に襲って参るのを見て、のこのこと便所に入られるか？　催したならば、具足の下に垂れ流しにされるであろう。お手前は、敵騎の首級を挙げることよりも、軍議の方を軽んじて居られるか。軍議と申すものは、それによって、わが軍勢が勝つか負けるかが決定する最も大事であり申す。お手前が、敵騎の首をひとつや二つ刎《は》ねるのとは、比べもならぬ。便を催さば、この座でされい」

いささか、だれぎみであった軍議の席は、一瞬にして、ひきしまったことであった。半兵衛の深智は、微《び》に入って、能《よ》く事理《じり》を弁じ、人々の意表を衝《つ》いた。

士たちは、戦場を疾駆するために、すこしでも良い馬を欲しがった。秀吉も、しきりに、家臣を遣って、駿駒《しゅんく》をさがさせた。

半兵衛だけは、べつに、求めようとしなかった。

ある出陣の前夜、半兵衛は、旗本の居並んだ際、それぞれが自慢の馬を見渡して、

「お手前らの騎馬は、いずれも分に過ぎたる値《あたい》をもって購《あがな》われたと存ずる。さり乍ら、いざ戦場に馳《は》せ入って、よき敵と見かけ、追い詰めて、跳び降りんとする時、あるいは、槍を合せんと、馬をすてる際、馬副《ぞ》えの家来が続いて居らざるゆえ、馬は矢玉におそれ、何処かへ走り去ることがあり申す。また、せっかく高価で手に入れた駿馬を、失ってはならぬ、という気持から、兎角、功をたてる機を失う場合もないとは申せぬ。いやしくも、士は、十両で馬を買わんとするに、まず五両で求めるがよろしかろう。惜気《おしげ》もなく、とび降り、乗りすててもかまい申さぬ。そのあとで、また五両で、他の馬を求むべし。馬に限らず、何事も、この心得が肝要《かんよう》と存ずる」

と、教えて、一同を、成程と合点させた。

半兵衛は、目下の者たちに対してだけではなく、秀吉やその重臣たちに対しても、すこしも、その厳しい態度を変えなかった。

黒田官兵衛孝高《よしたか》は、秀吉から、我が立身すれば、汝にその半分の知行を与えよう、という誓文《せいもん》をもらっていた。しかし、秀吉は、次第に立身したが、一向に、その誓文を実行する様子はなかったので、内心不平を抱いていた。

ある日、半兵衛が孝高の許を訪れた時、孝高は誓文の事を言い出して、不平の表情を示した。半兵衛は、その誓文を拝見いたしたい、と申出た。

孝高から、それを受けとった半兵衛は、一読したのち、一言も言わずに、ま二つに引裂いて火鉢の火の中へ投じた。

孝高が、憤然《ふんぜん》となって、迫ると、半兵衛は、穏かに微笑して、

「この誓文があればこそ、不平も発し、不勤も起り申す。されば、この誓文は、足下のためには、不吉のもの故、破り棄つるに如かず、と心得申した」

と、こたえた。孝高は、大いに悟るところがあった。

竹中半兵衛が、忽焉《こつえん》として、秀吉の前から姿を消したのは、本能寺において、明智光秀によって信長憤死の急報がとどいた時であった。

——いよいよ、天下は、この猿面《さるめん》のあるじのものとなろう。

半兵衛は、そうさとるや、覇主との反目や軋轢《あつれき》の起らぬうちに、去ったのである。逝ったのではなかった。

秀吉は、去られた、と発表するのをはばかって、死去した、と触れたのである。

半兵衛が、供に連れたのは、伊賀忍び衆の頭目であった波賀彦十郎ただ一人であった。

波賀彦十郎は、半兵衛に心服し、伊賀忍び衆の頭目たる地位もすてて、一下僕たることにあまんじ、そして、終生忠勤をはげんだのであった。

半兵衛は、再び、栗原山の草堂に還《かえ》って来た。

波賀彦十郎は、里娘を妻にもらい受け、夫婦ともども、半兵衛に仕えた。その子に、彦太郎、八重の兄弟が生れたが、彦十郎は、二人に、忍びの術を仕込み乍ら、半兵衛に対する忠誠心を植えつけたのであった。

六

いま――。

八十の翁になった半兵衛は、豊臣秀頼の嗣子国松を拉致《らち》して来た波賀彦太郎に向って、短剣をさし出して、

「その幼な児の胸を刺せ！」

と、命じた。

彦太郎は、一瞬、主人の気が狂ったのではないか、と疑った。

妹八重の生命を犠牲にしてまで、奪って来た国松であった。

「彦太郎、わしの意《こころ》が判らぬか？」

「わ、わかりませぬ！」

彦太郎は、主君を睨みつけた。

「そちが、守り育てて、天下を奪いかえす野望をうえつけるのは、このお子の不幸だ、と申すのだ。徳川家康は、いま日本を統一し、百年、いや二百年、三百年の平和をつづかせる経綸《けいりん》を為しつつある。そのために、豊臣家が滅びるのも、また、やむを得まい。この御子ひとりを生きのびさせたところで、どうなるものでもない。ただの土民として成長させるのもあわれであれば、ただいま、無心のうちに逝かせる方が、慈悲かも知れぬ」

「い、いやでござりますぞ！　わ、わしは、ど、どうしても、若君様を……」

狂気のごとく、たけり立つ彦太郎を、しばらく見戍《みまも》っていた半兵衛は、やがて言った。

「されば、そちに命ずる儀がある」

厳然たる態度に、彦太郎の狂気はおさまった。

「わしの一書を持参して、大阪城へ忍び込み、秀頼公御自身に手渡しせい。手紙には、秀頼公お一人で、供を一騎もひきつれずに、この草庵へ参って、御子を受けとられるように、すすめておこう。もし秀頼公に、その勇気がおありならば、わしは、大阪城に入り、再び軍師として、徳川家康を、撃ち破ってみせよう。秀頼公に、お一人で、此処へ参られる勇気がなければ……それまでじゃ」

五日後――。

彦太郎は、茫然《ぼうぜん》たる様子で、栗原山に戻って来た。

秀頼に、単身、わが子を受けとりにやって来る勇気などあるべくもないのを、彦太郎は、見とどけて来たのである。

草堂に入った彦太郎は、主人の姿も、国松の姿も消え去って、さむざむとした静寂が占めているのを、みとめた。

やがて、彦太郎が見出したのは、裏手のくさむらに建つ二つの墓碑であった。

ひとつには、

「老」

もうひとつには、

「幼」

の一字が刻まれてあった。

天守閣の久秀

——松永久秀——

南條範夫

南《なん》條《じょう》範《のり》夫《お》（一九〇八～二〇〇四）

東京都生まれ。東京帝国大学法学部卒業後、中央大学などで教鞭を取るかたわら新人賞への投稿を始め、「出べそ物語」で週刊朝日懸賞小説、「子守の殿」でオール讀物新人賞を受賞するなど、様々な新人賞を獲得。一九五三年には『燈台鬼』で直木賞を受賞。封建時代の主従をサド—マゾの関係とした『武士道残酷物語』を始めとする〝残酷〟もので人気作家となる。また剣豪小説の名作〈月影兵庫〉シリーズ、隆慶一郎『影武者徳川家康』に影響を与えた歴史ミステリー『三百年のベール』、歴史ＳＦ『わが恋せし淀君』など、多彩な作品を残している。

「二の丸は、もう、筒井の旗印で一杯でございます。桜門に向って、鉄砲が集中されております」

天守閣の窓から、戦況を見下ろしていた入江政重《いりえまさしげ》が言った。物を言うと、刻み込んだような皺《しわ》が動いた。

「桜門は、すぐに、破られるだろう。搦手《からめて》の水門際から二の丸に敵兵を誘い入れたのでは、どうにも、手の下しようがない」

弾正久秀《だんじょうひさひで》は半ば以上白い頭髪と対蹠《たいしょ》的に、奇妙ないやらしさで黒々としている、太い眉毛を上下に動かせた。

「人もあろうに、石山へ後詰めの援軍を頼みに出した奴に、間道から敵兵を手引されるとは、随分、間の抜けた話だったな」

森好久《もりよしひさ》――弾正の悴久通《せがれひさみち》が、数年来、寵愛し、信頼していた青年だ。それが、宿敵筒井順慶《つついじゅんけい》のスパイだったのだ。裏切者め！　と久通は、泡吹いて怒った。裏切ったのではない、始めから敵なのだ、それを見抜けなかったのは、お前の、そして、おれの運の尽きだ、と久秀は笑った。笑ったが、やはり、腹は立った。

鉄砲の音がつづき、その合間に、敵兵のあげるときの声が聞える。それに応える城兵の叫び声は、悲鳴のようだった。

「畜生、随分、鉄砲を持っている。やつら」

政重と並んで窓から、二の丸の闘いをみていた久通が呻《うな》った。

「桜門の前に、敵勢が、黒蟻《あり》のようだ。父上、最後の一働きをしてきましょう」

「よせ、何にもならん」

「このまま、天主に籠《こも》って、野垂れ死するのは、いやです」

「落ちろ」

「私だけですか」

「そうだ。今の中《うち》なら、姫門の方から北へ出れば、裏山へ逃げ込めるだろう。敵兵が、本丸になだれ込んだら、おしまいだ」

「とても駄目です。姫門を出た途端に捕まるでしょう」

「そうかも知れん。だが、やってみろ、うまく逃れたら、信長のぬすっと頭に、鉄砲玉の一つも喰らわせてやれ」

「しかし、父上は」

「行け、早く行け、おれは六十八歳だ。阿呆、早く行け」

救われたように天主を駈け降りてゆく久通の姿を、女たちが、羨《うらや》ましそうに見つめていた。まだ、私たちには逃げろと言ってくれないのだろうか。焦慮と恐怖とが、剝げた化粧の下から、剝き出していた。

「若殿、無事に落ちられるかな」

政重が、天主の直下の混乱の中を、搦手へ走ってゆく久通の鎧《よろい》をみて、言った。たそがれ時のうす暗さが、逃亡を助けてくれるかも知れない。

「あいつは、間抜だから、捕まるだろう。逃げたくて堪《たま》らなそうだったから、逃がしてやったのだ」

久秀は言った。最後の一働きをして、などと言って、城を脱《のが》れるつもりだったのだ、あいつは。あの悴は、だめだ、久安もだめだ、久英も、久誠もだめだ。そのほか、何人いるか、悴の数は、よく知らない。中には、その実、自分の悴でないものもいるかも知れぬ。京へ、人質にやっておいた秀童丸が、一番ましだった。御所へ逃げろとすすめた者に、そんな事で見逃す信長ではありますまいと答えた。父御に最後の書置をと言われて、父は私の事など気にしてはおりますまいと、答えた、十四歳の少年だ。五条河原で斬られた後で、信長が言った——さっさと殺してよかったな、あの小悴、生かしておいたら、おやじ以上の悪党になったかも知れぬ。

「殿、主膳が、兵部大輔《ひょうぶたいふ》に内通し、乾門を開きました」

階段を駈け上ってきた妻木兵衛が、ふうふう息を切らしながら叫んだ。仕附袖が千切れ、頬に血がついていた。自分の血ではないのだろう。

「主膳が、内通?」

幾つかの声が、妻木を咎《とが》めるように鋭かった。

「内通するのも、今の内だ。主膳め、うまい時を摑《つか》んだ、あいつは利巧者だ」

久秀は、立ち上ろうとしたが、腰を押えて坐り込んだ。

「どうも、痛んでならん。内通か——内通や裏切りは、おれが本家なのだがな、政重、そうだろう」

「とんでもない事を言われます」

「本当の事を言っているのだ、長慶(三好)に仕えていた時には、晴元(細川)に内通した。義昭を奉じながら、信長に内通した。信長に仕えているような風をして、石山に内通した」

「保身の秘策——やむを得ぬことで、ございました」

「長慶に信頼されながら、彼を裏切って彼の悴義興を毒殺した」

「殿、口に出してはならぬ事があります」

「もう、構わんだろう。あの声を聞け、城が陥るのには、あと半刻とかかるまい。それに、おれが、そう言わなくても、世間の奴らは皆、そう思っているのだ」

「おやめなされ、殿」

「おれを京師《けいし》鎮圧の実力ある唯一の男と頼んでいた将軍義輝を裏切って、二条城に攻め殺した」

「義輝殿が、殿を嫉《ねた》んで、殺そうとされたからです」

「いや、義輝は、おれを殺そうと迄は思っていなかった。おれは、義輝の側室小菊が欲しかったのだ」

政重は、聞えぬふりをした。

「殿、お痛みか、腰が――」

「うむ、ひどく痛む。おれは、おれを、親父のように頼っていた義継をも、裏切った。信長のおだてにのったような顔をして、義継を攻め殺したが、本当は、あいつがうるさくなったからだ」

主でも、友でも、近親でも、必要があればいつでも裏切り、陥れ、傷つけ、殺した。そして、山城西岡の土民の子が、三好の重臣になり、京師の実力者になり、大和の守護代になったのだ。

主君の長慶に代って管領の実権を握るのは、比較的容易だった。主の一族の嫉妬が、一番厄介だった。安宅《あたか》冬康、岩成左通、三好政康、篠原長房――野心ばかり強くて、愚劣な奴らを対手に、ひっきりなしに戦ったり和睦《わぼく》したりした。毎日のように、人を欺《あざむ》き、人に欺かれた。どうにもならなくなって、中立都市の堺に逃げ込んだこともある。

土民の忰から、三十万石の大領主になったのだ。御運が強かったのですと、人が言った。しかし、大きな仕事はいつも、最後の際で邪魔された。運という奴は、飛び切り良いか、悪いか、どちらかがよい。飛び切りよければ問題はないし、悪ければ諦《あきら》めるだろう。中途半端だと、容易に諦められないものだ。

「外を御覧になりますか」

話を外《そ》らすために、政重が言った。うむと、立ち上ろうとしたが、やはり、腰の辺の筋肉が鉛の塊のように重い。からだを動かすと、鈍痛が、激痛に変った。

十二歳、西岡の親の家を脱け出して、堺へ、更《さら》に阿波へ走った時から、激動の生活が始まった。飯もろくに喰わされず、こき使われた船を逃げ出し、草の中にへたばり込んだ。死にそうに空腹だったが、腰は痛まなかった。三好家に仕えてから佐々木承《じょう》禎《てい》と、如意嶽《にょいがたけ》で戦った。はげしい雨の中を、泥まみれになって、二日二晩、眠らずに走り廻って、一番乗りをした。あれが、最初の手柄だった。左腕が傷つき、血が呆れるほど出た。だが、腰は痛まなかった。大淀城に本富伊勢守と死闘した時は、千三百の兵を二百にまで打ち減らされながら、伊勢守の首をとり、敵を敗走させた。弾正大弼《だんじょうだいひつ》に任ぜられた時だ。眉間に傷を受け、左耳の鼓膜をやぶられた。だが、腰は痛まなかった。

土民の子が武士になるには、主君を持たなければならなかった。だが、その主君は、どれも大した男じゃなかった。どうしてこんな男に、毎日、ぺこぺこ頭を下げていなければならないのか、分らないような奴ばかりだった。おれが、自分で、主君になって、何故いけないのだ、と考えた。

三好の一族には勇者はいたが、揃《そろ》って、愚鈍だった。その主君の管領細川の一族は、臆病者ばかりだった。最高権威者の足利将軍一家は、うぬぼれと、虚栄心と猜疑心との固まりみたいな連中ばかりだった。こんな奴らなら、どうにでもこなせると思った。そして、その通りだった。

近畿一帯ならば、自分の手で、鎮《ちん》撫《ぶ》してゆけるところまでこぎつけた。そこに、信長という奴が飛び出してきたのだ。

毛利も、武田も、上杉も、今川も、京から遠く離れていた。将軍とか、天皇とか言う名をふりかざすと、畏《おそ》れかしこみおった。たあいなく懐柔できた。信長の奴は、表面上、尤《もっと》もらしく頭を下げていながら、腹の底で、せせら笑っていた。奴は、京に近かった。将軍の実力も、朝廷の内幕も、よく知っている。利用価値のある間、利用してやろうとしか思っていないに違いない。奴は、何に対してもそうなのだ。

一番拙《まず》かったのは、久秀が、信長と、直接対決しなければならなくなった時の、両者の兵力の差だった。永禄十一年、信長、義昭をかついで上洛の時、久秀の領分は約三十万石、直属兵士一万一千人、鉄砲一千梃。信長の領国七十万石乃至《ないし》八十万石、兵力三万、鉄砲は、名だたる精鋭五千梃。残念ながら、太刀打ち出来なかった。

将軍義昭を迎えると言う口実の下に、信長の陣に出向いてゆくと、下へもおかぬ待遇だった。だが、既に、一段格が下ってしまったことは明らかだった。

還俗《げんぞく》将軍、亡命将軍、人形将軍――信長めが、散々あなたを嘲弄していますぞと、義昭を焚《た》きつけ、三好三人衆、本願寺光佐、紀州雑賀衆を動かし、反信長の火の手を挙げたが、エネルギーの塊のような彼奴《きやつ》のために、悉《ことごと》く敗れた。

畿内地方の悠長な策動や、小競合の寸法ではとても計り切れぬ奴だった、信長と言う奴は。将軍や管領の時代はもう、おしまい、田舎侍の傍若無人に暴れる時代がきたのだ、と観念してもう一度、頭を下げに行くと、信長め、この前と打って代って傲慢無礼、完全な家臣扱いをしおった。何ともいまいましく、胸くそが悪かった。だが、久秀自身も三好や、細川の一族たちに、さんざんそんな思いをさせたのだ。

それにしてもあいつが、いけないのだ、信長と言う奴が。あいつが、凡《すべ》ての進行を変えてしまったのだ。

「痛んでかなわぬ、灸を据えてくれ」

久秀は、板間に敷いた熊の毛皮の上に、俯伏《うつぶ》せになった。肌を脱いだ。浅黒い、しなびた肌だ。女たちは、みんな、それを知っていた。脊骨の両脇には、灸の跡が、幾つも赤黒く凹んでいた。それも、女たちはみんな、知っていた。

侍女のあいが、厨子の上の薬箱をもってきて、灸を据えにかかった。落城が、目前に迫っているのに、何というのんきなことだろう。灸など据えて、あと何刻、生きられるつもりなのだろう。そう考えても、口に出す訳にはゆかないのだ。

「いつかのこおろぎのようだな」

久秀が、うつむいているので、押しつぶされたような声で言った。死にかけているこおろぎを後生大事に、あれこれと手を尽くして、三年も命をつないだのだ。こおろぎは一秋しか持たぬと言うから、その反証を示してやろうとしたのだ。

「おれの命も、五年前、沈敬の奴に、半歳しか持たぬと言われたのを、ここまで持たせたのだ。今日、くたばらなければ、まだまだ持つだろう。あと三年、いや五年ぐらいかな」

「殿さま、ここを落ちなされましては」

あいが、言った。いつもの透き徹るような声ではない。何か、つまったような、いやな声だった。

「心配するな、お前たちは、もうじき、落としてやる。こおろぎを三年生かして飼っているのと聞いて、バテレンのフロイスが碧《あお》いギヤマンのような眼を丸くして驚いておったっけな。あいつに附いてきたアルメイダと言うポルトガルの医師がくれたカンタリス（芫青）と言う塗薬は、よく利いた」

エスパニヤ国特産の甲虫を乾して粉にした秘薬だと言った。恩に着せて砂金二袋もふんだくった。余り使うと膨れ上って、血を噴くと言った。実際良く利いた。もっと大事に使えばよかったのだ。後から二度と、手に入らなかった。尤も、それでなければ、からだをこわしていたかも知れぬ。

「一番初めに、あれを使ったのは、お前との時だった」

久秀が、顔をねじ曲げて、あいの方を見上げて言った、

「お前が、泣いたのも、あの時が、始めてだったな」

あいは、赤くなって、聞えないふりをした。手がふるえて、久秀の皮膚に火の先をつけた。

「熱い――ふるえるな。背中で、震えてみせても何にもならぬ、目の前で慄《ふる》えてみせるのだ」

女はみんな、慄えた。女は、みんな、泣いた。怖ろしいのと、悲しいのと、嬉しいのと色んなふるえ方で、いろんな泣き方で。始めの主君三好長慶の内室左京の局も、ふるえて、泣いた。その時は、久秀も、少しふるえた。土民の小悴というインフェリ

オリティ・コンプレックスの未だ充分に消失していない頃だったのだ。

将軍義輝の愛人小菊も、ふるえて、泣いた。小さな十六歳の、乳房が新芽のように、ぽっと紅《あか》るんでいた女だった。くぼみは、二つに割って種をとった後の桃の内側みたいな色をしていた。小菊を、夜討の騒動の中から無事にさらってきた林田三蔵には、祐光の刀をやった。後になって、三蔵は、殺した。理由は忘れた。刀は、取り戻した。

女は、権勢についで、久秀の愛したものだった。いや、或時期には、女を獲るために、権勢を求めたのだ。

片岡の妾城――あれは、楽しいものだった。今、ここに連れてきている女の半分は、あそこから連れてきたものだ。始めから、あんな城にするつもりはなかった。この志貴城の附城にするつもりだったのだ。

ふいと気が変って、天主も、櫓《やぐら》も、一切とりやめ、石垣の中はただノッペラボーの平たい城にした。まるで庭園のようにして、樹木泉水石燈籠を配置し、数寄屋作りの離れを十五、六設けた。その一つ一つに、女を置いた。

貧乏公卿の姫君、没落領主の内室、かっさらった町娘、むりやり還俗させた尼さま迄、とりどりに住まわせて、志貴から通った。六十を越してからのことだ。よく続いたものだ。腰の痛みが、はげしくなったのは、あの頃からだ。

全く、こいつには参る。髪の毛が次第に薄くなり、白くなってゆくのも困るが、腰の痛みに比べれば、我慢できる。若い時——と言うのは、腰の痛くならない頃のことだ。

戦陣にも、公然と、女を連れていった。一人じゃなかった。三人、五人連れていった。どこでも、気の向いたところに帷《とばり》を張らせて白昼平然と戯れた。戯れの最中に、妙案が浮ぶと、大声を挙げて部下を呼んだ。幕の間から、小鼻に汗をためた面を突き出して、命令を与えた。

若い兵士たちは勿論、部将たちまでが、帷の方をみて、妙に眼を据えてしまい、喉元をびくびく動かした。えいくそ、早く戦いが始まれと、苛立った。敵城の中の、女たちの白い肌が、のけぞって、眼の前に躍ってみえた。

だから突撃の命令が下った時に、殺到する勢の物凄さ、獲物に襲いかかる狼藉のはげしさ、松永勢は、戦もきつい（強い）が、乱暴もきつい（ひどい）と、京童《きょうわらわ》に噂された。格別、そんな効果を狙ってしたことではない。偶然そんなことになってしまったのだ。

随分、乱暴をした。久秀この程の行跡、さながら狂人の如く、更に本心とも覚えず候、——義継が、岩成左通に与えた書翰にそう書いてあったそうな。この程の不行跡、と言うのはおかしい、いつでも、その程度には不行跡だったのだ。

「早く逃げ出したくて、みんな、うずうずしておるな」

久秀は、四隅の柱の下に固まっている女たちの方に向って言った。はっきり数えてはみないが、十四、五人はいた。どれもこれもこの三月以内には抱いた女だ。若い時なら、——腰痛の出ない頃なら、この位は、半月以内に抱いていただろう。

「おれが、死のうとしているのに、薄情な奴らだな、待っておれ、今に、逃がしてやる。そんな面をしていると、面白くて、なかなか逃がしてやる気になれぬものだ。みつ、別れのしるしに、お前も、一つ、もぐさに火をつけてゆけ」

一人一人、呼んで、もぐさに、火をつけさせた。女の憎悪が、.火を伝って、皮膚をやくようだ。憎むがよい、いくらでも憎むがよい。いくら憎んでも、お前たちは、おれに、散々弄ばれたと言う事実は変らないのだ。

「若狭、お前は始めての夜、喉を突こうとしたな。この間は、憎らし気に、おれを睨みながら、枕を外して、もがいて泣いたな。おれが恨めしかったのか、自分が恨めしかったのか。お前の頭は、死んだ兵庫之介に貞節を尽そうとしても、お前のからだは、淫らなのだ」

思い切り、女を傷つける言葉が、次々に出た。久秀の悦びは、いつも、誰かの肉体か魂かを傷つける時に、一番強いのだ。女たちが、刻々に迫ってくる生命の危険に、心を奪われていなかったならば、傷はもっと深かったに違いない。恐怖に半ば放心している彼女たちの上を、久秀の言葉の毒は、辷《すべ》りおちていった。

灸の、筋肉にしみこんでくる快い熱さと、手応えのない女たちの虚脱したような顔つきとが、久秀の毒舌を、とめた。どの女も、それぞれに楽しみを与えてくれたが、どれも、完全に堪能させてはくれなかった。少なくも、後から思うとそうなのだ。やはり義輝の愛人、小菊が、一番よかった。多分、あの女が、一番深く、自分によって、傷つけられたからだろう。そして、あいつが、一番早く、死んでしまった。

腰部の鈍痛が、薄らぐにつれ、眠気を催してきた。勿論《もちろん》、本式に眠ってしまいはしない。敵軍に、十重《とえ》、二十重《はたえ》に取り巻かれている天守閣なのだ。眠ってはいないのだが、はっきり目ざめているとも言えない。

うつらうつらしている中に、久秀は、巨大なファルスになっていた。前面に見える暗紫色の花瓣《かべん》にかこまれた雄大なくぼみに向って、突入してゆく。――何度も経験した変容《メタモルフォーゼ》だった。若い頃、戦場で、喚声が挙がり、最後に突撃をする時、彼は、いつも、巨大な、強靭な、エネルギーの充満した円筒形の生物になった。前面の敵、或は戦場全体が、鮮血にまみれた大花瓣になり、その真直中《まっただなか》に向って突入してゆく。その変容だけが、死の恐怖を、完全に忘れさせた。

えい、ほーい、えい、えい、ほーい――勝利の叫びを挙げると、その生物が烈しく痙攣《けいれん》して、再び、もとの久秀に転化した。同時に、急激な萎縮《ダイチューメッセンス》と、エジャキュレーションとが、その久秀の草摺《くさずり》の下で、感じられた。

それは、若い時のことだ。六十八になって、腰に灸を据えて貰いながら、そんな変容を感ずるのは滑稽《こっけい》だった。事実、それは、滑稽な結果に終った。すぐに、その巨大な生物は萎縮し、腰の痛む老人に戻っていた。変容は中途半端で、射出を伴わなかった。陶酔したように眼を閉じていた久秀が、ぽっかりと瞳を開いた。当て馬を空しく連れ去られた後の牝馬のような眼付になっていた。


「殿、桜門が破られました。敵兵が、本丸に殺到して参ります」

政重が、窓框《まどかまち》をしっかと握って、叫んだ。

「あっ、危い！」

鉄砲の玉が、窓のすぐそばに当った。矢叫びの声が、益々近くなってきた。人間の声ではないようだ。いや、人間と言う動物の、気が狂った時のわめき声だ。殺し合い、傷つけ合っている切羽詰った悲鳴だった。

外は大分くらくなっていた。筒井の本陣は、既に三の丸に移ったらしい。正面の濠の水に、かがり火の影が映り、人と馬と旗とが、縦横に動いていた。

東手の惟住《これずみ》長秀の勢も、三の丸から二の丸にかけて充満していた。櫓《やぐら》に火を放って、その明りの下で、倉の中のものを略奪しているのが見えた。

城兵は、低く呻っていた。ぜいぜい、喘《あえ》いでいた。それらの声は聞えはしなかったが、そうに違いなかった。斬り倒され、息の根をとめられる時の悲鳴は、聞えた。或は、聞えるように思われただけかも知れない。

窓の下は、白熱した格闘の閃光と、邪悪な勝利の叫びとが支配していた。永く見下ろしていると、ぐらぐらする嘔吐感が湧いてきた。

室内では女たちが、腰を上げ、うろうろとあたりを見廻していた。逃げ路《みち》は、一つしかない。下に通じる階段だ。その階段の上には、藤山軍兵衛が、抜刀して起っていた。久秀の許可なしに、彼の前を過ぎようとすれば、叩き斬ることしか考えていない男だった。

もう、逃してやろうかと、久秀は考えた。一人一人、生々しい思い出のある胸と腹と肢《あし》とをもったこの女たちは、この後、どんなにして生きてゆくことだろう。おれの死んだ後、こいつらが、どんな男と、楽しむことだろう。いや、この天主を出たら最後、飛びかかってくる男たちが、無数にひしめいているのだ。みんなそれを承知で、天主を逃れたがっている。生きたいのだ。どんな目に会っても、生きたいのだ。

「敵方から、使者らしいものが、大声に叫びながら、天主の下に向って参ります」

政重が、嬉しそうに言った。

「講和の申入れかも知れませぬ」

「ここ迄追いつめておいて、講和でもあるまい。切腹をすすめに来るのだろう」

天主の入口を守っていた平山安介が、重たいからだに似合わぬ早さで階段を、上ってきた。ひげの中から、言葉が出てくるようだった。

「信長公の旨《むね》を承けて、筒井順慶殿より、降服勧告の使者が参りました。直ちに、天主を降りて、戦闘を停止すれば、弾正殿御一身の安全は、お引受け致す由《よし》」

「ふん、狐め、その後があるだろう」

「平蜘蛛《ひらぐも》の茶釜、茄子《なす》の茶入、吉光の小脇差その他の名器銘刀、あたら火に亡《ほろ》ぼすは、無慚なこと、悉《ことごと》く御持ち出でなされたしとのこと――」

「それが本音だ。信長め、平蜘蛛の茶釜には涎《よだれ》をたらしているのだ、きゃつの手に渡す位なら、叩きこわして、きゃつに、口惜《くや》し涙をこぼさせてやる」

「申入れの儀、御断りなされまするか」

「おれが、直接、この窓から、返事すると言え」

安介が、走り去ると、久秀は、肌を入れて、どっこいしょと声をかけて起ち上った。

「ほう、腰が、すっかり軽くなったわい。その茶釜をよこせ」

窓を開いて、直下を眺めた。使者が、安介の言葉を聞いて、上をふり仰いだ。もう暗くて顔はよくみえない。そのぼやけた顔のすぐ前の石畳に向って、久秀は、茶釜を叩きつけた。

「これが返事だ。順慶に伝えろ、信長の大盗人には、塵《ちり》っぱ一つ残してやらぬ」

十三間三尺（二十四メートル強）の高度から、石の上に叩きつけられて、天下の名器は、ただ茶色の汚い、幾つかの破片になった。違っているところと言えば、その破片の一つ一つに、久秀の憎悪がギラギラ光っていること位だ。信長め、憤るだろう。久秀は、少年のような悦びを感じた。使者は、憤激して、走り去った。

「鉄砲をよこせ」

久秀が、使者の背に向けて、ぶっ放した。馬の尻に当り、馬が跳ねて、使者が顚落《てんらく》した。城方の兵が二、三人、刃をひらめかして、走り寄った。

「信長の大盗人め」

と久秀は、もう一度、大きな声で言った。実際、信長は大盗人だった。近畿の覇権を盗んだと言うのではない。それは、彼奴が、実力で、奪い取ったのだ。信長が盗んだのは、久秀の着想だった。久秀が、女に次いで、時には、女よりも愛したのは、城だ。城作りでは、日本一と、己惚《うぬぼ》れていた。その城作りの上の着想を、彼奴は、盗んだのだ。

城作りは、三好家のために阿波で小城を一つ造った時から、病みつきになった。築城は、片端しから引受けた。作れば作るほど、興が湧いた。藤山、稲妻、三木等を攻め落した時には、その焼跡に、新しい城を建て直すのが何より楽しみだった。一度でも居住した城は、修理と称して、いじくり廻した。

「女も、城も、似たようなものだ。どちらも、いじくり廻せば面白いし、それを枕に討死すれば、男の本懐さ」

と言った。

新しい着想を得て、日本築城史上に新機軸を出した最初は、多聞城《たもんじょう》だった。鉄砲と言う新しい攻撃武器を考慮に入れたのは、この城が最初なのだ。方位方角、地形の選定から敷地の形状、和合の縄張り、東丸、明地、水の手の図面に至るまで、凡て自らやってのけた。中にも自慢は、偵察と射撃のため、城の周壁にとりつけた四つの高櫓だった。多門櫓と名づけ、難攻不落を誇った。

誰も彼もが、真似をした。弾正櫓とも言った。これは、久秀の創意を充分認めての、模倣だ。着想を盗んだとは思わなかった。多聞城につづいて、久秀の最大の傑作、志貴城が築かれた。

多聞城の南西五里の志貴山、北は生駒、南は葛城につづき、翠《みどり》が滴《したた》るような天然の要塞の地だ。縄張りが終ると、自ら指揮して、本丸の真直中に、方十二間の石畳をがっちりと固めさせ、あれよあれよと人々の愕《おどろ》く中に、五層六階の楼閣をつみ重ね、未《いま》だ嘗《かつ》てない奇妙な工事が完了して出現したのが、日本城郭史上最初の天守閣だった。

「どうだ、立派なものだろう、この天守閣の意味が分るか。天主即ち帝釈天《たいしゃくてん》が、須弥三十二天の主として、その絶頂にいるのを象《かたど》ったものだ。平時は領国に領主の権威を示し、戦時には、指令の塔、守備の本拠、新兵法の粋を尽した独創だ」

この説明だけは、自分で考え出したものではなかった。坊主の求慶が、尤もらしく理窟をつけてくれたのだ。久秀は、ただ、作りたいと思うものを作っただけだ。だが、それは、あらかじめ、空中にあるものを、刻み出すかのように、易々と作り出された。おれは、妙な才能を持っているのだと、久秀は、言った。求慶は、へらへらと追従笑いをした。頭の先が三角形に尖《とが》っていて、耳たぶに長い毛の生えている坊主だった。女が好きで、酒が好きな奴だった。学問は随分していたのだろう。学問を随分したのに、一向出世しないので、自棄《やけ》になっていたに違いない。

俗の俗、臭の臭、人を陥れ、女を弄び、権勢を専《もっぱ》らにするより他に思念のないと思われる久秀が、城作りとなると、天外の奇想を構え、無双の工夫を案出するのは、奇妙なことだった。翠緑の山をふんまえて、巨大な白鷺《しらさぎ》のように空に描き出された五層の楼閣は、戦国の魂の最も優れた部面ばかりを象徴したもののように、言葉に尽せぬ程の美しさを以《もっ》て聳《そび》え立った。大和路《やまとじ》を行く人は皆、歩みをとどめて打仰ぎ、眼の洗われる思いをした。その天主の中で久秀が、最も下劣な楽しみに溺《おぼ》れ、醜悪な策謀をめぐらしていた。

他のことは知らず、城取りは、日本一と鼻高々の久秀が、ぴしりと一本やられた。安土城が落成し、諸将が祝意を表するため、信長の許に集まった時だ。天正四年九月だった。聞き及ぶ新構想の城塞を見るために出かけた久秀が、安土に近づいて、秋の碧空をついてそそり立つ新城を一目見て、あっと、仰天した。眼をはり裂けるほど開き、ぎりりと、歯をかみ鳴らした。

東に山を負い、南に入江を控え、西北に湖を見下ろして、飛嶽のように町並の甍《いらか》を圧する城壁の上に、更に抜くこと十七間半、七層の天守閣が、朱色の柱、黒漆《うるし》の織戸、金箔の飾付け、眼も眩むばかりに輝いていた。

「おれの三十年の野戦攻城、経験実歴の限りを尽して想いを煉《ね》り固め、無類の創見を発して築き上げた、唐南蛮にもない名城だ」

信長はしゃあしゃあと吐《ぬ》かした。参伺の諸将は、口を揃えて、万人の意表に出る卓抜奇警の構え、ひたすら、驚倒の他ありませぬ、と答えた。

信長には多聞城と志貴城を、つい先年、とっくりと検分させてやったばかりだった。その時は、久秀の得意の説明を、とんと興もなげに聞き流していた。それが、何と、そっくりそのまま剽窃《ひょうせつ》し、金に飽かせて、より豪奢に作り上げたのだ。全く、武門の仁義を弁《わきま》えぬ、恥知らずの大盗人だ、この信長という奴は。

おれも恥知らずだが、信長めは、もっと恥知らずだ、と久秀は罵《ののし》った。勿論、腹の中でだ。その安土城で、諸将列坐の中に、久秀が、無念をこらえて進み出で、祝辞を述べた時、信長が、じろりと眺め、傍の家康に向って、ずばりと、言ってのけたのだ。

「徳川殿、この男御存知か、松永弾正久秀と言って、大したしろもの。公方を殺し、主家を亡ぼし、大仏殿を焼き払った大豪の士だ。普通の男なら、この中の一つでも、なかなか出来まいに、この老人、独りでこの三大事をやってのけて、けろりとしておる」

家康始め一座のものは、気の毒気に視線を逸らせた。久秀は、額に汗をじっとり、面を俯せた。勿論、羞恥からではない、憤怒のためだ。

公方を殺し、主に叛し、大仏殿を焼く位のこと、この久秀ならずとも、当の信長でも、家康でも、乃至《ないし》はここにいる男の誰にてもあれ、いざとなれば皆やってのけよう面魂のものばかりだ。ただ、それを満座の中で言い出して人を恥かしめるだけの酷烈さをもっているのは、恐らく、信長、こやつ独りであろう。盗人でも人殺しでも、人前で対手の恥部を剝ぎ出しはせぬ。これはもはや人間の皮をかぶった者のする事ではない。豚め、けだもの奴、ど畜生め。

石山攻囲の命を受けて天王寺に陣した久秀は、一生一代の力を揮《ふる》って最後の謀略をめぐらせた。果然、加賀に、伊勢に、越後に、遠く安芸に、反信長の運動が捲き起った。信長の四面悉く敵とみると、久秀は手勢をまとめて天王寺を引揚げ、志貴の城に拠って、公然叛旗を翻した。

信長の嫡男城介信忠が、総大将となり、惟住《これとう》五郎左衛門長秀、惟任日向守光秀、長岡兵部大輔藤孝、筒井法印順慶、羽柴筑前守秀吉ら、総勢三万五千、すき間もなく取り囲んだ。

五日前の夜のことである。

「来おったな」

天守閣に上ってみると、寄手の焚く夥《おびただ》しい篝火《かがりび》が、祭礼の時のように美しかった。

「この志貴の城が、易々と落ちてたまるか。その中、石山の後詰めもこよう、上杉も毛利も、東西から信長を衝く。今に、一泡ふかせてくれるぞ」

四日間の攻撃は、完全に失敗した。さすがは久秀自慢の志貴城、いつ迄、持ちこたえるかと頼もし気に思われたのが、五日目の今日、どかりと、たわいなく、破られたのだ。

「平山が、部下と共に、厩曲輪《うまやぐるわ》に向って走っております。飯尾、倉石、美尾部の諸隊も、走り寄って、敵を迎え撃っております」

政重が言った。人の顔が見分けられたのではない。馳せ出た方向から察して言った

うです」

「糒蔵《ほしいぐら》の方に現われた敵は、三層の鉄砲狭間から射すくめられて、進みかねているよのだった。

天主の入口を固めていた最後の守備隊が、進出したのだ。三層の鉄砲隊は、その側面に進んでくる敵を牽制している。激しい咆哮《ほうこう》と、射撃の音が、天主をゆるがすように響いてくる。城兵の凡《すべ》ては、傷ついた野獣となっているのであろう。

「まだ、飯尾や、倉石の部隊が、生きておったのか。しばらくは、戦うだろう。今の中に、女たちを逃がしてやれ」

と久秀が言った。女たちが、はじかれたように飛び上り、物も言わずに、階段に向って殺到した。あまり亢奮し切っていたためか、誰も、一言も発しない。荒々しい呼吸と、足音と、衣擦れの音が、嵐のように過ぎ去った。四層に降りた時、初めて、押しのけ合う叫び声と、悲鳴と、罵り声とが聞えた。

「驚いたな、一人も残らず、瞬時に消え失せおった。あの中、何人が、助かるかな」

敵兵に引きずり倒され、帯を千切られる姿、かつぎ上げられて、物蔭に運ばれる姿、逃げようとして、背後から斬られる姿、半裸にされて、押し伏せられる姿、久秀は、眼を据えて、それを空想した。生爪を剝ぐような痛烈な悦びだった。この空想をより生々しく、より無慚にするために、今の今まで、女たちを、ここに引きとめておいたのだ。それにしても、中に、一人位は、残る奴がいるかも知れぬと思っていた。

「政重、お前も、今の中に逃げろ」

「私は、逃げませぬ、殿と一緒に、ここで死にまする」

こいつは、逃げても生きる途はないのだった。四十年、久秀と行動を共にしてきた。どこに姿を現わしても、生かしておいては貰えまい。久秀の影みたいな存在だ。本体がなくなれば、影も存在しなくなるのは、当然だ。

階段の上に立っていた軍兵衛は、女たちが逃げ去る時、本能的に、刃をふり上げたが、まっしぐらに逃げ走る女の凄じさに、一足ひいて、茫然と見送った。

一人や二人の脱走者なら斬れるが、これではどうにもならない。不埒な女どもめ、恩知らずめ、恥知らずめ。だが、久秀が逃がしてやれと言ったのだ。どうせ逃がすなら、もっと早く逃がしてやればよかった。

「軍兵衛、外をみてくれ」

久秀が言った。政重はもう、天主の下をみるのをやめて、久秀の傍に、跪《ひざまず》いていた。秒一秒の早さで迫ってくる死を見詰めているよりも、薄暗い天主の中で、しなびた四十年来の主君の顔をみている方が、気が楽だと気がついたのだろう。

軍兵衛が、窓のところに行った。この男は、逃げはしない。若いのだ。政重と違って、生きる途はある筈だが、犬のように主に忠実なのだ。こういう男が、時々いた。

馬鹿気た存在だが、同時に便利な存在であった。この男が仕官した始めの頃、久秀が、何気なく言った。お前のおふくろはおれと同年だったな、喉瘍だと聞いたが、昆布と南天の葉と梅干がよく利くぞ——この一言が、軍兵衛を、忠実な犬にしたのだった。それ以来ずっと犬だった。きっと、犬として死ぬだろう。

「平山殿が、斃《たお》れたようです。美尾部殿も。敵が、天主の下に押しよせて参ります」

軍兵衛が、窓框に顔を押しつけて言った。

その時、西側の窓から見張っていた岩成春之が、ぐるりと、こちらに向きかえった。さっきから二刻近くも一言も言わず、窓の外を見つづけていたのだ。久秀も、政重も、この男がいたことは、忘れていた。

春之が、のっそりと、階段の方へ、歩き出した。

「いずこへ、行く」

軍兵衛が、近づいて、言った。春之は、思いがけぬ男が出現し、思いがけぬ質問をしたかのように、顔をむけた。板のような顔に、さっと、恐怖の色が、流れた。

「城を落ちるのか」

軍兵衛が言った。春之は、転げ落ちるように、階段を降りていった。軍兵衛は、蔑みの笑いを口の端に浮べた。春之が覗いていた窓の外を眺めた。南よりに、すそを長くひいて、異常に光る星がみえた。

「葛城の上に、いつもの星が出ております」

軍兵衛は、久秀の方を向いて、言った。

「殿よ、弾正星の凶兆、まことでございましたなあ」

政重が、言った。腐った鰯《いわし》のような眼付をしていた。

先月二十九日、坤《ひつじさる》（南西）の方に、長く光芒を引いて、箒星が現われ、この月に入っても消えなかった。あれこそ、積悪の弾正滅亡すべき天意の現われ——と、人々が噂した。弾正星とか、松永星とか呼んでいると言うことだった。

「ばかを言うな。久秀、それほど自惚れてはおらん」

と、久秀は、苦笑した。

「箒星が現われたのは、天文の理に従って現われただけのことだ。おれのことなど、なんで天帝が知っているものか。いや、天帝の眼から見れば、信長も、将軍も、天子も塵芥《ちりあくた》同然、とんと記憶召されまい。誰がくたばろうと、誰が亡びようと、星の運行は、毛筋ほども変るものではない」

久秀の合理主義は、政重の頭には、完全に共鳴出来なかった。政重は、頭を振って呟いた。

「しかし、大仏殿を焼き払ったのが、ちょうど十年前の今月今日、この時刻——偶然と言うには少々、不思議に過ぎまする」

「不思議過ぎるものを偶然と言うのだ。大仏殿を焼いたのが、おれの運命に何の関係があろうぞ。大仏はからかね、堂舎は木材、からかねや木材を焼いたからとて、仏罰も天罰もあろう筈はない」

天罰とか、死後の生命とかは、一度も信じたことはなかった。少年時代、恐怖の的であった父が死んだ時に、それは、はっきり分っていた。悪鬼のように思われた父が、蒼黒い腐肉の塊りになり、土に埋められた。夜、そっと、墓の前に行って、外道！と、罵ってみた。一万遍も罵られた言葉だ。言ってから、どきりとしたが、死体の上の土は、微動もしなかった。足でふんづけて、唾を吐きかけたが、同じことだった。その翌日、おふくろのところを脱走した。恐ろしく寒い日で、いくら拭いても、ずるずる洟《はな》がたれた。

大仏殿をやき払ってやったのは、痛快だった。

三好六人衆の鈍物共が、将軍義栄をかついで、久秀義継追討の兵を催し、南都大仏殿に本陣を置いた。報《し》らせを聞いたのは、十日の午後、聞きもあえず床を蹴って馬を呼び、精兵すぐって一千、ひた走りに南都にはせつけ、敵の本陣へ、はっしと夜討をかけた。強風が、南都の嶺々をかすめて唸《うな》っていた。――「火をかけろ」躊躇《ちゅうちょ》する将士を叱咤して、四方から火をつけた。全堂宇炎上、敵は三百の黒焦屍体を残して惨敗遁走した。十年前のことだ。あの時の猛々しい気魄と、俊敏な行動力とがあれば、こんな目には会いはしない。六十八――いい年齢だな。

天主の内部が、急に、ふっと暗くなった。久秀の背後に、たった一本立てられていた燈台の灯が消えたのだ。

「灯りを――」

と政重が言って、灯の方に行った。もういらない、じきに、敵が、火を放つだろう、明る過ぎる位になると、久秀は考えたが、別に、とめようとはしなかった。どうでもいいことなのだ。

わあっ――と、爆裂するような声が、窓の真下から上った。三層の鉄砲は、完全に沈黙してしまっていた。皆、逃げたか、死んだかしたのだろう。

「畜生、やつら、天主に火を放ちました」

軍兵衛が呻った。

煙が、窓の外の闇の中に、白く上ってきた。窓から、内部に入ってきた。軍兵衛は、階段の方にゆき、武器庫になっている四層に降りていった。何もなかった。折れた弓と、鉄砲が一丁、通路に抛《ほう》り出してあった。三層への降り口に、久秀の一族永種が、腹を切って死んでいた。下の方を覗き込むと、煙が上ってきた。煙に追われるように、五層に戻ってきた。

「陛下は、もう、一面の煙でございます」

と軍兵衛は言った。言ってから、つまらぬことを言ったと思った。からだの中が空虚になったようだった。

久秀と政重は、灯の傍に坐っていた。外部の騒擾は、頂点に達していた。味方の悲鳴は、もう聞えず、敵方の喚声ばかりだ。三万五千の敵兵に囲まれて、そのうち上げる喚声に天主が揺れているようだった。

だが、五層のその部屋は、陰気に、静まり返っていた。煙が、部屋中に、薄く立ちこめてきたが、静まり返っていた。

「いよいよくたばるか」

久秀が言って、肌をくつろげた。軍兵衛が、背後に廻った。

「軍兵衛、まだだ。煙か、焔かで、おれが気を喪《うしな》ったら、首を落とせ。正気のある間は、痛いからな。脇差を腹に当てていれば、切腹したようには、見えるだろう」

本当に、そう思って言ったのだが、軍兵衛は、こんな場合でも、冗談の言える主君に、驚嘆していた。こんな主君と一緒に死ねることに、かすかな誇りさえ感じた。四十年の老臣入江政重のほかには、この自分独りしか、主君の最期に立ち会うものはいないのだ。

「殿の御創意の天守閣も、これで最期でございます」

政重が言った。何か言わなければならないような気がしたのだった。若い軍兵衛と久秀とが、不当に近づいたように感じたためだった。

窓の外に、パッと赤く、焰が上った。火の粉が、飛んで入った。階段口からも、時々、めらめらと焰がもえ上って、部屋の四周に、奇怪な明るい影を走らせた。部屋が熱くなり、息が、苦しくなってきた。久秀は、眼をつむった。眼の中で、己れの坐っている天守閣の全貌を想い浮べた。

それは、実際のそれよりも、十倍も二十倍も大きく、信じられぬ程白く輝いていた。信長の築いた安土の天主など、比べものにならぬ立派さだった。

その天主を背に負って、久秀は歩いていった。走っていった。前方に、安土の天主がみえた。泣き出しそうに凹んで、醜い、ぶざまな恰好をしていた。全体が、暗紫色をして、窓がぽちりと紅かった。

己れの天守閣を背負った久秀は、そのまま、巨大なファルスに変貌した。大きく脈打ちながら、信長の天守閣に向って、撃突していった。信長の天主の窓が、血を噴いた。血が焰に変った。

久秀の眼前一帯が、焰の幕になった。信長の天主が燃えているのだ。ざまをみろ。久秀は残忍な笑いを笑った。その刹那、強烈な歓喜と共に、思いがけない唐突の萎縮があった。彼は雄大なファルスから、六十八歳のしなびた老人に戻り、ぶるるとからだをふるわせた。息がつまった。

軍兵衛は、久秀が、息をとめたように、首を少し前におとしたのをみて、ふり上げた刃を、その頸に向って、打ち下ろした。

黒田如水

坂口安吾

坂口安吾《さかぐちあんご》（一九〇六～一九五五）

新潟県生まれ。東洋大学印度倫理学科卒。一九三一年、同人誌「言葉」に発表した「風博士」が牧野信一に絶賛され文壇の注目を浴びる。太平洋戦争中は執筆量が減るが、一九四六年、戦後の世相をシニカルに分析した評論「堕落論」と創作「白痴」を発表、〝無頼派作家〟として一躍時代の寵児となる。純文学だけでなく『不連続殺人事件』や『明治開化安吾捕物帖』などのミステリーも執筆。信長を近代合理主義者とする嚆矢となった『信長』、伝奇小説としても秀逸な「桜の森の満開の下」「夜長姫と耳男」など時代・歴史小説の名作も少なくない。

小田原陣

一

天正十八年真夏のひざかりであった。小田原は北条征伐の最中で、秀吉二十六万の大軍が箱根足柄の山、相模の平野、海上一面に包囲陣をしいている。その徳川陣屋で、家康と黒《くろ》田《だ》如水《じょすい》が会談した。この二人が顔を合せたのはこの日が始まり。いわば豊臣家滅亡の楔《くさび》が一本打たれたのだが、石垣山で淀君と遊んでいた秀吉はそんなことは知らなかった。

秀吉が最も怖れた人物は言うまでもなく家康だ。その貫禄は天下万人の認めるところ、天下万人以上に秀吉自身が認めていたが、その次に黒田如水を怖れていた。黒田のカサ頭（如水の頭一面に白雲のような頑疾があった）は気が許せぬと秀吉は日頃放言したが、あのチンバ奴《め》（如水は片足も悪かった）何を企むか油断のならぬ奴だと思っている。

如水はひどく義理堅く、主に対しては忠、臣節のためには強いて死地に赴くようなことをやる。カサ頭ビッコになったのもそのせいで、彼がまだ小寺政職《こでらまさもと》という中国の小豪族の家老のとき、小寺氏は織田と毛利の両雄にはさまれて去就に迷っていた。そのとき逸早《いちはや》く信長の天下を見抜いたのが官兵衛（如水）で、小寺家の大勢は毛利に就くことを自然としていたが、官兵衛は主人を説いて屈服させる。即坐に自ら岐阜に赴き、木下藤吉郎を通して信長に謁見、中国征伐を要請して、小寺家がその先鋒たるべしと買ってでた。このとき官兵衛は二十を越して幾つでもない若さであったが、一生の浮沈をこの日に賭け、いわば有金全部を信長にかけて賭博をはった。持って生れた雄弁で、中国の情勢、地理風俗にまでわたって数万言、信長の大軍に出陣を乞い自ら手引して中国に攻め入るなら平定容易であると言って快弁を弄する。頗《すこぶ》る信長の御意にかなった。

ところが秀吉が兵を率いて中国に来てみると、小寺政職は俄に変心して、毛利に就いてしまった。官兵衛は自分の見通しに頼りすぎ、一身の賭博に思いつめて、主家の思惑というものを軽く見すぎたのだ。世の中は己れを心棒に廻転すると安易に思いこんでいるのが野心的な青年の常であるが、世間は左様に甘くない。この自信は必ず崩れ、又いくたびか崩れる性質のものであるが、崩れる自信と共に老いたる駄馬の如くに衰えるのは落第生で、自信の崩れるところから新らたに生い立ち独自の針路を築く者が優等生。官兵衛も足もとが崩れてきたから驚いたが、独特の方法によって難関に対処した。

官兵衛にはまだ父親が健在であった。そこで一族郎党を父につけて、之《これ》を秀吉の陣に送り約をまもる。自分は単身小寺の城へ登城して、強いて臣節を全うした。殺されるかも知れぬ。それを覚悟で、敢《あ》えて主人の城へ戻った。いわば之も亦《また》一身をはった賭博であるが、かかる賭博は野心児の特権であり、又、生命だ。そして賭博の勝者だけが、人生の勝者にもなる。

官兵衛は単身主家の籠城《ろうじょう》に加入して臣節をつくした。世は青年の夢の如くに甘々と廻転してくれぬから、此奴裏切り者であると土牢の中にこめられる。一刀両断を免がれたのが彼の開運の元であった。この開運は一命をはって得たもの、生命をはる時ほど美しい人の姿はない。当然天の恩寵《おんちょう》を受くべくして受けたけれども、悲しい哉《かな》、この賭博美を再び敢て行うことが無かったのだ。ここに彼の悲劇があった。

この暗黒の入牢《じゅろう》中にカサ頭になり、ビッコになった。滑稽なる姿を終生負わねばならなかったが、又、雄渾《ゆうこん》なる記念碑を負う栄光をもったのだ。こういう義理堅いことをやる。

主に対しては忠、命をすてて義をまもる。そのくせ、どうも油断がならぬ。戦争の巧いこと、戦略の狡猾なこと、外交かけひきの妙なこと、臨機応変、奇策縦横、行動の速力的なこと、見透しの的確なこと、話の外である。

中国征伐の最中に本能寺の変が起った。牢の中から助けだされた官兵衛は秀吉の帷《い》幕《ばく》に加わり軍議に献策していたが、京から来た使者は先ず官兵衛の門を叩いて本能寺の変をつげ、取次をたのんだ。六月三日深夜のことで、使者はたった一日半で七十里の道を飛んできた。官兵衛は使者に酒食を与え、堅く口止めしておいて、直ちに秀吉にこの由《よし》を告げる。

秀吉は茫然自失、うなだれたと思うと、ギャッという声を立てて泣きだした。五分間ぐらい、天地を忘れて非嘆にくれている。いくらか涙のおさまった頃を見はからい、官兵衛は膝すりよせて、ささやいた。天下はあなたの物です。使者が一日半で駈けつけたのは、正に天の使者。

丁度その日の昼のこと、毛利と和睦ができていた。その翌日には毛利の人質がくる筈になっていたから、本能寺の変が伝わらぬうちと官兵衛は夜明けを待たず人質を受取りに行き、理窟をこねて手品の如くにまきあげようとしたけれども、もう遅い。金井坊という山伏が之も亦風の如く駈けつけて敵に報告をもたらしている。官兵衛はそこで度胸をきめた。敵方随一の智将、小早川隆景《こばやかわたかかげ》を訪ね、楽屋をぶちまけて談判に及んだ。

「あなたは毛利輝元と秀吉を比べて、どういう風に判断しますか。輝元は可もなく不可もない平凡な旧家の坊ちゃんで、せいぜい親ゆずりの領地を守り、それもあなたのような智者のおかげで大過なしという人物です。天下を握る人物ではない。然るに秀吉は当代の風雲児です。戦略家としても、政治家としても、外交家としても、信長公なき後は天下の唯一人者で、之に比肩し得る人物は先ずいない。たまたま本能寺の飛報が二日のうちにとどいたのも秀吉の為には天の使者で、直ちに踵《きびす》をめぐらせて馳せ戻るなら光秀は虚をつかれ、天下は自ら秀吉の物です。柴田あり徳川ありとは云え、秀吉を選び得る者のみが又選ばれたる者でしょう。信長との和睦を秀吉との和睦にかえることです。損の賭のようですが、この賭をやりうる人物はあなたの外には先ずいない。あなたにも之が賭博に見えますか。否々。これは自然天然の理というものです。よろしいか。秀吉の出陣が早ければ、天下は秀吉の物になる。この幸運を秀吉に与える力はあなたの掌中にあるのです。だが、あなた自身の幸運も、この中にある。毛利家の幸運も、天下の平和も挙げてこの中にありですな」

隆景は温厚、然し、明敏果断な政治家だから、官兵衛の説くところは真実だと思った。輝元では天下は取れぬ。所詮人の天下に生きることが毛利家の宿命だから、秀吉にはってサイコロをふる。外れても、元金の損はない。そこで秀吉に人質をだして、赤心《せきしん》を示した。

けれども官兵衛は邪推深い。和睦もできた。いざ光秀征伐に廻れ右という時に、堤の水を切り落し、満目一面の湖水、毛利の追撃を不可能にして出発した。人は後悔するものだ。然して、特に、去る者の姿を見ると逃したことを悔ゆる心が騒ぎだす。

官兵衛は堤を切り、満目の湖を見てふりむいた。それから馬を急がせて秀吉の馬に追いつき、ささやいた。毛利の人質を返してやりなさい。なぜ？　官兵衛はドングリ眼をギロリとむいて秀吉を見つめている。なぜだ！　秀吉は癇癪《かんしゃく》を起して怒鳴ったが、官兵衛は知らぬ顔の官兵衛で、ハイ、ドウドウ馬を走らせているばかり。もとより秀吉は万人の心理を見ぬく天才だ。逃げる者の姿を見れば人は追う。光秀と苦戦をすれば、毛利の悔いはかきたてられ、燃えあがる。人質が燃えた火を消しとめる力になるか。燃えた火はもはや消されぬ。燃えぬ先、水をまけ。まだしも、いくらか脈はある。之も賭博だ。否々。光秀との一戦。天下浮沈の大賭博が今彼らの宿命そのものではないか。

アッハッハ。人質か。よかろう。返してやれ。秀吉は高らかに笑った。だが、カサ頭は食えない奴だ。頭から爪先まで策略で出来た奴だ、と、要心の心が生れた。官兵衛は馬を並べて走り、高らかな哄笑、ヒヤリと妖気を覚えて、シマッタと思った。

山崎の合戦には秀吉も死を賭した。俺が死んだら、と言って、楽天家も死後の指図を残したほど、思いつめてもいたし、張りきってもいたのだ。

ところが兵庫へ到着し、愈々《いよいよ》決戦近しというので、山上へ馬を走らせ山下の軍容を一望に眺めてみると、奇妙である。先頭の陣に、毛利と浮田の旗が数十旒《りゅう》、風に吹き流れているではないか。毛利と浮田はたった今和睦してきたばかり、援兵を頼んだ覚えはないから、驚いて官兵衛をよんだ。

「お前か。援兵をつれてきたのは」

官兵衛はニヤリともしない。ドングリ眼をむいて、大そうもなく愛嬌のない声ムニャムニャとこう返事をした。小早川隆景と和睦のとき、ついでに毛利の旗を二十旒だけ借用に及んだのである。隆景は意中を察して笑いだして、私の手兵もそっくりお借ししますから御遠慮なく、と言ったが、イエ、旗だけで結構です、軍兵の方は断った。浮田の旗は十旒で、之も浮田の家老から借用に及んで来たものだ。光秀は沿道に間者を出しているに相違ない。間者地帯へはいってきたから、先頭の目につくところへ毛利と浮田の旗をだし、中国軍の反乱を待望している光秀をガッカリさせるのだ、と言った。

秀吉は呆れ返って、左右の侍臣をふりかえり、オイ、きいたか、戦争というものは、第一が謀略だ。このチンバの奴、楠正成《くすのきまさしげ》の次に戦争の上手な奴だ、と、唸《うな》ってしまった。けれども唸り終って官兵衛をジロリと見た秀吉の目に敵意があった。又、官兵衛はシマッタと思った。

中国征伐、山崎合戦、四国征伐、抜群の偉功があった如水だが、貰った恩賞はたった三万石。小早川隆景が三十五万石、仙石権兵衛という無類のドングリが十二万石の大名に取りたてられたのに、割が合わぬ。秀吉は如水の策略を憎んだので故意に冷遇したが、如水の親友で、秀吉の智恵袋であった竹中半兵衛に対しても同断であった。半兵衛は秀吉の敵意を怖れて引退し、如水にも忠告して、秀吉に狎《な》れるな、出すぎると、身を亡《ほろぼ》す、と言った。如水は自らを称して賭博師と言ったが、機至る時は天下を的に一命をはる天来の性根が終生カサ頭にうずまいている。尤《もっと》も、この性根は戦国の諸豪に共通の肚の底だが、如水には薄気味の悪い実力がある。家康は実力第一の人ではあるが温和である。ところが黒田のカサ頭は常に心の許しがたい奴だ、と秀吉は人に洩《もら》した。如水は半兵衛の忠告を思いだして、ウッカリすると、命が危い、ということを忘れる日がなくなった。

九州征伐の時、如水と仙石権兵衛は軍監で、今日の参謀総長というところ、戦後には九州一ケ国の大名になる約束で数多《あまた》の武功をたてた。如水は城攻めの名人で、櫓《やぐら》をつくり、高所へ大砲をあげて城中へ落す、その頃の大砲は打つというほど飛ばないのだから仕方がない。こういう珍手もあみだした。事に当って策略縦横、戦えば常に勝ったが、一方の仙石権兵衛は単純な腕力主義で、猪突一方、石川五右衛門をねじふせるには向くけれども、参謀長は荷が重い。大敗北を蒙り、領地を召しあげられる始末であった。けれども秀吉は毒気のない権兵衛づれが好きなので、後日再び然るべき大名に復活した。如水は大いに武功があったが、一国を与える約束が、豊前のうち六郡、たった十二万石。小早川隆景が七十万石、佐々成政が五十万石、いささか相違が甚《はなはだ》しい。

見透しは如水の特技であるから、之は引退の時だと決断した。伊達につけたるかカサ頭、宿昔青雲の志、小寺の城中へ乗りこんだ青年官兵衛は今いずこ。

秀吉自身、智略にまかせて随分出すぎたことをやり、再三信長を怒らせたものだ。如水も一緒に怒られて、二人並べて首が飛びそうな時もあった。中国征伐の時、秀吉と如水の一存で浮田と和平停戦した。之が信長の気に入らぬ。信長は浮田を亡して、領地を部将に与えるつもりでいたのである。二人は危く首の飛ぶところであったが、猿面冠者《さるめんかんじゃ》は悪びれぬ。シャアシャアと再三やらかして平気なものだ。それだけ信長を頼りもし信じてもいたのであるが、如水は後悔、警戒した。傾倒の度も不足であるが、自恃の念も弱いのだ。

如水は律儀であるけれども、天衣無縫の律儀でなかった。律儀という天然の砦がなければ支えることの不可能な身に余る野望の化け者だ。彼も亦一個の英雄であり、すぐれた策師であるけれども、不相応な野望ほど偉くないのが悲劇であり、それゆえ滑稽笑止である。秀吉は如水の肚を怖れたが、同時に彼を軽蔑した。

ある日、近臣を集めて四方山《よもやま》話の果に、どうだな、俺の死後に天下をとる奴は誰だと思う、遠慮はいらぬ、腹蔵なく言うがよい、と秀吉が言った。徳川、前田、蒲生、上杉、各人各説、色々と説のでるのを秀吉は笑ってきいていたが、よろし、先ずそのへんが当ってもおる、当ってもおらぬ。然し、乃公《だいこう》の見るところは又違う。誰も名前をあげなかったが、黒田のビッコが爆弾小僧という奴だ。俺の戦功はビッコの智略によるところが随分とあって、俺が寝もやらず思案にくれて編みだした戦略をビッコの奴にそれとなく問いかけてみると、言下にピタリと同じことを答えおる。分別の良いこと話の外だ。狡智無類、行動は天下一品速力的で、心の許されぬ曲者だ、と言った。

この話を山名禅高が如水に伝えたから、如水は引退の時だと思った。家督を倅長政《せがれ》に譲りたい、と請願に及んだが秀吉は許さぬ。アッハッハ、ビッコ奴、要心深い奴だ、困らしてやれ。然し、又、実際秀吉は如水の智恵がまだ必要でもあったのだ。四十の隠居は奇ッ怪千万、秀吉はこうあしらい、人を介して何回となく頼んでみたが、秀吉は許してくれぬ。ところが、如水も執拗だ。倅の長政が人質の時、政所《まんどころ》の愛顧を蒙った。石田三成が淀君党で、之に対する政所派という大名があり、長政などは政所派の重鎮、そういう深い縁があるから、政所の手を通して執念深く願いでる。執念の根比べでは如水に勝つ者はめったにいない。秀吉も折れて、四十そこその若さなのだから、隠居して楽をするつもりなら許してやらぬ。返事はどうじゃ。申すまでもありませぬ。私が隠居致しますのは子を思う一念からで、隠居して身軽になれば日夜伺候《しこう》し、益々御奉公の考えです。厭になるほど律儀であるから、秀吉も苦笑して、その言葉を忘れるな、よし、許してやる。そこで黒田如水という初老の隠居が出来上った。天正十七年、小田原攻めの前年で、如水は四十四であった。

ある日のこと、秀吉から茶の湯の招待を受けた。如水は野人気質であるから、茶の湯を甚《はなは》だ嫌っていた。狭い席に無刀で坐るのは武人の心得でないなどと堅苦しいことを言って軽蔑し、持って廻った礼式作法の阿呆らしさ、嘲笑して茶席に現れたことがない。

秀吉の招待にウンザリした。又、いやがらせかな、と出掛けてみると、茶席の中には相客がおらぬ。秀吉がたった一人。侍臣の影すらもない。差向いだが、秀吉は茶をたてる様子もなかった。

秀吉のきりだした話は小田原征伐の軍略だ。小田原は早雲《そううん》苦心の名城で、謙信、信玄両名の大戦術家が各一度は小田原城下へ攻めてみながら、結局失敗、敗戦している。けれども、秀吉は自信満々、城攻めなどは苦にしておらぬ。徴募の兵力、物資の輸送、数時間にわたって軍議をとげたが、秀吉の心配事は別のところにある。小田原へ攻め入るためには尾張《おわり》、三河、駿河《するが》を通って行かねばならぬ。尾張は織田信雄《のぶかつ》、三河駿河遠江は家康の所領で、この両名は秀吉と干戈《かんか》を交えた敵手であり、現在は秀吉の麾下《きか》に属しているが、いつ異心を現すか、天下万人の風説であり、関心だ。家康の娘は北条氏直の奥方で、秀吉と対峙の時代、家康は保身のために北条の歓心をもとめて与国の如くに頭を下げた。両家の関係はかく密接であるから、同盟して反旗をひるがえすという怖れがあり、家康が立てば信雄がつく、信雄は信長の子供であるから、大義名分が敵方にあり諸将の動向分裂も必至だ。

さて、チンバ。尾張と三河、この三河に古狸《だぬき》が住んでいるて。お主は巧者だが、この古狸めを化かしおわして小田原へ行きつく手だてを訊きたいものだ。古狸の妖力を封じる手だてが小田原退治の勝負どころというものだ。ワッハッハ。そうですな、と如水はアッサリ言下に答えた。先ず家康と信雄を先発させて、小田原へ先着させることですな。之という奇策も外にはありますまい。先発の仲間に前田、上杉などという古狸の煙たいところを御指名なさるのが一策でござろう。殿下はゆるゆると御出発、途中、駿府の城などで数日のお泊りも一興でござろう。しくじる時はどう石橋を叩いてみてもしくじるものでござろうて。

このチンバめ！　と、秀吉は叫んだ。彼が寝もやらず思案にくれて編みだした策を、言下に如水が答えたからだ。お主は腹黒い奴じゃのう。骨の髄まで策略だ。その手で天下がとりたかろう。ワッハッハ。秀吉は頗《すこぶ》る御機嫌だ。

ニヤリと如水の顔を見て、どうだな、チンバ、茶の湯の効能というものが分らぬかな。お主はきつい茶の湯ぎらいということだが、ワッハッハ。お主も存外窮屈な男だ。俺とお主が他の席で密談する。人にも知れ、憶測がうるさかろう。ここが茶の湯の一徳というものだ。なるほど、と、如水は思った。茶の湯の一徳は屁理窟かも知れないが、自在奔放な生活をみんな自我流に組みたてている秀吉に比べると、なるほど俺は窮屈だ、と悟るところがあった。

　ところが、愈《いよいよ》小田原包囲の陣となり、三ケ月が空しくすぎて、夏のさかり、秀吉の命をうけて如水は家康を訪問した。このとき、はからざる大人物の存在を如水は見た。頭から爪先まで弓矢の金言で出来ているような男だと思い、秀吉が小牧山で敗戦したのも無理がない、あのとき俺がついていても戦さは負けたかも知れぬ、之は天下の曲者だ、と、ひそかに驚嘆の心がわいた。丁度小牧山合戦の時、折から毛利と浮田に境界争いの戦乱が始まりそうになったから、如水は秀吉の命を受け、紛争和解のため中国に出張して安国寺坊主と折衝中であった。親父に代って長政が小牧山に戦ったが、秀吉方無残の敗北、秀吉の一生に唯一の黒星を印した。なるほど、ふとりすぎた蕗みたい、此奴は食えない化け者だ、と家康も亦律儀なカサ頭ビッコの怪物を眺めて肚裡《とり》に呟いた。然し、与し易いところがある、と判断した。

二

　温和な家康よりも黒田のカサ頭に心が許されぬ、と言うのは単なる放言で、秀吉が別格最大の敵手と見たのは言うまでもなく家康だ。

名をすてて実をとる、というのが家康の持って生れた根性で、ドングリ共が名誉だ意地だと騒いでいるとき、土百姓の精神で悠々実質をかせいでいた。変な例だが、愛妾に就《つい》て之を見ても、生活の全部に徹底した彼の根性はよく分る。秀吉はお嬢さん好き、名流好きで、淀君は信長の妹お市の方の長女であり、加賀局は前田利家の三女、松の丸殿は京極高吉の娘。三条局は蒲生氏郷《うじさと》の妹、三丸殿は信長の第五女、姫路殿は信長の弟信包《のぶかね》の娘、主筋の令嬢をズラリと妾に並べている。たまたま千利休という町人の娘にふられた。

ところが家康ときた日には、阿茶局が遠州金谷の鍛冶《かじ》屋の女房で前夫に二人の子供があり、阿亀の方が石清水八幡宮の修験者の娘、西郷局は戸塚某の女房で一男一女の子持ちの女、その他、神尾某の子持ちの後家だの、甲州武士三井某の女房（之も子持ち）だの、阿松の方がただ一人武田信玄の一族で、之だけは素性がよかった。妾の半数が子持ちの後家で、家康は素性など眼中にない。ジュリヤおたあという朝鮮人の侍女にも惚れたが、之は切支丹《キリシタン》で妾にならぬから、島流しにした。伊豆大島、波浮《はぶ》の近くのオタイネ明神というのがこの侍女の碑であると云う。徹底した実質主義者で、夢想児の甘さが微塵《みじん》もない人であった。

秀吉は夢想家の甘さがあったが、事に処しては唐突に一大飛躍、家康のお株を奪う地味な実質策をとる。家康は小牧山の合戦に勝った、とたんに秀吉は織田信雄と単独和を結んで家康を孤立させ、結果として、秀吉が一足天下統一に近づいている。降参して実利を占めた。

和談の席で、秀吉は主人の息子に背かれ疑られ攻められて戦わねばならぬ苦衷を訴えて、手放しでワアワアと泣いた。長い戦乱のために人民は塗炭の苦に喘いでいる。私闘はいかぬ。一日も早く天下の戦乱を根絶して平和な日本にしなければならぬ。秀吉は滂沱《ぼうだ》たる涙の中で狂うが如くに叫んだというが、肚の中では大明遠征を考えていた。まんまと秀吉の涙に瞞着《まんちゃく》された信雄が家康を説いて、天下の平和のためです、秀吉の受売りをして、御子息於義丸を秀吉の養子にくれて和睦しては、と使者をやると、家康は考えもせず、アア、よかろう、天下の為です。家康は子供の一人や二人、煮られても焼かれても平気であった。秀吉は光秀を亡しているのだから、時世は秀吉のものだ。信雄という主人の息子と一緒なら秀吉と争うことも出来るけれども、大義名分のない私闘を敢て求める家康ではない。あせることはない。人質ぐらい、何人でもくれてやる。

秀吉は関白となり、日に増し盛運に乗じていた。諸国の豪族に上洛朝礼をうながし、応ぜぬ者を朝敵として打ち亡して、着々天下は統一に近づいている。一方家康は真田昌幸に背かれて攻めあぐみ、三方《みかた》ケ原以来の敗戦をする。重臣石川数正が背いて秀吉に投じ、水野忠重、小笠原貞慶、彼を去り、秀吉についた。家康落目の時で、実質主義の大達人もこの時ばかりは青年の如くふてくされた。

秀吉のうながす上洛に応ぜず、攻めるなら来い、蹴ちらしてやる、ヤケを起して、目算も立てぬ、どうともなれ、と命をはって、自負、血気、壮《さか》んなること甚しい。連日野に山に狩りくらして、秀吉の使者を迎えて野原のまんなかで応接、信長公存命のころ上洛して名所旧蹟みんな見たから都見物の慾もないね。於義丸は秀吉にくれた子だから対面したい気持もないヨ。秀吉が攻めてくるなら美濃路に待っているぜ、と言って追い返した。

けれども、金持喧嘩せず、盛運に乗る秀吉は一向に腹を立てない。この古狸が自分につけば天下の統一疑いなし、大事な鴨で、この古狸が天下をしょって美濃路にふてくされて、力んでいる。秀吉は適当に食慾を制し、落付払うこと、まことに天晴《あっぱ》れな貫禄であった。天下統一という事業のためなら、家康に頭を下げて頼むぐらい、お安いことだと考えている。そこで家康の足もとをさらう実質的な奇策を案出したのであるが、こういう放れ業ができるのも、一面夢想家ゆえの特技でもあり、秀吉は外交の天才であった。

先ず家康に自分の妹を与えてまげて女房にして貰い、その次に、自分の実母を人質に送り、まげて上洛してくれ、と頭を下げた。皆の者、よく聞くがよい、秀吉は群臣の前で又機嫌よく泣いていた。俺は今天下のため先例のないことを歴史に残してみようと思う。関白の母なる人を殺しても、天下の平和には代えられぬものだ。

　ふてくされていた家康も悟るところがあった。秀吉は時代の寵児である。天の時には、我を通しても始らぬ。だまされて、殺されても、落目の命ならいらない。覚悟をきめて上洛した。

　家康は天の時を知る人だ。然し妥協の人ではない。この人ぐらい図太い肚、命をすてて乗りだしてくる人はすくない。彼は人生三十一、武田信玄に三方ケ原で大敗北を喫した。当時の徳川氏は微々たるもの、海内《かいだい》随一の称を得た甲州の大軍をまともに受けて勝つ自信は鼻柱の強い三河武士にも全くない。家康の好戦的な家臣達に唯一人の主戦論者もなかったのだ。たった一人の主戦論者が家康であった。

　彼は信長の同盟者だ。然し、同盟、必ずしも忠実に守るべき道義性のなかったのが当時の例で、弱肉強食、一々が必死を賭けた保身だから、同盟もその裏切りも慾得ずくと命がけで、生き延びた者が勝者である。信玄の目当の敵は信長で家康ではなかったから、負けるときまった戦争を敢て戦う必要はなかったのだが、家康ただ一人群臣をしりぞけて主戦論を主張、断行した。彼もこのとき賭博者だ。信長との同盟に忠実だったわけではない。極めて少数の天才達には最後の勝負が彼らの不断の人生である。そこでは、理知の計算をはなれ、自分をつき放したところから、自分自身の運命を、否、自分自身の発見を、自分自身の創造を見出す以外に生存の原理がないということを彼らは知っている。自己の発見、創造、戦争も亦芸術で、之のみが天才の道だ。家康は同盟というボロ縄で敢て己れを縛り、己れの理知を縛り、突き放されたところに自己の発見と創造を賭けた。之は常に天才のみが選び得る火花の道。そうして彼は見事に負けた。生きていたのが不思議であった。

大敗北、味方はバラバラに斬りくずされ、入り乱れ前後も分らぬ苦戦であるが、家康は阿修羅であった。家康が危くなると家来が駈けつけて之を助け、家来の急を見ると、家康が血刀ふりかぶり助けるために一散に駈けた。夏目次郎左衛門が之を見て眼血走り歯がみをした。大将が雑兵を助けてどうなさる、目に涙をため、家康の馬の轡《くつわ》を浜松の方にダイと向けて、槍の柄で力一杯馬の尻を殴りつけ、追いせまる敵を突落して討死をとげた。

逃げる家康は総勢五騎であった。敵が後にせまるたびに自ら馬上にふりむいて、弓によって打ち落した。顔も鎧も血で真ッ赤、ようやく浜松の城に辿りつき、門をしめるな、開け放しておけ、庭中に篝をたけ、言いすてて奥の間に入り、久野という女房に給仕をさせて茶漬を三杯、それから枕をもたせて、ゴロリとひっくり返って前後不覚にねてしまった。堂々たる敗北振りは日本戦史の圧巻で、家康は石橋を叩いて渡る男ではない。武将でもなければ、政治家でもない。蓋《けだ》し稀有なる天才の一人であった。天才とは何ぞや。自己を突き放すところに自己の創造と発見を賭るところの人である。

秀吉の母を人質にとり、秀吉と対等の格で上洛した家康であったが、太刀、馬、黄金を献じ、主君に対する臣家の礼をもって畳に平伏、敬礼した。居並ぶ大小名、呆気にとられる。秀吉に至っては、仰天、狂喜して家康を徳としたが、秀吉を怒らせて一服もられては話にならぬ。まだ先に楽しみのある人生だから、家康は頭を畳にすりつけるぐらい、屁とも思っていなかった。

秀吉は別室で家康の手をとり、おしいただいて、家康殿、何事も天下の為じゃ。よくぞやって下された。一生恩にきますぞ、と、感極まって泣きだしてしまったが、家康はその手をおしいただいて畳におかせて、殿下、御もったいもない、家康は殿下のため犬馬の労を惜む者でございませぬ。ホロリともせずこう言った。アッハッハ。とうとう三河の古狸めを退治てやった、と、秀吉は寝室で二次会の酒宴をひらき、ポルトガルの船から買いもとめた豪華なベッドの上にひっくり返って、サア、日本がおさまると、今度は之だ、之だ、と、ベッドを叩いて、酔っ払って、ねむってしまった。

小田原の北条氏は全関東の統領、東国随一の豪族だが、すでに早雲の遺風なく、君臣共にドングリの背くらべ、家門を知って天下を知らぬ平々凡々たる旧家であった。時代に就て見識が欠けていたから、秀吉から上洛をうながされても、成上り者の関白などは、と相手にしない。秀吉は又辛抱した。この辛抱が三年間。この頃の秀吉はよく辛抱し、あせらず、怒らず、なるべく干戈《かんか》を動かさず天下を統一の意向である。北条の旧領、沼田八万石を還してくれれば朝礼する、と言ってきたので、真田昌幸に因果を含めて沼田城を還させたが、沼田城を貰っておいて、上洛しない。北条の思い上ること甚しく、成上りの関白が見事なぐらいカラカワれた。我慢しかねて北条征伐となったのだ。

秀吉は予定の如く、家康、信雄、前田利家、上杉景勝らを先発着陣せしめ、自身は三月一日、参内して節刀を拝受、十七万の大軍を率いて出発した。駿府へ着いたのが十九日で、家康は長久保の陣から駈けつけて拝謁《はいえつ》、秀吉を駿府城に泊らせて饗応至らざるところがない。本多重次がたまりかねて、秀吉の家臣の居ならぶ前で自分の主人家康を罵った。これは又、あっぱれ不思議な振舞をなさるものですな。国を保つ者が、城を開け渡して人に貸すとは何事です。この様子では、女房を貸せと言われても、さだめしお貸しのことでしょうな、と青筋をたてて地団駄ふんだ。

小田原へ着いた秀吉は石垣山に陣取り、一夜のうちに白紙を用いて贋城をつくるという小細工を弄したが、ある日家康を山上の楼に招き、関八州の大平野を遥か東方に指して言った。というのは昔の本にあるところだが、実際は箱根丹沢にさえぎられてそうは見晴らしがきかないのである。ごらんなさい。関八州は私の掌中にあるが、小田原平定後は之をそっくりあなたに進ぜよう。ところで、あなたは小田原を居城となさるつもりかな。左様、まず、その考えです。いやいやと秀吉は制して、山を控えた小田原の地はもはや時世の城ではない。二十里東方に江戸という城下がある。海と河川を控え、広大な沃野の中央に位して物資と交通の要地だから、ここに居られる方がよい、と教えてくれた。そうですか。万事お言葉の通りに致しましょう、と答えたが、今は秀吉の御意のまま、言いなり放題に振舞う時と考えて、家康はこだわらぬ。秀吉の好機嫌の言葉には悪意がなく、好意と、聡明な判断に富んでいることを家康は知ってもいた。

　二十六万の陸軍、加藤、脇坂、九鬼等の水軍、十重《とえ》二十重《はたえ》に小田原城を包囲したが、小田原は早雲苦心の名城で、この時一人の名将もなしとは言え、関東の豪族が手兵を率いてあらかた参集籠城したから、兵力は強大、簡単に陥す見込みはつかない。小早川隆景の献策を用いて、持久策をとり、糧道を絶つことにした。

　秀吉自身は淀君をよびよせ、諸将各妻妾をよばせ、館をつくらせ、連日の酒宴、茶の湯、小田原城下は戦場変じて日本一の歓楽地帯だ。四方の往還は物資を運ぶ人馬の往来絶えることなく、商人は雲集して、小屋がけし、市をたて、海運も亦日に日に何百何千艘、物資の豊富なこと、諸国の名物はみんな集る、見世物がかかる、遊女屋が八方に立ち、絹布を売る店、舶来の品々を売る店、戦争に無縁の品が羽が生えて売れて行く。大名達は豪華な居館をつくって、書院、数寄屋、庭に草花を植え、招いたり招かれたり、宴会つづきだ。

この陣中の徒然に、如水が茶の湯をやりはじめた。ところが如水という人は気骨にまかせて茶の湯を嘲笑していたが、元来が洒落な男で、文事にもたけ、和歌なども巧みな人だ。彼が茶の湯をやりだしたのは保身のため、秀吉への迎合という意味があったが、やりだしてみると、秀吉などとはケタ違いに茶の湯が板につく男だ。小田原陣が終って京都に帰った頃はいっぱしの茶の湯好きで、利休や紹巴《じょうは》などと往来し、その晩年は唯一の趣味の如き耽溺《たんでき》ぶりですらあった。一つには、彼の棲む博多の町に、宗室、宗湛、宗九などという朱印船貿易の気宇遠大な豪商がいて茶の湯の友であったからで、茶の湯を通じて豪商達と結ぶことが必要だったせいもある。

如水は高山右近のすすめで洗礼を受け切支丹であったが、之も秀吉への迎合から、禁教令後は必ずしも切支丹に忠実ではなかった。カトリックは天主以外の礼拝を禁じ、この掟は最も厳重に守るべきものであったが、如水は菅公廟を修理したり、箱崎、志賀両神社を再興し、又、春屋和尚について参禅し、その高弟雲英禅師を崇福寺に迎えて尊敬厚く、さりとて切支丹の信教も終生捨ててはいなかった。彼の葬儀は切支丹教会と仏寺との両方で行われたが、世子長政の意志のみではなく、彼自身の処世の跡の偽らざる表れでもあった。

元々切支丹の韜晦《とうかい》という世渡りの手段に始めた参禅だったが、之が又、如水の性に合っていた。忠義に対する冷遇、出る杭は打たれ、一見豪放磊落でも天衣無縫に縁がなく、律義と反骨と、誠意と野心と、虚心と企みと背中合せの如水にとって、禅のひねくれた虚心坦懐はウマが合っていたのである。彼の文事の教養は野性的洒脱という性格を彼に与えたが、茶の湯と禅はこの性格に適合し、特に文章をひねくる時には極めてイタについていた。青年の如水は何故に茶の湯を軽蔑したか。世紀の流行に対する反感だ。王侯貴人の業であってもその流行を潔とせぬ彼の反骨の表れである。反骨は尚《なお》腐血となって彼の血管をめぐっているが、稜々たる青春の気骨はすでにない。反骨と野望はすでに彼の老い腐った血で、その悪霊にすぎなかった。

ある日、秀吉は石垣山の楼上から小田原包囲の軍兵二十六万の軍容を眺め下して至極好機嫌だった。自讃は秀吉の天性で、侍臣を顧《かえりみ》て大威張りした。どうだ者共。昔の話はいざ知らず、今の世に二十六万の大軍を操る者が俺の外に見当るかな。先ず、なかろう、ワッハッハ。その旁に如水が例のドングリ眼をむいている。之を見ると秀吉は俄に奇声を発して叫んだ。ワッハッハ。チンバ、そこにいたか。なるほど、貴様は二十六万の大軍がさぞ操ってみたかろう。チンバなら、さだめし出来るであろう。者共きけ、チンバはこの世に俺を除いて二十六万の大軍を操るたった一人の人物だ。

如水はニコリともしない。彼は秀吉に怖れられ、然し、甘く見くびられていることを知っていた。如水は歯のない番犬だ。主人を噛む歯が抜けていると。

だが、こういう時に、なぜ、いつも、自分の名前がひきあいにでてくるのだろう。二十六万の大軍を操る者は俺のみだと壮語して、それだけで済むことではないか。それは如水の名の裏に別の名前が隠されているからである。歯のある番犬の名が隠されて、その不安が常に心中にあるからだ。それを如水は知っていた。その犬の名が家康であることも知っていた。その犬に会ってみたいという思いが、肚底《とてい》に逞しく育っていたのだ。

くノ一紅騎兵

――直江兼続――

山田風太郎

山田《やまだ》風太郎《ふうたろう》（一九二二〜二〇〇一）

兵庫県生まれ。少年時代から受験雑誌の小説懸賞に応募、何度も入選を果たしている。東京医科大学在学中に、探偵雑誌「宝石」に応募した「達磨峠の事件」でデビュー。ミステリー作家として活躍するが、一九五九年発表の『甲賀忍法帖』からは、超絶的な忍法を使う忍者の闘争を描く〈忍法帖〉シリーズで一世を風靡する。一九七五年の『警視庁草紙』からは明治時代を舞台にした伝奇小説で新境地を開き、その後『室町お伽草紙』『柳生十兵衛死す』などの室町ものに移行している。晩年には、シニカルな視点から人生を語ったエッセイも執筆している。

一

泰平の日につけ、戦国の世につけ、色町の栄えないときはないのが地上の人間相だが、なかでもいちばん殷賑《いんしん》をきわめるのが、戦乱の前夜だろう。

慶長四年春。

人は明日のことさえわからない。ましてやこの翌年の「関ケ原」を知る者のあろうはずがない。にもかかわらず。――

故太閤の寵臣《ちょうしん》石田三成が、内府徳川家康を襲おうとしたとか、大坂の重鎮前田大納言利家がこの世を去ったとか、あるいは豊臣方の武将党がこんどは三成を殺そうと追いまわしたとか――それらの事件が何を意味するのか、だれが敵やら味方やら、天地混沌とした中に、しかし人々は雷鳥みたいに遠からぬ風雲を予感して血をざわめかしていた。

で、その血のざわめきに駆りたてられて、女に走る。おまけにどこから溢《あふ》れ出すのか、おびただしい銭が飛び交う。――大坂三郷の遊女町などでは、それに加えて喧嘩沙汰で血のながれない日はないという噂さえ伝えられた。

――しかし、さすがに京である。しかも、春。

ちょうど十年前に太閤が万里小路《までのこうじ》二条、俗に柳馬場というところに作らせた柳町の廓の傾城屋《けいせいや》の朱格子は柳になぶられ、軒々の暖簾《のれん》に花びらさえもたわむれて、すべての権威が大坂に移ったあとは、京における桃山の豪奢はむしろこの一劃《かく》だけに残っているかとさえ思われた。ゆきかう客は武士が多く、その髯面《ひげづら》やふとい刀に慶長の殺伐さは覆えないが、これを彩る京の遊女のやさしさは、ほかの土地とはちがう京独特の華やかな雅《みやび》やかな傾城町の風物詩としてしまう。

宵というのに、笛、鼓《つつみ》にまじって、どこからか蹴鞠《けまり》の音さえするところはさすがに京らしい。それに、琉球から渡来して、このごろ急速に流行しはじめた三絃の音はひときわ高く、酒歌嬌声はもとよりのことであった。

その絃歌の海原の中で、いちばん宏壮な扇屋の奥座敷に——まるで奇妙に凪《な》いだ沼のような一劃があった。

一刻ほど前からやって来て、酒も女も遠ざけて深沈と語り合っていた五人の武士であったが、やがてその一人が、

「よし、談合はこれにて終った。いざ、飲もう！」

と、手をたたいた。

その座敷をめぐって、周囲はみな無人にして空けてあったが、それでも遠くに坐って耳をすましていた者があったと見える。

「へえい。もう、およろしゅうおますか？」

と、女の声が応えた。

「よい。酒を持って来い。樽で持って来た方がよいかも知れぬぞ。肴《さかな》は、山ほど」

と、こちらは吼《ほ》えた。——いままで酒がなかったのがふしぎなくらいの面塊《つらだましい》ばかりであった。年は四十から五十、大半は髯をはやし、中には面上に刀傷さえあるが、いずれも豪快無双、かつ大身どころか将に将たる器をそなえた五人であった。一人、入道頭もいる。

「女も——」

と、いいかけて、

「おう、先刻ちらと姿を見せたこの扇屋の娘分の女があったの。あれもよこせ」

と、べつの一人がつけ加えた。

「すぐにだぞ。——」

やがて廊下を、酒や肴の膳を捧げた女たちが、ちょっとした行列ほどにつらなる。

それが座敷一杯に並べられたころ、一人の娘の手をひいた扇屋の亭主が現われた。

改めて挨拶する亭主もうわの空に、

「……ふう！」

五人の武士は、娘の顔を見まもって、うなった。

先刻挨拶にまかり出たときにちらと見た。そのとき大事な談合をひかえていたにもかかわらず、この娘の印象がただならぬものがあったからこそ、いま特に呼んだ。しかし改めて、おちついて注視して、だれもが、ああ、と嘆声をあげざるを得ない。

霞《かすみ》のような眉、星がまたたいているかと思われる双眸《そうぼう》、紅もつけていないのに露にぬれた朝の花のような唇、ふくらんだ胸といい、たおやかな腰といい——いちいち描写するまでもない。彼らはいままで、これほどういういしく清純で、けぶっているような美しさを持った女を見たことがない。

「……これは、名作」

「扇屋が養女にするだけはある」

「養女にしてはもったいない。……太夫《たゆう》じゃな」

「むろん、そのつもりでもらったのじゃろ」

「いや、太夫にしても、もったいない。——」

口々に、うわごとみたいに呟《つぶや》いたのち、一人がわれに返ってきいた。

「これ、名は何という?」

「陽炎《かげろう》と申しまする」

と、娘は手をつかえたまま、銀の鈴をふるような声で答えた。

「年は?」

「十八に相成りまする。……」

「亭主」

と、別の一人がやっと眼を離してきいた。

「どこから拾って来た。これほどの尤物《ゆうぶつ》を養女などに――いや、どこから戴いて参ったか」

「は、は、さるお大名の元御家臣で――いえ、上杉さまの御家中なればこそ申しますが、実は大谷家を御牢人《ろうにん》なされたお方の娘御でござりまする」

「ほう？　大谷刑部《ぎょうぶ》の……さもあらん」

と、一人が論理に合わないことを、腑《ふ》に落ちたようにいった。論理に合わないというのは、大谷家の牢人の娘というだけで、何も大谷刑部の姫君というわけではないからだ。が、みな同様にのみこみ顔でうなずいたのは、その旧主の名に対する敬意のためか、あるいはそれほどの主人を持った者の娘なら、かかる名花も当然事と思ってのことか。――やはり、論理に合わない。

「で……それほどの者が、たとえ牢人したとはいえ、とにもかくにも傾城屋に娘を養女に売って……父は何をしておるのか」

「父は、去年亡くなりました」

「ほ？」

こんどは、論理に合った視線をみながその娘に集めたとき——廊下の方で、何やら騒がしい物音がした。制止するさけびにまじって、

「そこどけい、上杉家の直江山城《なおえやましろ》どのとお見かけたてまつり、是非お願いの儀あって参上したのだ」

と野ぶとい声が聞えた。

二

——はて?

五人の武士はちょっと顔見合わせて、ゆるりとした動作ながら、それぞれいずれ劣らぬ豪刀を引きつけた。

「おう」

膳を運ぶために開けはなされていた障子のあいだに、一人の男があらわれた。一目で牢人とわかる風体だが、なるほど、これでは傾城屋の女や男衆が制止し得なかったのもむりはない。筋骨ふしくれだった大兵《だいひょう》の男であった。

「直江山城どのは——?」

と、いいかけて、けげんな表情になり、

「はて、山城どのはおわさぬようじゃが――これは上杉家の御会合に相違はないな？」

と、亭主の方へ顔をむけた。だれも答える者はない。男は狼狽した。

「いや、これは見まちごうて失礼つかまつった。何ともはや、御無礼を。――」

一礼して、ひき返そうとする。はじめて気がついたが、よその部屋に上っていたらしく、すでになかば酔った顔色であった。

「待て」

と、中の武士の一人が呼びとめた。

「うぬは、上杉家の直江どのを存じあげておるのか」

「は。……いえ、いつぞや伏見街道を馬上往来さるるお姿を、あれが名高い直江山城守どの、と人に教えられただけでござるが」

「ここに山城どのがおわしたら、何といたす？　うぬはいったい何者じゃ」

首ねじむけていた男は、また完全にむき直り、がばと両ひざついた。

「実は随身《ずいじん》のことをお願い申しあげようと存じたのでござる。あいや、山城守さまおわさぬとても、上杉家の御会合に相違はあるまいとお見受けして改めてお頼み申しあげる。拙者、恥ずかしながら元明智の流れをくむ一人にて斎藤天鬼《でんき》と申すもの、天下に武名高き上杉家とお見かけたてまつってお頼み申しあげる。何とぞ、馬一匹買うとおぼしめされて、御奉公の儀を。――」

「腕に覚えはあるか」

と、入道がきいた。

「は、それだけはいささか——それなればこそ、わざわざ上杉家に。——」

「ここにおる顔ぶれをだれかと知って、腕に覚えがあると申すか」

「あ。——」

改めて、一座を見まわし、

「いや、御無礼つかまつった。いずれまた」

へどもどと、また逃げ出そうとした。

「待て！」

低いが腹まで通る一喝《かつ》を投げたのは、この中でただ一人無髯の、またいちばん尋常な容貌をした武士であった。

「うぬは大坂方か、江戸方か」

「——えっ？」

「奉公願いに強引にここをのぞきに来たは、われら出入《でいり》のときの編笠に焦《じ》れ、いまこの座にある顔ぶれをじかに見ようと望んでのことと見たはひがめか」

男はふりむいたまま、雷《らい》に打たれたように動かなくなった。それでなくてさえ獰悪《どうあく》な顔が、一瞬、凶相に変っていた。と、見るや、いきなり魔鳥のごとく座敷に躍り込んで来た。

「――や！」

座にいた武士のうち二、三人が大刀ひっつかんでどどと立つ。が、斎藤天鬼はそれには眼もくれず、いきなり扇屋の亭主のそばに坐っていた陽炎という娘を横抱きにした。

「あれ」

一声、娘の声を残したまま、天鬼はもとの廊下へはね戻ると、

「うぬら、動くな。追って見よ、この娘、おれの頸《くび》より細いこの胴を絞めあげて血へどを吐かせるぞ！」

右手には大刀をひき抜いて、そのまま庭へ飛び下りると、地ひびきたてて築山の方へ駈け出した。そこから眼かくしだけの低い塀は、彼の跳躍台となるだけのものに見え、そう思いつつ、この掠奪者のかかえている美しい人質のため、座敷にいた者すべてがとっさに金縛りになっていた。

しかるに――庭の中央で、斎藤天鬼がふいにはたと立ちどまったのである。

三

それが、自分の意志からの動作のようではなかった。まるで見えない糸に引かれて、ぐいと大地に釘づけにされたようであった。

「……おうっ」

野獣の——しかも罠にかかったようなうなり声をあげて大刀を取り直そうとする。その右手くびに白い細いものがのびているのを、人々ははじめて見た。ついで、それが女の腕であることを。

片腕だけで胴絞めに絞め殺すと脅された女が——その前にすでに失神しているかに見えた女が、その繊手《せんしゅ》をのばして、大刀ひっさげた斎藤天鬼の腕をヤンワリとつかんでいるのであった。

それを必死無謀の抵抗と見て、

「危い、よせ。——」

と、扇屋の亭主が腰を浮かせ、やっと二人の武士が庭へ飛び下りた。

そのとたん、ぴしっと妙な音がして、刀をつかんだ天鬼のふとい右腕はだらんと垂れている。それのみか、痛苦に耐えかねるように、彼はどうと両膝を地についていた。

むろん、もう一方の左手に抱いた女は横に放り出したまま。

風にひるがえる花のように、女はフンワリと大地に坐っていた。

一瞬、われに返り、はね起きようとした天鬼の左腕と胸に、駈けつけた髯侍の一人がぐいと両足踏みかけた。

「うぬは、何者じゃ。……もはやいつわりは許さぬ」

「……ほ、本多佐渡守さまの。——」

男は苦鳴を発した。もはやいつわりをいう余裕を失っているらしい。凄まじい胸部の圧迫のために。

「徳川か。……なんのために？」

「蒲生《がもう》……佐竹の向背を知るために……」

縁側から、先刻この徳川の密偵を看破した武士が、「丹波どの、待て」とさけんだが、遅かった。丹波と呼ばれた髯侍の足の下からあばら骨のへし折れる凄まじい音がして、斎藤天鬼と名乗る——おそらく偽名の男は、自分の方が血へどを吐いて即死している。

縁側の武士は憮然とした声を出した。

「血へどを吐く前に、もう少し泥を吐かせればよかったに」

「早まったか。どうせ生かしては帰せぬやつと思ってのことじゃが、しもうたの」

と、髯侍はあたまをかいた。——廊下座敷に満ちていた遊女や廊者は、春の夕《ゆうべ》というのに凍りついたように動かない。

ほかに駈けつけた入道頭は、徳川の密偵の方には眼もくれず、坐っている陽炎という娘のそばに近づいて、

「おまえは。……」

と、いったきり、絶句した。むろん、いま見た怪事に心奪われ、それどころかおのれの眼をまだ疑っているのだ。またそれを疑わせるかのように、娘はつつましく両手をついたままであった。

「亭主をのぞき、みなゆけ！」

と、縁側の武士がわれに返ったようにいった。

「いま見聞きしたこと、命惜しくばだれにも語るでないぞ。——また、さきほどのごとく人払い、頼むぞよ」

もはや、宴《うたげ》どころではない。数分ののち、まだ手もつけていない酒や膳のものの中に、陽炎と亭主を囲んで、五人の武士が狐につままれたような眼を集めていた。

「おやじさまをお叱り下さいますな」

と、陽炎の方からまずいった。片頬のえくぼを、幾分申しわけなさそうに扇屋の亭主の方へむけながら、

「おやじさまは、何も御存じないのでございます。わたしのここへ養女に来た目的を」

「――な、何が目的？」

「上杉家の御家老直江山城守さまに御奉公申しあげたいという望みでございます」

――いま、そこに血へどを吐いて死んでいる徳川の密偵と同じようなことをいった。しかし、五人は眉に唾をつけるのも忘れている。

「とはいえ、わたしが大谷家の牢人の子であることまでは偽りではございませぬ。上杉家御用のこの扇屋のおやじどのに、それまで嘘はつかしませぬ」

と、こんどは米粒のように白い歯をちょっぴりこぼれさせて笑った。亭主は、ぽかんと口をあけたままだ。自分が養女としたこの娘が思いもかけぬ鬼子《おにご》であったことをはじめて知って仰天しているようすであったが、彼が驚くのはまだ早かった。――

「ただ、わたしが養女に参ったころから、山城守さまいちどもこの扇屋へお越しのことなく、しかも承りますところによれば、近く御帰国とのお噂もあり、やむなくせめてあなたさま方のお手引によって御奉公の儀相叶《あいかな》えられますようにと」

陽炎は五人を見わたし、小首をかたむけて、またにいっと笑った。清純な顔に似合わぬどこか人を小馬鹿にしたような媚笑であったが、むろん五人はそれに心とろかす余裕を失っている。

「おそらくここにおわす方々の御推挙ならば、直江山城守さまもお聴き入れ下さるでござりましょう」

「それでは、わしたちの名と素性《すじょう》すべてを知っておるのだな」

「はい、やはり上杉家御家老の千坂民部《ちさかみんぶ》さま」

と、髯のない、最も尋常な顔をした武士の顔を見る。

「それから、前田咄然斎《とつねんさい》さま」

と、入道頭を見る。

「もう一人、上杉家の上泉泰綱《かみいずみやすつな》さま」

この三人は――この娘に逢うのははじめてだが、――以前からちょいちょい上杉家御用のこの扇屋に来て酒談したり、また遊んだりしたことはある。

「それから、あちらは蒲生家の岡野左内《さない》さま、佐竹家の車《くるま》丹波守さま。――」

「な、なぜおまえはそんなことを。――」

亭主が呆《あき》れたような声を出した。いま徳川の諜者が探りに来ただけのことはある。扇屋の亭主でさえ、今宵の客のうち、いま陽炎がいった最後の二人はその名も知らなかったのである。

陽炎はまた笑《え》んだ。

「天下で名を知られた豪傑で、わたしが知らないお方がありましょうか?」

四

まさに、豪傑にはちがいない。──

このうち千坂民部だけは上杉家本来の家老で──後年の千坂兵部の数代前の御先祖さまだ。上泉泰綱と前田咄然斎はよそから来て上杉家に召し抱えられた人物だが、前者は剣聖上泉伊勢守秀綱の一族でやはり剣名高い人、後者はこれこそ名さえきけば天下に知らない者はない前田慶次郎利太《とします》の後身。

実に家康と並び称された前田大納言利家の甥である。大変な豪傑のくせに、大変ないたずら者で、えらいにはちがいないが終始煮え切らぬ伯父の利家にかんしゃくを起して、冬の一日、利家を冷水の風呂に入れ、そのまま前田家の名馬松風に乗って逃げ出して──上杉家に仕えた。ただし、前田家を憚《はばか》って、それ以来頭を剃って、前田穀《こく》蔵《ぞう》院《いん》咄然斎と号した。穀蔵院とはこくぞう虫をもじったつもりで、すなわち穀《ごく》つぶしの意味だ。

上杉家に仕えても生来の大いたずらはやまず、謙信在世当時から藩の信仰篤《あつ》い或る名僧と碁を打ち、負けた方が頭をたたかれることを賭けさせた。和尚《おしょう》は冗談だと思って、自分が勝ったとき咄然斎の頭をちょっと指ではじいた。ところが咄然斎が二局目に勝ったときは、和尚が鼻血を噴いて昏倒するほどなぐりつけ哄笑して立ったという。

また大風呂に入るのに刀を抱えて入り、衆人みな怖れてやはり刀を持って入ったのに、やおら彼は竹光をぬき出し、澄まして脚の垢をかきはじめたという。

戦場に出ては、背に「大ふへん者」と書いた白絹の旗差物をひるがえし、同僚が武名高き上杉家にあって「大武辺者」とは面憎《つらにく》やとなじったのに、おれは妻なく子なく日ごろ不便を重ねているから「大不便者」と書いたのだと一蹴し、さてこの旗の下、斃《たお》した敵にはきっと小便をひっかけて駈け去ったという。

岡野左内。——宇都宮の蒲生家の家来である。

平生甚《はなは》だ吝嗇《りんしょく》で、これまた妻をめとらず、毎月のみそか座敷に大判小判を敷きつめ、金光燦爛《さんらん》たる中にひとり坐ってニタニタ笑っているのが唯一の趣味という人物であったが、あるとき朋輩の私闘をきいて駈け出し、三日間奔走して、あけはなしの家に並べた金は顧みるところがなかった。

しかも、一方では、曾《かつ》て戦場で伊達《だて》政宗と、それとは知らず血戦し、とり逃したあと政宗と知って痛嘆し、そのとき政宗の一太刀受けた朱の陣羽織の裂け目を金糸でかがり、以後これを着て疾駆するところ敵がなかったという大豪の士だ。

車丹波守。——常陸《ひたち》の佐竹家の家来である。

これは翌年の関ケ原に主家の佐竹とともに西軍に加担し、敗れたのちも執拗に徳川家に抗したこと、またついに捕えられて彼が誅《ちゅう》されたのち、弟の車善七なる者が三度まで将軍秀忠を鉄砲で狙い、捕えられたのち秀忠がその勇を惜しんで仕官をすすめたのを辞して、みずからすすんで江戸の非人頭となったという事績などで有名だが、しかし関ケ原以前のこのころから、剛力無双と鉄砲の名人として知られた車丹波守であった。

旗差物は火の車をえがき、名まで猛虎《たけとら》とは豪傑らしい。

さて――これら、一くせや二くせどころか、大へそまがりばかりの五人の豪傑を、おそれげもなく見やっている陽炎という女を眺めて、逆に五人の方が眼をぱちぱちさせた。

「な、なにゆえ、直江山城守どのに――?」

と、やおら千坂民部がいった。

直江山城守はおなじ上杉家の家老ではあるが、千坂などとは一段二段も上の別格といっていい。上杉家の大智謀である上に、主家の会津百二十万石にくらべて実に米沢三十二万石という――こうなれば、もはや一家老というより大大名だ。

「謙信さまの御遺風をおしたい申しあげるからでございます」

と、陽炎はいった。

五人は顔を見合わせた。――謙信公の遺風をしたうから上杉家に奉公したいというのならわかる。しかし、直江山城守に仕えたいとは？

「直江どのをふくめ、上杉家ではな」

と、千坂民部はいい出した。

「武勇の男ならばよそより召抱えるにやぶさかではないが――女は困る」

そのとき、陽炎がまた微笑んだので、彼はいよいよ動揺した。上杉家と女、これが氷雪の中の花というように、まったく相容れぬ関係にあることを、この女は知っているのか？

「それにしても、女の身を以《もっ》て、上杉家――上杉家の一門に奉公したいとは、よくぞ、よくぞ。――」

「わたしは、女ではございませぬ」

と、陽炎はいった。

「な、なに？　女ではない？」

「そ――そんな、ばかな！」

みな、いっせいにすっ頓狂なさけびを発した。五人のみならず――扇屋の亭主までが。

いかにも彼らは先刻、この陽炎が繊手をもって徳川の逞しい密偵の腕をへし折るのを見た。見たからこそ、それを怪しんで、このようにとり囲んで訊問しているわけだが、しかし、何だと？　これが女ではないと？

見るがいい、この柳町に嬌名高い太夫たちにも劣らぬ窈窕《ようちょう》たる美しさを。――いや、むっちりとふくらんだ胸を。くびれた胴を。まるみをおびた腰を。

茫乎《ぼうこ》とした彼らの眼の前で、陽炎は動いた。下半身だけ、うねるように動いた。春の日の日はすでに暮れて、灯を運ぶ者もない座敷はもうなかば藍色のたそがれを沈めている。

その中で、陽炎は――なんと、あぐらをかいた。

精霊のような美女の大あぐら――これを怪奇な構図と見て、眼を見張るのはまだ早かった。割れた裾のあいだから、真っ白なふとももがのぞいたのも一瞬、さらにそのあいだからニューッと持ちあがって来たふとい肉色の筒を――彼ら五人の豪傑でさえ唖然とするような大男根を、彼らはたしかに見たのである。

いや、彼らはほんとうにそれを見たのか？　次の瞬間、六人の男は、そこにもと通り両腕をつかえ、つつましやかになよやかに坐っている陽炎を眺めていたのであった。嬌羞《きょうしゅう》にぼうと頰さえあからめているあえかな美女の姿を。

「ううむ。……」

「これでも男。……」

「美女に化けた美少年？」

あえぎにちかいうめきをもらす五人の豪傑を、上眼づかいにちらっと見た陽炎の眼は、しかしもういたずらっぽく、そしてしずかにいった言葉は不敵きわまるものであった。

「わたしは上杉様のおきらいな女ではありませぬ。上杉様のお好みあそばす強い男でございます。恐れながら、失礼ながら——ここにおわす五人の方々と太刀討ちしても、必ずしも童《わらべ》のようには負けはせぬと思うほどの——そうときいて、いよいよ直江山城守さまに御推挙下さるのをお怖れなさりまするか?」

五

名は、大島山十郎《さんじゅうろう》というそうな。——

このもっともらしい名前をきいて、その女姿を見れば、いよいよ奇っ怪至極《しごく》な女だ。

——いや、男であったか。

見ても、考えても、頭がくらくらして、脳髄が一回転するような気がする。ともあれ奇っ怪至極としかいいようのない大島山十郎であった。

それが、ウットリとして、いよいよ奇っ怪至極なことをいう。

「わたしは不識庵謙信さまが好きなのです。……だから、直江山城守さまが好きなのです」

上杉家ゆかりの五人の豪傑をとらえたのは、しかしこういったときの大島山十郎の眼であり、また常識では連結しないこの言葉そのものであった。

文字通り女にも見まがう美少年、という妖しさはさておいて、本来なら、いかに彼が望めばとて、その願いをきいてやる筋はなかったろう。とうてい直江山城守に紹介出来はしなかったろう。

事実、あとで千坂民部だけは、

「あれには、何か下心があるぞ。めったには話に乗れぬ。だいいち、大谷の牢人云々《うんぬん》というところがくさい。――」

と、胡乱《うろん》くさい顔をした。ところが、あとの四人は、「面白い、きいてやれ」といった。――

ただし、数日かかって千坂は調べて、大谷刑部吉隆の筋に大島という牢人があって去年病死したこと、その男の子供に美しい姉弟があったこと、娘が父の旧友の手引で扇屋にやって来て、将来傾城になることは覚悟の上で養女にして欲しいと頼み込んで来たこと、扇屋の亭主が何も知らずただその美貌を見込んで承知したこと――などはたしからしい、と探り出した。

「ははあん、その弟か」

と、前田咄然斎はいった。

「いずれにしても相手は天下の直江山城どのじゃ。めったにたぶらかされることもあるまい。いや、山城どのをたぶらかせるものなら、いちどたぶらかしてやりたい」

ニヤニヤと、この年になってもいたずらな眼玉をむいて笑う。

「じゃが」

民部がなおためらったのは、実はこの時点に於て、彼らは遠からぬ風雲にそなえて――翌年の関ケ原の根まわしをやっていたからであった。むろん、例の徳川の諜者の焦った行動を見てもわかるように、注目の人直江山城は、このごろ世間の表面に姿は現わさないけれど、その黒幕は山城に相違なく、千坂はその代役に過ぎない。そしてこの慶長四年春において大谷刑部は、三成とならんで故太閤の寵臣であったことも事実だが、また徳川家康に最も信頼されている人物でもあるという、よくいえば端倪《たんげい》すべからざる、悪くいえばあいまいな存在なのであった。

「しかし、山十郎の不識庵さまへの信心は、ありゃほんものだぞよ」

と、岡野左内、車丹波もいう。

「左様さな」

これには千坂民部もうなずいた。

この五人の豪傑たちは、ひとかたならぬへそまがりのくせに――他藩の岡野左内、車丹波をもふくめて——熱狂的な謙信ファンであることは共通している。それはむしろマニアにちかい。それだけにあの大島山十郎の「わたしは謙信さまが好きなのです」といった言葉が、たんに心うれしいばかりでなく、その眼つき、息づかいから決してにせものではないことを感得したのだ。

そしてまた、それなればこそ、「だから山城さまが好きなのです」といった言葉も、さもあらんと納得できるのであった。

「おれが責任を持つ。山十郎を見たら、山城どの、これは末頼もしい弟子が来たと、存外大悦されるかも知れんぞ。あはははははは」

という前田咄然斎の哄笑がすべてを押し切った。

数日後、千坂民部は陽炎を——いや、若衆姿にもどった大島山十郎を、伏見にある上杉屋敷へつれていって、直江山城守にひき合わせた。

ただこの途上、民部がしきりにくびをかしげたのは、前髪に戻した山十郎が、むろん女にも珍しい美貌で、かつふっくらとしているけれど、やはり少年としか思われないりりしい清爽さを漂わせていることであった。胸でさえ、スッキリとしまっている。

「——ほ？」

直江山城が山十郎を見た眼はさすがにちょっとかがやきを帯びた。

「これが、あれか」

すでに扇屋での会合の報告のついでに、この件もまた話してあったのである。平生、深沈として水のような山城守が、人や物を見て眼をかがやかすことは珍しい。——直江山城守兼続《かねつぐ》。

いま家康が、日本で恐ろしい人間を五人あげろといわれたら、おそらくその中にこの人物が入るのではあるまいか。ただ上杉家の大家老ときいてさえ、信じられない。——

優雅端麗な風姿の持主で、この年いまだ四十歳。

にこと笑って、ただいった。

「ふむ、よかろう。——置いてゆけ」

そして、

「民部、詩を作った。見てくれ」

と、経机から墨の香も匂やかに書いた紙片を取って来た。千坂民部は藩中でも聞えた学者で、山城守はいつも彼に詩を添削してもらっていたのである。

「春雁《かり》われに似たるかわれ雁に似たるか
洛陽城《らくようじょう》裏花にそむいて帰る」

民部は読んで、——

「不識庵さまの雁の御絶唱にゆめ劣らざるおん出来栄えと存ずる」

と、ほめた。愛想ではなく、心から感嘆したまなざしであった。不識庵謙信の詩とは、例の「霜は軍営に満ちて秋気清し、数行の過雁月三更」をさす。

「では、いよいよ御帰国で？」

「おおさ、天下をこころざす大芝居じゃ。舞台作りにとりかからねばならぬ」

と、山城守は快然《かいぜん》と笑った。そばにえたいのしれぬ美少年がいることなど、とんと顧みる風もない。――

人も知るように、この翌年の関ケ原は、まず東に上杉景勝《かげかつ》が兵をあげ、ついで、西に石田三成が動き出すという徳川挟撃のかたちではじまったのだが、この戦略を打ち出したのがこの直江山城であったのだ。見ようによっては、関ケ原の張本人は三成ならず、景勝ならず、三成景勝はただ東西のコマであって、さし手はこの兼続ではなかったかと思われるふしがある。系図によれば彼は、木曾義仲の四天王の一人樋口次郎兼光の裔《すえ》であるという。

彼が千坂民部らを頤使《いし》して、常陸の佐竹や宇都宮の蒲生の豪傑連と、京の傾城屋でひそかに談合させていたのは、むろんその日にそなえての地固めのためであった。

ただ、こんな大戦略家たる本領をあらわさない前から、彼のその姿にも似合わしからぬ驍勇《ぎょうゆう》ぶりは世に聞えている。謙信がこの世を去ったのはもう二十年ばかりの前のことだが、そのころから謙信の馬にぴったりくっついて戦場を馳駆《ちく》する直江山城の武者ぶりは花に似て、しかも鬼神のごとく怖れられた。

その人もなげなる豪快の気象をあらわす逸話が、ほんの最近にもこの京で起った。可笑《おか》しい話である。

去年の夏のことだが、山城守の下郎が、伊達家の下郎と居酒屋で酒をのんでいるうち喧嘩となり、伊達家の下郎が死ぬという事件が起った。相手につき飛ばされたとも、自分で転んだとも、見ていた連中にもよくわからない酔いどれ騒ぎの結果である。

山城守は相手側に多額の金品を送って慰撫して事を収めようとした。ところが伊達家の下郎仲間が、「どうしても死んだ当人を生かして返せ」と、再三、繰返し押しかけて、容易に示談を承知しなかった。いまでも交通事故のときなどにありそうな話だ。

するとと山城守は、或る日強談に来た伊達家の下郎三人をいきなり斬って、その首をひとまとめにして送り返した。それに一通の書状をつけて。

読んで、みんな、あっといった。いわく。——

「いまだ御意《ぎょい》を得ず候えども一筆啓上せしめ候。伊達家下郎何某、不慮の儀にて相果て候につき、朋輩ども歎きて呼返しくれ候ように申し候につき、すなわち三人の者迎えにやり候。かの死人お返し下さるべし、よろしく獄卒御披露。恐々謹言。

直江山城守
閻魔《えんま》大王様」

——さて、自分がつれて来たくせに、山城守がそれを受取ってあまりに悠然としているので、ほっとしたような、何だか不安なような気持で千坂は帰る。

あとで――直江山城守はしげしげと大島山十郎を見まもった。感にたえた表情である。

「わしのところへ来たいとな」

やおら、いった。

「何が望みじゃ」

「衆道《しゅどう》の法」

「なんじゃと？」

さすがの山城守があわてた声を出した。

大島山十郎は、花のようにかぐわしく、にいっと笑った。

「神将不識庵謙信さまがまたなく御寵愛なされたと承りまする直江山城守さま、世にこれほど大いなる御恋童がありましょうか。そのあなたさまからおん手ずから衆道の秘法御伝授たまわるのがわたしの生々世々《しょうじょうせぜ》までの願いでござりまする。……」

直江山城守は絶句した。

しかし、それは事実であった。

戦国に武将と寵童のロマンスは珍しいことではない。それは後世で想像されるような不潔なものではなく、真に男性的な豪傑と、りりしい美少年との清爽なる天上の恋であった。その例は無数にあるが——しかし、さればとて謙信のような例は少ない。なぜなら謙信は、ただ少年のみを愛し、女性に対しては生涯不犯《ふぼん》であったからだ。そして謙信が最後に、また最高に寵愛したのがこの勇壮無比の美少年直江山城であったことは知る人ぞ知る。

かくてこそ、「謙信公が好きだから山城守さまも好きだ」という大島山十郎の言葉が意味あるものとなり、かつまた「面白い、山城どののところへやれ、やれ」といたずら者の前田咄然斎がけしかけたのも腑に落ちる。

直江山城は、しかしやがて片頬にえくぼを淀ませて、山十郎に見いっていった。

「ふうむ。おまえがわしに、衆道の法を喃《のう》。……」

六

まもなく直江山城守は京を発って米沢に帰る。

やがて夏、大坂にあって太閤死後、その五大老の一人として遺孤秀頼を安泰ならしむべく種々奔走していた上杉景勝も会津に帰って来る。

君臣は相会して、奥羽の天地に一大風雲を醸すべく動き出した。——実はその主役は、家老の直江山城の方である。彼が、大坂に脇役としてあった主君景勝を奥羽の本舞台へ呼び返したといった方がよい。

「しょせん、指をくわえて大坂を見ておる内府ではござらぬよ」

と、山城はいう。

その徴候があきらかであったればこそ、もはや大坂にあって政治的に動いてみたところで効なしと見て、山城のいう通り会津へ帰って来た景勝であったが、さればとて家康の恐ろしさをよく知っているだけに、やがて三成と呼吸を合わせてこの家康を打倒しようという——それこそ謙信公以来の上杉にふさわしい壮挙だといい切る直江山城の、城を作る、砦を構える、道を繕《つくろ》う、橋を架ける、武器、軍糧、牢人を集める等の大車輪の戦争準備を見ている景勝の眼に、どこかまだ決断し得ない憂鬱な迷いが見られた。

謙信を二つに分けたら、景勝と山城になるだろう。すなわち両者合してはじめて上杉をいままで大国として保持して来ることが出来たということは景勝にもわかっているので、今さら山城守のやることに異存はないのだが。——

上杉景勝。——不犯の謙信に子がなかったので、甥たる彼がそのあとを嗣《つ》いだ。謙信の機略は山城にまかせ、彼は謙信の剛勇の分身であった。それから何より謙信の分身というに足る習いがもう一つ。

すなわち、ことし四十五になる彼にもまた子がない。若いころ武田家から迎えた奥方はあるが、まだいちどとして接したことがない。つまり彼は、崇拝してやまぬ叔父謙信の女ぎらいの習性をかたく受け嗣いだのだ。

景勝のゆくところ、それにつき従う美童のむれは、むしろ謙信のときよりおびただしかった。

さて会津に帰ってまもなく、その小姓たちの中に、新たにもう一人加わった者のあることを、むろん景勝は知っていた。それは直江山城が推挙したもので、女にも稀な美貌の少年であることも認めた。しかし景勝はいちどちらとそれを見て、ほ、兼続らしゅうもない、と思ったばかりで、あとそれを顧みるところがなかった。なぜなら、その少年はあまりにも「女」らしかったからである。景勝の愛するのは、あるいは愛したいのは、叔父謙信が兼続を愛したごとく武勇にたけた美童であったからである。

しかし景勝がその小姓にふたたび眼をそそいだのは——いや、眼を吸われてしまったのはそれから間もない初秋の或る日であった。

その日、会津城では刀術の試合が行われた。

それを、景勝も、山城守も見ていた。——むろん泰平の御前試合ではない。

山城帰国以来、上杉家では、いまいったようにおびただしい牢人を召し抱えた。その中にはもう正式に、蒲生家から上杉家に籍を移した例の岡野左内などもいたが、むろんだれもがこれほど名ある豪傑ばかりというわけにはゆかない。で、果して実戦に役立つか、役立つとすれば雑兵《ぞうひょう》から侍大将までの間のどこらあたりかと、荒っぽいが厳重な審査が行われたことはいうまでもない。

景勝らが見ていたのは、その審査を一応通って、或る線に達した十数人の牢人であった。

べつに試合までする予定はなく、それぞれ槍をしごいたり、鉄砲を操作したりするのを観察していればよかったはずなのだが、どうしたことかその中で、ふいに短い口論が起ると、いきなり見るからに凶暴無比の顔をした牢人の一人が、木剣を持って吼え出したのである。

「殺し合いは、力じゃ！　術やわざは二の次、つべこべと新陰流の講釈など片腹痛や」

相対しているのは審査の城士だが、剣法師範上泉泰綱の高弟の一人であった。怒りのために彼も満面を朱に染めた。

「おれはともかく新陰流の悪口はきき捨てならぬ。よし、それでは新陰流とはいかなるものか、ほかのやつらの修行のためにも目にもの見せてくれるわ」

まだ上泉泰綱の剣祖たる伊勢守秀綱の名前どころか、剣法という名さえぴんと来ない者の多い時代であった。

で、木剣を以てにらみ合ったのだが——勝敗は一瞬にして決した。その山気《さんき》を帯びた金剛力士みたいな牢人の木剣は、上泉流の城士のそれを一撃のもとにへし折ったのみか、その肩をも打ち砕いたのである。鮮血まで飛んで、倒れた方は地上をのた打ちまわっていた。

「どうじゃっ、理屈剣法よりも力じゃということがおわかりか。この鍬形丈兵衛《くわがたじょうべえ》を侍大将になされ、それで会津はどんないくさでも勝ったも同然じゃぞ！」

ここまではいたしかたなかったが、血に逆上したか、それとも野の郷士らしい叛骨を禁じ得なかったか、

「名だけは承っておる。上杉家の上泉泰綱どのとやら、そこらにおわしたら顔をお出しなされ、出羽月山《でわがっさん》に聞えた鍬形丈兵衛の荒わざ、したたかにお見せつかまつるわ！」

とまで吼えられては、その上泉泰綱が知らぬ顔はしていられない。

「面白い。――使うてやれ、泰綱、かまうな」

と、景勝は笑ったが、泰綱はすっと立ちあがった。

「出羽の山奥で、山伏か猟師相手に天狗になったものと見えます。いや、お召し抱えになるにしても、このままではかえってあとの患いになりましょうず」

そのとき、

「わたしが」

と、傍でいい出した者があった。

スルスルと滑り出して白い手をつかえた例の「女」のような美童を見下ろして、景勝も泰綱も、彼が――何を「わたしが」しようというのか、とっさに見当がつかなかった。

「よかろう、上泉、木剣を貸してやれ」

平然と声をかけたのは直江山城であった。

みな、あっとのどの奥で叫んだ。このあえかな小姓が、いま会津でも名だたる使い手を倒した山のけだものみたいな男と試合をしようというのだ。

だれもとめなかったのは、直江山城が許したばかりではなく、あっけにとられたからであった。しかし、彼らは数瞬ののち、またあっとさけび、さらにあっけにとられた。

血はふたたび飛んだのである。――脳漿《のうしょう》さえも。

飛んだのは、鍬形丈兵衛という牢人の頭からであった。その木剣のうなる中に、まるで飛燕《ひえん》のごとく無造作に進んだ小姓は、かるく相手の頭部を打ったかに見えたのに、実にいかなる力が加えられたのか、鼻口からの血はおろか、眼球まで飛び出し、頭蓋骨は卵のカラみたいに砕かれてしまった。

それらの血や脳漿をいとうように小姓は飛びのいて、数メートルも離れたところで木刀をおいて、両腕をつかえていた。――相手の巨体が倒れるのと同時にである。

「あれは……あれは……」

景勝はかっと眼をむいた。

「あれは何と申したか。――」

「大島山十郎と申しまする」

と、直江山城は悠然と答えた。

七

この夜から上杉景勝は大島山十郎を閨《ねや》に侍らせた。

――そもそもその発端を作り出したのは自分のくせに、いやそれだからこそ、千坂民部は落着かない。どう考えても、大島山十郎の正体がよくわからないからである。しかし、それ以上に不可解なのは直江山城守の心事とやりかたであった。民部としては山城に周旋しながら、半信半疑であったのだ。その山城守は平然としてあの少年を主君の小姓に組み入れたのみならず、それをいま恋童として送り込んだのを、どうやらわが意を得たりとニンマリとしているかに見える。――

「……だ、大丈夫でござりまするか？」

不安な眼で、民部はささやいた。山城は民部を眺めつつ、ほかの或る世界を見ているようなウットリとした眼をしてつぶやいた。

「わが殿とあの少年……その夜を想え。思うだに、そのふさわしさ、その美しさに心も痺《しび》れるようではないか。民部、おぬしは痺れはせぬか？」

曾ては謙信公の愛童、と承知してはいるものの、現実のいまの直江山城を見て、ただ大いなる智将、と崇敬している千坂民部であったが、こういったときの山城には、改めてこの人物が自分などとはまったく異次元の世界の人ではないか、という感じがして、民部はぞっとせずにはいられなかった。

しかし、そういわれて思い見れば、謹直な千坂民部の脳裡にも、主君景勝とあの大島山十郎の或る構図が浮かび出て、なるほどぼっと妖しい霧が立ちこめて来るような気がする。——

景勝は、謙信と較べればともかく——いや、その風姿においては、小柄でややちんばの気味もあった謙信以上に、さらに威風あたりを払う戦国の剛将の相貌があるに相違なかった。とくに、裏面ではおのれの家を保つのに汲々として豊臣徳川の間に女のようなかけひきをめぐらしている他の武将連に比して、景勝の小利を顧みない、太閤が評した「律義者」、詩的にいえば「俠」を解する真一文字の性格は、家臣として見ても惚れ惚れせずにはいられない。謹直の一面老獪なところもある千坂民部でさえ、この主君にとことんまで殉じようと思い切らせるいいところが、たしかに景勝にはあるのだ。

その主君とあの美少年とのおん契《ちぎ》り――いかにもこれは、想像しても痺《しび》れざるを得ない。――

――そして、事実において、景勝も痺れていた。

女はきらいだが、強壮な武将として精力乏しいわけがない。それどころかあまりの旺盛さに相手が耐えきれず、景勝のそのための小姓群がほかの同趣味の大名にくらべて一頭地をぬいているゆえんだ。が、こんどばかりは、彼の方が痺れた。相手は無限の深淵のようであった。しかも彼にまた無限の放出を強いるのだ。痺れつつも、景勝はこの世のものならぬ陶酔にひきずりこまれた。そして痺れ果てた。

少年そのものの肉体的魅惑もさることながら、景勝はまた相手の技術に舌をまいた。

「だ、だれから学んだ。かようなことを？」

あえぎあえぎいう。

「だれからも」

と、少年は腰をくねらせて笑う。そのなまめかしさとりりしさの異様に溶け合った笑顔は、立派な髯を生やした景勝の壮美な顔をとろとろにしてしまう。

ふっと、これは直江山城のつれて来た小姓だと思う。ふしぎなことに、いままで山城守とこの道について語ったことはなかったが――それは謙信の秘事をうかがうような気がして——改めて山城守が偉大なる恋童であったことを想起し、相手が否定しても、この技術は山城から伝授されたのではないかと思う。いままで山城が寵童など推挙したことはなかったし、では、彼はなんのために？　と、ちらと首をかしげたが、すぐに相手の魅惑と技術に溺れはて、けぶるような頭で、さすがは山城だ、という感謝の心がかすめ去るのが精一杯であった。

直江山城と衆道について語るのが謙信の秘事をのぞくような気がして避けたといっても、この道に関して景勝が恥じていたわけではない。それは普通人が憧憬する英雄の房事を知ることを遠慮するのと同様の心理だ。それどころか景勝は、いわゆる男女の交合などよりはるかにこの方が清浄で、神聖だと信じている。——その姿態においてさえも。

景勝の美的観念はともあれ、常識的にはそれは奇態なもののはずであった。しかしこの場合は——この大島山十郎と景勝の構図にかぎり、ひょっとしたら常人が見ても、ああ、とうめいて、これこそ天上の愛のすがただと認めたかも知れない。

ともあれ。——

景勝にとって忘我の二ヵ月ばかりが過ぎた。

「殿。……わたし疲れました」

と、秋の終り、山十郎がいった。やっとのことで景勝も、山十郎がやつれて、最初見たときのほのぼのとした印象から凄艶《せいえん》ともいうべき顔に変っているのを認めた。

「しばらくお休みを下さりませ。それにどうやら城の内外《うちそと》で――とくに或る向きからさまざまの声を耳にしないでもなく、山十郎気にかかってなりませぬ」

「或る向きとは――?」

と、茫然としてきいたが、景勝も察した。奥向きからだ。――いちども契ったことはないのに、奥方がただならぬ殺意にさえみちた眼を自分にむけているのを景勝も気づいていた。これまでそんなことはなかったのだから、それほど耽溺《たんでき》が人の眼についていたのかと、これは彼も認めざるを得ない。

あたかも時を同じゅうして、直江山城守が厳然たる顔をして現われた。

「殿……下野《しもつけ》方面のかくし砦の配備はかようにつかまつりましたが」

と、彼は大絵図をさし出した。

八

景勝が夢みるようなふた月ばかりを送っているあいだに、山城の手によって戦備は着々と進捗していたのである。

それについての談合が終って――前を退《さ》がるとき、直江山城は微笑していった。

「殿。あの大島山十郎の話をおきき遊ばされたか。拙者もきいて、もっともと存ずる。しばらく、拙者の屋敷にひきとりましょうぞ」

「――え」

「なにここしばらくのことでござるよ。上杉家の運命かけたいくさ騒ぎが終るまで」

景勝はふいに掌中の珠を奪われたような気がしたが、こういわれてはそれに抗《あらが》うすべもなかった。

実際、事態は、さしもの景勝も渦まく風雲に身を挺して立ち向わねばならない様相になっていたのである。石田方の連絡、徳川方の懐疑、そして千差万別の思惑を持つ大名たちからの打診、忠告、教唆《きょうさ》。――そのたびごとの軍議、軍議、軍議。

ついに大坂の家康から正面切った詰問状が到来したのは、その翌慶長五年四月に入ってからであった。

「昨年来の景勝の国元にての行動不審なり。もし異心なきに於ては、景勝ただちに上洛して陳弁せよ。いまならば遅くはないぞ。上杉家の興亡このときにあると覚悟せよ。――」

と、いうのだ。

そんなことは前からわかっているはずであったのに、景勝はこの書状に接してさすがに水を浴びたような面色になっていた。理屈ではない。家康を知る人間なら、その家康からこのような詰問を受ければ、だれだってこのくらいの反応は起さずにはいられない。そしてまたのちの関ケ原とその後のなりゆきを思い見れば、この時点において上杉の当主たる景勝が、彼自身も予期していなかった動揺にとらえられたとしても笑うわけにはゆかない。——

「いそぎ、山城を呼べ、けさ白河方面より戻っておるはずじゃ」

直江山城守は例によって悠然とやって来た。

その姿を見て、だれもが——景勝さえも狐につままれたような顔をした。山城守は白い綸子《りんず》につつまれた一人のあかん坊を片腕に捧げるように抱いていたからである。

「なんじゃ、それは、山城。——」

景勝は、上方からの飛状も一瞬忘れて、不審な眼を投げた。

山城守はにこと笑って答えた。

「上杉家のおん嫡子でござりまする」

「なに？　だれの子と申した？」

「殿の——すなわち、上杉百二十万石の御世子でござりまする」

「何じゃと？」

「いやまことに拙者としたことが、何ともはや恐れ入ったる失態、なんと上杉家の御世子は七日前に御出生になっておるのに、それを知らずしてけさ帰り、このことを知って仰天また歓喜、いそぎおん父子御対面のためとりあえずおつれ申した次第でござる。——」

「わしの子？　わしが子を生むわけはない。な、何を荒唐なことを申しておるか、山城」

「殿のお子さまであるか、ないか。殿——とっくりと御覧なされませ」

山城守はちかぢかとそのあかん坊をさし出した。

怪夢を見るがごとくのぞきこんで——景勝はうなった。

何者かは知らず、七日前に生まれたというその子は、はっきりした輪廓さえもまだなかったが、それにもかかわらず景勝は天啓のごとく衝撃に打たれていた。

彼は父として、まさにおのれの子がここに忽然として出現したことを知ったのだ。

「恐れながら、これは殿より不識庵さまのおん面影をとどめておわす。ははは……殿、およろこび下され、これ、まさしく上杉家の嫡々でござるぞ。——」

白綸子の中で、あかん坊は両足ふんばり、勢いよく泣き出したが、直江山城守は快笑した。

その顔を茫乎としてにらみつつ。——

「だ……だれが……どこの女が、この子を生んだと申すのじゃ、山城？」

呆《ほう》けたような声でいう。

「おんたね頂戴いたしたは、かの大島山十郎でござりまする」

「ば、ばかな！　さ、山十郎——また何たる世迷い言を——山十郎は男ではないか」

「男子でも孕むことがござりまする。快美恍惚の涅槃境《ねはん》においては」

「山城、景勝を白痴《こけ》にするか。——」

「いなとよ、なんじょうこの山城が、かかる厳粛なることに冗談《わやく》を申しましょうや。殿、衆道の世界のきわまるところ、背孕みということがあるのでござりまする。……」

山城守は声をひそめてものものしくいい、ふいにまわりを見まわして、

「いや、殿がお疑いあそばすのは御無理もござらぬ。何しろ拙者にすら思いがけぬことでござりましたゆえ——突如、かかることを公けにしても城の内外、信ずるはおろか、あらぬたわけた噂も立つでござろう。こりゃ、然るべき手順を踏んでから諸人に示すようにちと細工せねばなりませぬ。いましばらく、この山城がお預りつかまつりましょうず」

といって、あかん坊をあやし、飄然として退がっていった。——景勝は阿呆のように見送っただけである。

家康の詰問状などケシ飛んでしまった。

九

——あかん坊というものは女でなければ生めないものであることは、いかな景勝でも知っている。では大島山十郎は女であったのか。

それが、景勝には思い当るところがない。あれほど悦楽の淵に両者もつれあって纏綿《てんめん》したにもかかわらず、彼は山十郎が女であるといちども思ったことはなかった。ひたすら寵童として遇したはずであった。

——にもかかわらず、あのあかん坊は何だ？

それがまさしく自分の子であることを景勝は直感した。彼はそれまで世子のないことを大して意に介せず、謙信のあとを自分が嗣いだように、自分のあとも然るべき一族の子にゆずればよいと思っていたのだが、そのあかん坊を一目見た刹那から、まったく予測しなかった一種異様の父としての感情がほとばしるのを彼は感じた。

だが、それを男の山十郎が生んだと？　ほかに思いあたる女など一人もいない以上、そうとしか思いようがないが、しかしいくらなんでもそう思えるか。

山城め、奇妙なことを申しおった。「背孕み」とか。——そのようなことが、この世にあり得るのか？

その直江山城が、彼にもあるまじき周章狼狽の相をあらわにして駈け込んで来たのは、その翌日のことである。

「……しもうた！　殿、若君を奪われ申した！」

「なに？　だれに？」

「その母に――いや、父と申すべきか――何やら拙者にもよくわかり申さぬが、あの大島山十郎に」

「えっ？　山十郎がどこへいったのじゃ？」

「けさ未明、白馬にてみどり児を抱き、疾風のごとく会津を西へ駈け去った者ありとの知らせに、白馬といえば直江家名代の白馬白蓮華《びゃくれんげ》、もしやと思うて山十郎と若君の部屋をのぞきましたるところ、なんとかかる置手紙あり。――」

彼は一通の書状をさし出した。

「拙者――この直江山城ほどのものが、こんどばかりはもののみごとに計られ申した！」

その手紙には、水ぐきのあとうるわしく、驚倒すべきことが書き残されていた。すなわち大島山十郎は信州上田の真田に仕える者であるが、存ずるところあって上杉家のおん嫡子をお預り参らせて上田に帰るという。――

「真田昌幸でござりまする。……いまにして思えば、昌幸の一子幸村の嫁は大谷家から参ったもの、かくのごとき縁に結ばれた両家でござれば、あり得ること。――ただし大谷の方はいまだ石田か徳川か帰趨を明らかにせぬとは申せ、真田の方はこりゃ石田に輪をかけた反徳川の大立者。……殿、まんまと上杉家のあとつぎを、真田の人質に取られ申したわ！」

たたみを叩いて嗟嘆する直江山城を見つつ景勝は――こやつ、すべての黒幕はこやつではないか――と思ったが、しかしそんな疑いを圧倒する大自失のために、一語も声は出なかった。

――のちにすべてのことを知った前田咄然斎が、呆れて「こりゃ山城どのを見そこなった。おれも三舎を避ける大いたずらもの」と評した。

この人質のためかどうかは知らないが、それまで迷いの翳のあった上杉景勝が、ついに乾坤一擲《けんこんいってき》の挑戦へ踏み切ったのは事実である。

家康の詰問に対して直江山城が返した答書は痛烈を極める。

「太閤さまおん置目《おきめ》に相叛き、数通の起請文反古《ほご》になし、御幼少の秀頼さま見放し申され、たとえ天下の主《あるじ》になられ候とも悪人の名のがれず候」

と、家康を罵り、景勝上洛などは以てのほかと一蹴し、

「内府さま御下向の由《よし》、万端は御下向次第につかまつるべく候」

すなわち、来るなら来《きた》れ、相手になってやるぞと、家康のみか天下をあっといわせ

る挑戦状をたたきつけたのである。

かくて、その六月、家康みずから大坂を発し、徳川及びそれに加担する東軍は怒濤のごとく会津めがけて殺到することになる。

十

七月、徳川の大軍が上杉勢と下野において相対したとき——上方より石田ついに起《た》つとの急報が至った。それは直江山城の期して待つところであったが、同時に家康もまた期待していたことであった。このとき家康は一子結城《ゆうき》秀康に大軍を託して命じた。

「上方の軍勢は何十万騎ありとて何ほどのことかあらん。上杉は謙信弓矢をとって天下に肩を並ぶものなく、その子景勝また軍に長《た》け、いま彼に向ってたやすういくさするもの少しとおぼゆ。さればおこととここに留りて上杉といくさするは、弓矢とっての面目、また何ごとの孝行かこれに過ぐべき。——」

そして、家康は上方に軍を返した。

直江山城の期待に反し、せっかく起った石田の軍配ははかばかしからず、すべてが水泡に帰したことは、「関ケ原」の戦史に見る通り。——

さて下野にあって結城秀康の大軍と上杉軍が、上方での戦状を遠く見つつ、たがいに偵察戦、前哨戦、遭遇戦を――一歩誤れば一方が潰滅にみちびかれるほどの激しさを以て――繰返している秋、会津城に忽然として、白馬に乗った一人の若武者がやって来た。それが、何と一人のみどり児を抱いて、うしろに黒髪長く垂らして。

「大島山十郎です」

と、名乗り、驚いて迎えた景勝に、

「おなつかしや、殿。……」

涙浮かべてすがりついたところは曾ての寵童を思わせたが、やがてきっとして、

「天運ここに決し、上杉家の御世子を上杉家にお返し致すべきときが参りました」

と、愛くるしくなったみどり児を景勝の腕にゆだね、さて、

「真田が忍び組の秘命とは申せ、武勇天下に聞えた景勝さまを白痴《こけ》のごとくあざむき参らせたる罪をつぐなわんがため、かつはかかる変幻の媚術によって御誕生あそばしたる若君を未来うしろ指さささせぬため、大島山十郎、いのちをかけて上杉家一代のいくさに参じとう存じまする」と、いった。

景勝はこの挨拶にもぽかんとしていたが、やっとのことで、

「おまえ、男か、女か。――」ときいた。

山十郎は景勝を見つめた。

「わたしは女として、殿をお愛し申しあげておりました」

と、いい、にいっと笑って、しずかにその胸をかきひらいた。そこから雪のような乳房が二つあらわれると、彼は——いや、彼女はその一つを愛児の口にふくませて、

「おぼえていてや、そなたの母の名は陽炎。——」

と、哀切な涙の笑顔で見いった。

最後の授乳を終えると、彼女は景勝の前にもう一つ、生きているとしか思われない一本の肉筒を残し、夢みるような景勝をあとに——いや、会津城の人々をあとにゆらりと白馬白蓮華に打ち乗った。何を知らずとも、その姿のゆくところ、見た者はだれもこれを夢幻の中の武者と思ったろう。白馬に乗った黒髪ながきその姿は、淡紅の具足をつけ、背の旗差物もまた淡紅、それに六文銭をえがいたものをひるがえし、疾風のごとく駈け去った。

時あたかも那須から鬼怒川にかけての戦線で、上杉軍は次第に増加して来た徳川の大軍と交錯し、これを指揮する直江山城も敵の重囲におちて死闘していた。

その敵がふいにどよめきながら、崩れはじめたのを山城守は望んで、黄葉紅葉舞うかなたの林の中に白馬を乗りいれ、むらがる敵を虫のごとく蹂躙《じゅうりん》している淡紅の武者があるのを見た。

「女だ、女だ。——」

騒然たる動揺の声が波打って来た。

ただ一騎で崩れる敵であるはずはないが、その騎馬武者のあまりの美しさと、そしてあまりの強さのアンバランスに仰天したものであろう。のみならず、その怪異さにも。——

遠望ながら直江山城は、その馬上、すでに具足も旗差物も斬り裂かれた武者の胸に真っ白な乳房が一つ見えたような気がして、はっとした。

「あれは……あれは……」

乳房は白くなかった。馬も白くなかった。もはやそれはから紅《くれない》であった。それがこちらを見て、

「山城さま。——」

と、笑みさえふくんで呼びかけて来た。

「背孕みの秘法、その愉しさ、陽炎、あの世まで忘れはしませぬ。お礼申しあげまする。おさらば。——」

そして、その妖しき紅騎兵は、那須野の地平線にひしめく雲霞のごとき大軍の中へ、真一文字に駈け、駈け、幻の天馬のように消えてしまった。

「奥羽永慶軍記」にあるこの話を、南方熊楠《みなみかたくまくす》は「婦女を姣童《こうどう》に代用せし事」という随筆でいろいろ考証し、さしもの碩学《せきがく》もやや当惑の態に見えるが、作者は、衆道の技術

によっては可能であると思う。ただし、それも乳房の膨縮自在の女忍者と、天下第一の姣童直江山城の合作によってはじめて可能なテクニックであったかも知れない。

軍師二人

―真田幸村・後藤又兵衛―

司馬遼太郎

司馬遼太郎《しばりょうたろう》（一九二三～一九九六）

大阪府生まれ。大阪外国語学校蒙古語科を仮卒業で学徒出陣。一九四五年に帰国し、新日本新聞社などを経て、産経新聞社に入社する。講談倶楽部賞を受賞した「ペルシャの幻術師」でデビュー。一九六〇年には『梟の城』で直木賞を受賞、翌年には作家専業となっている。初期作品には剣豪小説や忍者小説も多く、『燃えよ剣』などで新選組ブームを作るが、次第に「作者」が史料や取材経過を交えながら物語を語る歴史小説に比重が移り、『竜馬がゆく』『国盗り物語』『坂の上の雲』などの名作を残す。『街道をゆく』など文明史家としての仕事も評価が高い。

「小松山の争奪が、大坂城の運命を決するだろう」

というのが、後藤又兵衛基次《ごとうまたべえもとつぐ》の理論であった。軍議では懸命に説いた。城内で、

――小松山殿。

という異名さえできた。

「徳川は三十万、豊臣は十二万」

又兵衛は必死に説く。

「往昔の関ケ原のごとき野戦では、とうてい御勝利はおぼつきませぬ。とくに駿河《するが》の大御所（家康）は、武家はじまって以来の野戦の達者といわれるお方でござる。これが息の根をとめ参らせるのは、この小松山」

又兵衛は、絵図面を指でたたいた。

大和境に盛りあがっている変哲もない小山であった。絵図のその部分が、又兵衛の叩く指で、ついに小さく破れた。

「小松山」

又兵衛が、何度、怒号したことか。小松山へ、大軍を集中しなければならぬ。河内

平野へ侵入してくる敵の大兵をここで叩く。かならず勝てる。地勢がそれを勝たせてくれる。そのかわり、味方としては、崩れても崩れても新手《あらて》を投入する覚悟が必要であろう、と又兵衛は、説く。

「小松山を血の山にする御覚悟、この一事だけが、右大臣家（秀頼）の御運をひらかせ参らせる唯一の道でござる」

歴史がどう分岐するか、それはたかだか百メートルにすぎぬこの小山にかかっている、と又兵衛はくどいようにいうのだ。

——はて、どういうものか。

豊臣家の行政家たちは、顔を見あわせた。

首座は、家老の大野治長《はるなが》。それに、大野道犬《どうけん》、渡辺内蔵允《くらのすけ》、小姓頭の細川頼範《よりのり》、同森元隆、近習《きんじゅう》の鈴木正祥、平井保能《やすよし》、平井保延《やすのぶ》、浅井長房、三浦義世、……どれもこれも、城内で威福を張っている女官の子か、その血縁にあたる者で、必要以上に、

「譜代」

という権威をもって、後藤又兵衛、真田幸村《さなだゆきむら》、毛利勝永、長曾我部盛親《ちょうそかべ》、明石全登《あかしたけのり》らの牢人《ろうにん》大将を見くだしている。そのくせ、合戦などは絵巻物で知っている程度の、なかば公卿《くげ》化している連中であった。

かれらは、一様に、又兵衛の発案に対して難色を示した。

「小松山」

そんな山が、この豊臣家の領内（摂河泉三国の内で六十五万余石）に存在することをはじめて知った。絵図でみれば、大坂城本丸から五里というとほうもない遠方ではないか。

軍議の席には、城内で御袋様《おふくろ》とよばれているいわゆる淀君《よどぎみ》が、いつも出ていた。息子の秀頼二十三歳が、かるはずみに牢人部将どもの口車に乗って、戦場の危地に身をさらすはめになりはしまいか、そういう疑懼《ぎく》と、それを監視することが彼女の目的であった。

譜代衆は、みな御袋様の顔色をみて、軍議を進行させた。

又兵衛が、いった。

「この小松山に」

と、刺すように秀頼の顔を見ながら、

「おそれながら金瓢《きんぴょう》の御馬標《おうまじるし》をお進めくだされば、全軍の士気ふるい、士卒は御馬前での手柄をきそい、死を怖れずに働くことと存じます。されば、御勝利、いよいよ疑いなしという仕儀に……」

秀頼はだまっていた。

「相成りましょう」

「……」

六尺の大男である。色が白く、その秀麗な容貌は、亡父秀吉には似ず、織田―浅井から流れている母系の血であった。生まれおちたときから侍女に育てられ、いまもって風呂で自分の手足も拭《ぬぐ》えない。城を出た経験といえば、少年のころ、城下の住吉の磯に貝拾いに出かけただけのことである。根に、聡明さがあるのかもしれないが、御袋様の盲愛が、それを完全にねむらせて育てた。秀頼にできる能力といえば、女に子を生ませることぐらいのものであろう。

秀頼は、意見をせがむような眼で、錦衣に白い脂肪をつつんですわっている御袋様を見た。

御袋様は、唇を小さく裂いた。むかしは傾国の美といわれたが、いまは醜くふとっていた。唇をひらき、こわばった顔で、

「修理《しゅり》どの」

と、譜代筆頭大野治長にいった。御袋様は、牢人部将どもに直接声をかけたことがなかった。まさか乞胸《ごうむね》同然とまでは思わないにしても、家臣に対し、譜代、牢人あがり、という二種類に露骨な区別をつけていた。それが、城内の秩序をまもる上で重要なことだと信じている様子であった。

「右大臣家ご出馬、なりませぬ。それに、小松山なる山のこと、もそっと論議をかさ

ねたほうがよろしいでしょう」

居ならぶ譜代衆の顔に、ほっとした安堵の色がながれた。城から五里は遠すぎる。一歩でも、石垣から離れる危険をなぜ犯さねばならぬ。城は、古今無双といわれる大坂城ではないか。

が、惣構《そうがまえ》はすでになかった。

濠《ほり》も、昨年の冬ノ陣の講和で、家康にだまされて埋められてしまっている。図体だけは大きいが、防禦《ぼうぎょ》力の半減した裸城であった。

（しかし、城がある）

城は、譜代衆の信仰のようになっていた。この城をすてて、なぜ五里もさきの小松山まで出かけねばならぬか。五里は遠すぎる。

もっとも、関東の総帥の家康は、七十四歳の老人の身で駿府の隠居所から八十里の山河を越えて、すでに京都にまで入っている（慶長二十年四月十八日）。


四月は、軍議に明け暮れた。

一時は、真田幸村などの献策で、京都や近江《おうみ》の瀬田まで出兵し東軍主力を邀撃《ようげき》するという積極的な考え方も出たが、これは、大野治長、治房《はるふさ》兄弟によって却下された。

非出戦論の根拠は大野兄弟が信頼する小幡《おばた》勘兵衛景憲《かげのり》から出たもので、景憲は、家康の間諜《かんちょう》である。歴《れっき》とした徳川家の旗本である。故意に牢人し、大坂城に入城した。

——家康の戦術癖ならすべて知っている。

ということで、重用された。景憲が間諜として家康から命ぜられている任務は、出戦せしめるな、ということで、景憲はこのため古今の戦例を引き、籠城《ろうじょう》の利を説き、

——城を出ればかならず敗亡する。

という恐怖を譜代衆に滲透《しんとう》させた。自然、かれらからみれば、又兵衛の城外五里の地で決戦するという思想は、

「いかにも食いつめ者の牢人が考えそうな破れかぶれの策」（譜代の将渡辺内蔵允）

であった。

かといって、又兵衛が城内で軽視されていたわけではない。又兵衛は、七個軍団に編成された決戦用兵力のうち、一軍団の大将に選ばれているし、大野治長が主宰する最高作戦会議ではつねに構成員の一人であった。

しかも、城内では譜代、牢人をとわず、中級、下級の武士のあいだでは圧倒的人気があった。

長沢九郎兵衛という譜代の若者が、又兵衛の近習につけられている。この若者は神のように又兵衛基次を尊敬し、のちに「長沢聞書」をのこした者だが、

「基次さまが、お風呂を召されたとき、御垢をとりましょうと朋輩《ほうばい》と一緒に入ったことがある。お年（五十六歳）とはみえぬお見事な体で、なによりもおどろいたのは、満身の刀傷、槍傷、矢傷、弾傷であった。数えてみよとおおせあったので、朋輩と一緒におもしろがって数えたところ、五十三もあった」

――これだけが、おれの一生さ。

「と、お笑いなされ、コウコウとお笑いなされると、古傷の一つ一つが動いて、いかにも奇怪でもあり、滑稽でもあり、これこそ武神の再来かと思われて、おもわず涙がにじんだ」

城内では、この傷がものをいう。

文字どおり、千軍万馬の経歴を、傷の一つ一つが物語っている。

が、御袋様などが怖れるほどの軽忽無頼《きょうこつぶらい》な牢人ではなかった。行儀作法、物腰、言葉つきは、むしろ、暖衣飽食《だんいほうしょく》してきた譜代衆よりもしなやかである。

常にいった。

「軍法は、聖賢《せいけん》の作法也《なり》。平生の行儀、作法をたしなむべし。人に将たらん者は、欲を浅うし、慈悲を深うし、士《さむらい》の吟味を怠るべからず。一旦事ある場合は、即時に手の者をもって備えを立て、間に合うようにするがかんじん也」

かつて黒田家で侍大将をつとめたが、主人長政と気があわず、些細《ささい》なことから口論して一万六千石の高禄をすてて牢人し、ついには京で乞食までしたというこの男は、数奇な前歴に似あわず、つねにおなじ微笑で部下に接した。

豊臣家の牢人募集に応じて大坂城に入城したのは、この前年の慶長十九年の秋であった。

同じ時期に入城した長曾我部盛親や真田幸村は、牢人とはいえ、かつては大名、または大名の子だったから、これをききつけて、馳《は》せ参じた旧臣は、百、千にも及んだが、又兵衛はほとんど身柄一つを持ちこんだだけの入城だった。豊臣家ではとりあえずこの男に二千の兵を付け、一手の大将にしたが、又兵衛は、これに独特の教育をほどこして、たちまち百年譜代の臣のように仕立ててしまった。

城内でも、後藤隊は一見してわかるようになった。自然、他の隊も、隊伍の編制から打物《うちもの》の長短まで後藤風をまねたという。だから城内での人気は、決して悪くはない。

ただ、又兵衛に手こずったのは、

「小松山」

の一件である。譜代衆は、出不精になっている。又兵衛の長駆邀撃主義を怖れた。

その最後の軍議で、又兵衛はなおも力説したが、会議を主宰する治長は、

「又兵衛どの、御前でありますぞ」

と発言をおさえ、

「左衛門佐《さえもんのすけ》どの、弁じられよ」

真田幸村の発言をうながした。

幸村は、信州の名将といわれた真田昌幸の子である。実戦の経験は、十七歳のとき信州上田城で父昌幸とともに家康の派遣軍と戦ったときと、二十代に関ケ原戦の前哨戦ともいうべき上田の攻防戦で、父とともに徳川勢をしりぞけたときの二度にすぎない。

が、天稟《てんぴん》の謀才がある。その上、関ケ原後、父とともに薙髪《ちはつ》し、十数年、高野山領の九度山《くどやま》に浪居したが、この間、和漢の軍書を読み、父の軍事知識の一切を吸収した。又兵衛は戦場で兵策を学んだが、幸村は書斎でそれを学んだといっていい。

前記長沢九郎兵衛の覚書によれば、

「真田左衛門佐は、四十四、五にも見えもうし候《そうろう》。額口に二、三寸ほどの疵痕《きずあと》これあり、小兵《こひょう》なる人にて候」

とある。背の低い、痩せ形の、しかし深沈とした瞳をもった人物をほうふつすることができる。

冬ノ陣の前、幸村が入城したときは、城下の町家の者までが、

「真田殿ご加勢」

と、赤飯を焚いた者があったという。すでに父昌幸の名は、伝説的な名将としてそ

の神謀鬼策ぶりが、士庶のあいだに流布《るふ》されている。その子である。しかも謀才はむしろ父以上であるという。

秀頼までがよろこび、家老治長をして平野口《ひらのぐち》まで出迎えしめ、近習頭速見甲斐守《はやみかいのかみ》を正使として城下の宿所を訪問させ、当座の手当として黄金二百枚、白銀三十貫目を与えた。

入城後ほどなく、又兵衛とのあいだに確執がもちあがった。

繰りかえすが、この当時は冬ノ陣の前で、城は、内外の濠も埋められておらず、太閤築城のころとおなじ結構であった。

「さすが太閤の縄張りじゃ」

と、幸村は城内を巡検して感嘆したが、たった一カ所、重大な欠陥を発見した。

城の南、玉造口が、意外に薄装なことであった。故太閤は気づかなかったようだが、幸村は、大坂の地勢、道路からみて、攻城軍の主力が当然、城南に集中するものと見、二重要塞を構築することを考えた。

出丸を一つ、城外に作るのである。さいわい、空濠《からぼり》の外に、一丘陵があった。のちに有名になった真田丸の構想が、入城早々の幸村の脳裡にうかんだ。

ところが、水準以上の将才ある者の着眼というものは、一致するものらしい。じつをいえば又兵衛のほうが数日早くこの欠陥に気づき、かつその丘陵を検分してここに城外要塞を築くことをきめ、図面も描き、町で材木、人夫の手当も済んでいた。

幸村は幸村で、町で人夫、資材を準備し、ある日、現場に臨んでみると、意外にも、見なれぬ材木が集積されている。

「何者の指図じゃ。調べてみい」

真田家譜代の郎党海野《ろうどううんの》某を町へ走らせて聞きこみさせると、普請ぬしは後藤又兵衛であるという。

「後藤？」

幸村は、当時まだ又兵衛の才をさほど買っていなかった。幸村は野戦の経験はうすいが、籠城戦では、信州上田城で父とともに、古今稀有《けう》の戦歴を残した自負がある。又兵衛何するものぞ、という肚《はら》があったのであろう。

「とりのけよ」

と命じた。

又兵衛の作事小屋はこわされ、材木は遠くへ運び去られた。

そのあと、又兵衛が現場をみて驚き、何者の仕業か、ときくと、

「真田様でございます」

と人夫がいう。

「孺子《こせがれ》」

一言だけ、吐きすてた。

これが城内に誇大に喧伝されて、後藤殿と真田殿が激しく確執しているといわれ、又兵衛が、真田の孺子が左様な存念なら一戦も辞せぬ、と真田の仮陣屋にいまにも押し出す、というわさまで立った。

城内十数万、うち、女が一万。士卒の大半が寄せあつめの烏合《うごう》の衆であり、そのうち関東の諜者も多数入っている。虚伝妄説が発生流布されるには、これほど適温適湿の城はない。

大野治長が、驚いた。

驚いたが、この女官（大蔵卿局《おおくらきょうのつぼね》）の子には、どうさばくべきかわからなかった。

そのうち、

「真田殿ご謀叛《むほん》のお肚づもり」

という妄説まで流れた。幸村の実兄で信州上田十一万五千石の領主真田信幸が、徳川方の大名として西上軍の陣中にある。それと内通するために、わざわざ新要塞を城外に設けようとしているのだ、という。

この浮説で、やっと治長はこの一件を裁く気になった。ひそかに後藤又兵衛を呼びよせた。

又兵衛は、当然、軍事上の意見を聴取されるものと思い、そのつもりで二ノ丸の大

野屋敷に出むいてみると、

「ほかでもないが」

と、治長は、さも重大そうなそぶりで、この浮説を説明しはじめた。治長、四十余歳。凡庸だが、しかし女官の子らしく、こういう人事上の問題になると、妙にじめじめした情熱をもつ男である。

「どうであろう」

首をかしげた。やや左眼が、斜視である。

又兵衛はばかばかしくなった。

「古来、城というもの、多くは外敵で陥《お》ちず、内紛でほろぶものでござる。もともと真田殿は名家の冑《ちゅう》であり、利をもって動くような育ちではござらぬ。しかもすでに四十を越えていよいよ人品に香気あるは、よほど心術の爽快なゆえでござろう。城内の浮説、早くよりそれがし耳にしてござるが、なるほどそれで読めた。真田殿の心術、おそらく浮説あるがゆえに、あえて本城の内で防戦せず、身を城外に曝《さら》し、小塁を築いて敵陣の奔入を一身であたろうとする御所存であろう。されば拙者も、持ち場あらそいをやめ、あの一郭を真田殿にゆずることに、たったいま決めました。後藤がよろこんで譲った、とあれば、浮説も消えましょう」

真田丸築城は、公認された。

幸村は、右の一件、又兵衛が取りなしたとうわさできいたが、別に礼には来なかった。

又兵衛の幕僚たちは、

「あいさつに来られるのが、人情でありましょうに」

といったが、又兵衛は笑って、

「わしは播州《ばんしゅう》の地侍の子にうまれ、しかも幼いころに父に死別して、幼童のころから人中にもまれて成人した。自然、人の情義には感じやすく、人の心の表裏にも通ずることになったが、貴種というものはちがう。人はわがために尽すものと思って育っている。真田殿はそういうお仕合せなお生まれつきだ。気にすることはあるまい」

といった。

真田丸が竣工《しゅんこう》したのは十一月の半ばで、工期は一カ月余であった。又兵衛は、他の諸将とともに招かれて参観した。

百間四方で、建坪一万坪。その周囲にさらに塀柵《へいさく》を設け、塀外に空濠をめぐらせ、その空濠の中にも二重の柵を打ちこみ、塀柵の一間ごとに銃眼《やざま》六個ずつを開き、櫓々《やぐら》のあいだには井楼《せいろう》をおこし、その内部には無数の武者走りを通じて各井楼ごとの連絡を便ならしめている。

又兵衛は、これだけの城を一カ月で作りあげた幸村の指揮力にもおどろいたが、城の独創的な機能性にも眼をみはった。

（ただの孺子《こせがれ》ではない）

幸村に畏敬をおぼえたのは、このときからである。

（この仁、ともに語るべし）

とは思ったが、しかし、合戦のことにかけては、又兵衛に強烈な自負があった。幸村の器量はなるほどすぐれている、しかしあくまでも真田家の家伝ともいうべき城籠《しろごも》りの防衛戦の巧者であって、野戦に数万の軍兵を進退させる大会戦の指揮者ではない、と見ていた。

真田丸が竣工してほどないころ、城外天満《てんま》の地で、城兵十余万の馬揃え（観兵式）があった。その総指揮官にえらばれたのは後藤又兵衛で、これには、真田家の譜代の郎党はよろこばなかった。

――かれはもと黒田家で万石を食《は》んでいたとはいえ、陪臣《またもの》のあがりで、官位もない。わが主人がその采配の下に動くとは、どういうことであろう。

このおなじ不平は、もと土佐一国の太守であった長曾我部盛親の郎党も、さかんに洩らした。ところがうわさというのは面妖《みょう》なもので、これが又兵衛の耳に入ったときは、

「真田殿が、ご不満であられる」

ということになっていた。

「取りあうな」

と又兵衛は自分の幕僚をたしなめたが、しかし幸村に対しては、後世の幸村びいきの人たちが持ったような感情を、又兵衛は持たなかった。自然な人情というものであろう。

冬ノ陣は、講和でおわった。家康の奸計《かんけい》で城は濠を埋められ、殻をくだかれたさざえのような裸城になった。

「小松山」

の一件は、夏ノ陣のことである。


夏ノ陣前夜における軍議は、ほとんど開戦寸前まで果てることなくつづき、しかも戦略方針がすこしもきまらなかった。

「真田殿は如何」

と、大野治長がきいたのは、この会議も大詰めのころである。

説は、二つにわかれていた。譜代の諸将はほぼ籠城論。

牢人諸将はすべて城外決戦論で、この点では、幸村も又兵衛もおなじであった。

ただ、主決戦場をどこに予定するか、ということで、わかれた。

又兵衛の城外五里の小松山周辺に対し、幸村は城の本丸からざっと一里南方の四天王寺周辺という説をとった。

「それはならぬ」

と、又兵衛は反対した。四天王寺周辺は、距離が近いために本丸からの後詰《ごづめ》（予備隊）の投入に至便だ、という点はなるほどもっともだが、ところが戦場の地勢が開豁《かいかつ》で、兵力において三分の一にも満たぬ大坂方は、東軍の大洪水に呑まれてしまうだけであろう、といった。

これに対し、幸村という戦術家は、

「そのかわり、四天王寺の塀、伽藍《がらん》が、格好の出城になる」

とあくまで野戦においてさえ「城」の応用を考えた。どの武将にも戦術癖というものがある。幸村の場合、城の利用は真田のお家芸ともいうべきもので、それが長所であり、同時に限界であった。

「その上」

と、幸村はいった。

「大坂城と四天王寺は、おなじ上町台の台上に位置し、その間ほぼ小一里。嘆願申しあげれば、御大将（秀頼）の御出馬も、望みなきにあらず」

五里ならば御袋様が許すまいが、城門から一里ぐらいならば、秀頼をお出しなさるであろう、というのが幸村の計算である。

出れば、士気がふるう。

又兵衛も、そう思う。しかし五里ならばなぜ出られないのか。

「小松山へ金瓢の御馬標を」

というのが、又兵衛が胸裡に描いている理想の決戦風景であった。秀頼の父の故太閤は、若いころから常に戦陣の先頭に立ち、中原《ちゅうげん》を制してからも、小田原、奥州、四国、九州と、つねにその馬標は、軍とともにあった。二代目ともなれば、城内から一歩出るのも、怖れるかのふうである。

（幸村も、また不肖又兵衛も、百年に一人、出るか出ぬほどの軍師であるはずだ。それが戦さの陣だてをするのに、総大将の足が何里歩けるか歩けぬかで、基礎を考えねばならぬ）

が、それはこの城の宿命でもある。

いっそ、総大将は出馬せぬ、という想定のもとに作戦をたてたほうが利口だろう。とすれば、長駆、小松山を制せねばならぬ。

「修理（治長）どの」

と、又兵衛は、なおも自分の作戦を捨てずこの会議のためにわざわざ絵師に作らせた大絵図をひろげた。

山河、部落、道路が、それぞれ自然色に彩色され、一見して、摂津、河内の姿が、雲上から俯瞰《ふかん》するかのようである。

「ほほう」

一同、又兵衛の用意のよさに、眼をみはった。

「これに、連山がござる」

南北に一線、又兵衛は指を走らせた。北から、生駒《いこま》、信貴《しぎ》、二上《にじょう》、葛城《かつらぎ》、金剛、と峰をならべ、屏風《びょうぶ》のように天を画している山脈で、この屏風が、大和と河内をへだてている。

「敵主力は、大和から来る」

当然、屏風を越えねばならぬ。乗り越える峠は、いくつかある。しかし大軍を通過せしめるに足る大隙間は、一カ所しかない。

その隙間を、大和川が割っている。敵はこの大和川沿いに、きっと来る。この通路を、
国分《こくぶ》越え
という。国分とは、この隙間にある河内側の村名である。上代、ここに河内の国府がおかれていた。

「なるほど」

と、誰かが感心した。この山と山にはさまれた隘路口《あいろこう》ならば大軍も、糸のように細くなって通らざるをえないであろう。

「この隘路口を見おろす高地が、小松山でござる。小松山に主力を集結し、眼下にじょうじょうと細まって行軍する東軍を一つ一つ潰してゆく。もしかれらをして河内摂津の大平野に入らせてしまえば、もはや、御味方の寡勢《かぜい》ではどうすることもできぬ」

又兵衛は眼をあげて、

「必敗でござるぞ」

といった。

「必敗ではない」

と、幸村はいった。

「それに、敵がかならず国分越えで来るかどうかもわからぬ。もし北方、生駒山のすそを越えて侵入すれば、小松山に主力を置くことは無駄になるばかりか、城は空き城同然となり、それこそ必敗となる。そういう冒険よりも、城に近い四天王寺に主力を据え、いず方から来るとも城の周辺で自軍を自在に動かして戦うこそ、戦さの常道でござる」

治長の頭は混乱した。治長には多少の政治力はあったが、戦さが見えない。こういうとき、凡庸な政治家の考える手は、たった一つである。

どちらの策が勝てるか、というより、この二人の天才を、どうなだめるか、ということであった。足して二で割る、そういう折衷妥協案しかなかった。

「では、こうすればどうじゃ」

と、機嫌をとるような眼で、幸村と又兵衛をかわるがわるにみた。

「どうでござる」

「妙案じゃぞ」

治長は両手でコブシをつくり、右手のコブシを地図の小松山に乗せ、

「これが又兵衛どの。いいかな」

こんどは左手のコブシを四天王寺の上に置き、

「これが左衛門佐どのじゃ」

主決戦場をなんと二カ所に想定し、多くもない兵力を真二つに割り、二人それぞれの指揮にまかせようというわけである。さればどちらも満足ではあるまいか。

「さすが、修理どの」

といったのは、御袋様であった。

「妙案です。そうなさるがよい。右大臣様はどう思われます」

「妙案です」

変に、かん高い声でいった。秀頼という人物は、声の調節ができなかった。

「されば、御裁可あった」

治長は、得意そうに、両将をみた。

幸村も又兵衛も、ぼう然としている。折衷案というのは、双方満足せぬということだ。双方の案の欠点のみ背負うことになる。

小松山五万。

天王寺口五万。

それをもって東軍三十万の兵にあたらねばならぬのだ。小部隊をさらに分割することは、軍学の初歩的な禁忌とされる。各個につぶされるために出かけるようなものである。

軍議は、それで終了した。七人の軍団長はそれぞれ影を踏んで帰営したが、途中、かつて宇喜多家の家老であった明石掃部《かもん》全登が、八町目口の陣屋に帰る長曾我部盛親と肩をならべて歩き、数歩ごとに捨て鉢な笑い声をあげた。

——ばかな話さ。

と、この勇猛な切支丹《キリシタン》老人はいった。

切支丹老人が笑ったのは、

「城内に、後藤、真田という、百世に一人、出るか出ぬかの軍略家が居る。そのどちらに統率権をあたえ、どちらの作戦を用いても、東軍を潰滅させることは不可能ではあるまい。ところが、城を率いて立つ者が御袋様であり、その御袋様の御乳母様（大蔵卿局）の子治長である。後藤、真田ふたりの軍略家がさんざん論議したあげくが、一揆《いっき》百姓でも考えぬような愚にもつかぬ素人《しろうと》案におちてしまった」

新編制ができた。

第一軍後藤又兵衛、六千四百人（薄田兼相《すすきだかねすけ》、明石全登、山川賢信、井上定利、北川宣勝、山本公雄《きみたけ》、槇島《まきしま》重利、小倉行春）

第二軍真田幸村、一万二千人（毛利勝永、福島正守、同正綱、渡辺糺《ただす》、大谷吉胤《よしたね》、長岡興秋、宮田時定、軍監伊木遠雄）

ただし、第一軍、第二軍とも、秀頼は後藤、真田に対し、絶対指揮権をあたえたわけではなく、所属の武将はあくまでも「与力」であって、その合議の上に成りたっているいわば連合軍である。

幸村の第二軍は本営を四天王寺に置き、又兵衛の第一軍は、それよりも一里十町、前進した平野の聚落《しゅうらく》に本営を置いた。この布陣完成が、決戦よりも数日前の慶長二十年五月一日である。

この間、家康は京の二条城にあった。

五月五日二条城を発進、同夜遅く、河内の星田（現在、大阪府交野《かたの》市）に着陣した。

ここで、諜者の報告をうけた。

諜者は、大坂方の武将樋口雅兼の下にいる朝北奈兵左衛門《ひょうざえもん》という者で、かねて京都所司代板倉勝重が放っておいた者である。

諜者の報告によれば、後藤又兵衛が、国分越えにむかって攻撃を準備しつつあるということであった。

ここで家康は主力部隊三万四千人を後藤にむけることに決定し、攻撃の陣割り、行軍序列をきめた。

第一軍　水野日向守勝成《かつしげ》　四千人
第二軍　本多美濃守忠政　五千人
第三軍　松平下総守《しもうさのかみ》忠明　四千人
第四軍　伊達陸奥守《むつのかみ》政宗　一万人
第五軍　松平上総介《かずさのすけ》忠輝　一万八百人

先鋒の総大将に抜擢された水野勝成は、三河刈屋《かりや》でわずか三万石の小身だが、家康の譜代衆のなかでも戦さ上手で知られている。家康はこれに、譜代、外様《とざま》の諸大名を配属させ、

「諸将のうち、汝《われ》を小身者とあなどって軍令をきかぬ者があれば、容赦は要《い》らぬ。その場で斬って捨てよ」

と、完全な指揮権を授けた。連合部隊の議長格にすぎぬ後藤、真田のあいまいな指揮権からみれば、水野勝成はめぐまれた指揮官というべきであろう。

水野勝成は、奈良にあった。

そこで、家康から付けられた諸将（堀丹後守直寄《ただより》兄弟、丹羽式部少輔《しきぶのしょうゆう》氏信、松倉豊後守重政、奥田三郎右衛門忠次、別所孫次郎、軍監中山勘解由《かげゆ》照守《てるもり》、村瀬左馬助重治）と作戦会議をひらいた。

そのころ、四天王寺本堂にあった真田幸村は、きびすを接してもどってくる物見の報告が、ほぼ一致しはじめたことに気づいた。大和にある東軍の大兵が、しきりと国分越えにむかって西進しつつあるという。

「又兵衛の目算、あたったな」

幸村も仕事師である。べつにわだかまりがなく、むしろこころよく思った。

が、幸村は、又兵衛について、不吉なうわさが、後方の城内で立てられていることも知っている。

――後藤殿、御内通か。

と、御袋様の側近らがいう。

なるほど、煙が立つほどの火のたねはあった。先夜、又兵衛の平野の宿陣に、家康の密使と称する京都の相国寺《しょうこくじ》本山の僧楊西堂《ようせいどう》という者が入っている。楊西堂がいうには、

「もし関東へ御裏切りなされれば、貴殿御生国の播州一国五十万石を宛て行うであろうとの大御所様のお言葉でござる」

むろん、又兵衛は峻拒《しゅんきょ》した。が、かほどまで某《それがし》の弓矢をお買いくださるとは武士の名誉でござる、よしなにお伝えくださるように、と、いんぎんに帰した。

そのために、うわさが立った。この悪評が又兵衛を腐らせている、と幸村はきいた。

(あの男、はやばやと討死をするつもりではあるまいか)

とまれ、幸村としては、東軍国分進出の気配に対し、作戦を立てなおさねばならなかった。

幸村が、又兵衛と会議すべく、毛利豊前守勝永とともに馬をとばして平野の後藤陣屋を訪れたのは、五月五日の夜である。幸村の四天王寺着陣が五月一日。この間、貴

重な数日を、幸村は四天王寺宿陣でなすこともなく日を送っている。それがやっと立ちあがった。又兵衛の作戦案に賛同するために。

平野の、最前線で三将合議した。いずれも戦術眼の澄明《ちょうめい》な頭脳である。顔をあわすとたちどころに結論は出た。

又兵衛の原案どおりである。

――今夜のうちに第一軍は先発。第二軍は後続。

――道明寺の地点で全軍集結。

――未明とともに国分峠を越え、小松山を押えて敵の先鋒を突き崩し、潮合いをみて家康、秀忠の旗本にむかって全軍突入する。

というものであった。

「かたじけない」

と、又兵衛は、ここ数日、ひどく老けこんだ物腰でいった。幸村は、慶長十九年の秋、又兵衛をはじめて見て以来、これほど気の弱そうな顔をみるのは、はじめてであった。

「礼をいわれることはありませんよ」

幸村は、わざと大声で笑った。又兵衛にすれば、大野治長の折衷案をここで御破算にするにあたって、もし幸村が自説にこだわるなら、天王寺口決戦に又兵衛をひきずりこむこともできたのだが、それを捨て、又兵衛の原案に従ってくれた。感謝した。

幸村、勝永の二人は、出発準備のために大いそぎで宿陣を辞去した。

又兵衛は、ただちに出発した。道明寺付近で後続の幸村らと落ちあうために、わざと行軍速度をゆるめた。

奈良街道は、路幅がせまい。兵は二列にならび、手に手に松明《たいまつ》をかざし、かれの指揮下にある数千の人馬が、ゆるゆると東にむかって動いた。

星があったが、夜ふけとともに黒い天のなかに消えはじめている。霧である。これが又兵衛の人生にどう影響するかは、又兵衛さえ気づかなかった。霧は次第に濃くなりはじめていた。


東軍の先鋒の大将水野勝成は、すでに国分越えにまで進出していた。

眼下の闇に、河内平野が沈んでいる。

「霧だな」

五十二歳の勝成はつぶやいた。国松といった幼少のころから家康に従い、どれほどの戦さ場を踏んできたか、自分でも数えることができない。それだけに、濃霧の日の合戦には奇禍《きか》が多いことを知っている。

物見が帰ってきた。

「平野から藤井寺におよぶ街道一里半にわたって松明の動くのがみえます」

夜霧さえなければ、水野勝成が立っている台地から十分にその火の群れは見えたであろうが、この状況下ではみえない。

勝成は、堀隊、丹羽隊から小人数の銃兵を出させ、松明の方角に進発させた。しかもそれぞれに松明をもたせた。

与力の諸将はあざわらった。

「日向《ひゅうが》（勝成）は聞えたほどでもない大将じゃ。夜討に松明を持たせる馬鹿があるか」

が、濃霧である。照明がなくては一寸の道も歩くことができない。

又兵衛は藤井寺まで進出して、全軍を停止させた。時刻は、寅《とら》（午前四時）である。まだ、夜は明けない。

「これにて、真田殿を待つ」

と、又兵衛は、幕僚にいった。みな、一せいに松明を消した。

闇になった。

勝成が先行させた銃隊は、後藤隊の一せい消灯のために、方角を失った。

又兵衛は、待った。

が、真田軍があらわれる気配もない。

（これはまずい）

時を移せば、夜が明ける。明ければ、一天開豁《かいかつ》の河内平野に蠢動《しゅんどう》する二千余の小部隊などは、東軍数万に呑まれてしまうだろう。

「道明寺へ」

再び、動きだした。道明寺が、真田軍と合流する予定地点である。ここで未明に集結し夜明けとともに攻撃を開始する手はずであった。が、もしも真田軍が来なければ、

（孤軍になる）

又兵衛の焦慮はそこにあった。

やがて、二十町むこう、道明寺到着。

が、まだ真田軍は来ない。後方に物見を出したが、数里さきまで一兵も見なかった。

「だまされた」

と、幕僚のなかでいう者もいた。真田幸村には、東軍の兄を通じ、家康からしきりと誘降の使者がきている。そのことはたれもが知っていた。幸村は故意に作戦をそごさせるために定刻到着を遅らせているのではないか。

が、又兵衛という男は、この期《ご》にいたってそういうぐあいに気をまわす軽忽《きょうこつ》な頭の持主ではなかった。

（あれは、仕事師だ）

仕事師ではあるが、いや仕事師であるだけに、いかに土壇場で後藤原案に賛同したとはいえ、所詮は他人の案に従うことである、幸村は必死の気持にはなれなかったろう。それが行軍速度に自然出てしまっている。

（それが、人情だ）

又兵衛でさえ、そう思った。が、事実はもっと単純だった。濃霧である。漆釜《うるしがま》の底を泳ぐようなこの五月六日の濃霧が、四天王寺から後藤隊に追いつくべく必死に東進している真田軍一万二千の足を、むなしく足掻《あが》かせていた。

幸村は、この冷静な男にしてはめずらしく高い声をあげて、部隊を叱咤していた。

（遅れれば、又兵衛は死ぬだろう）

が、霧は、如何《いかん》ともできない。

やがて、又兵衛の不幸がはじまった。道明寺で、しらじらと夜が明けてきたのである。

原案では、この地点では夜だった。まだ芝居の幕はあがるべきでなかった。

が、あがった。

芝居の支度はまだ出来ていない。河内平野というひろびろとした舞台の上に、二千余の後藤隊が霧に濡れて立っている。しかし、この霧は、夜には不吉をもたらしたが、夜明けとともに好都合に転じた。濃霧のために、後藤隊の存在が、東軍からみえなかった。

「みな、今日で一期《いちご》を飾れ」

又兵衛は、そう命じ、石川磧《いしかわがわら》の西岸に旌旗《せいき》をならべて布陣した。この石川の浅瀬を越えれば、むこうに小松山がある。

先取すべきであった。

霧のため、対岸の敵影がみえない。又兵衛は、敵の布陣、人数を知るために小人数の銃隊を編成し、「聞張《ききはり》」として小松山へ先行させた。聞張とは、探索射撃のことである。人数不明の敵陣へ銃丸を撃ちこみ、応射してくる音の量と位置によって、敵軍の概要を知ることができる。

やがて又兵衛は、霧の壁にひびいてくる双方の鉄砲音によって敵陣を髣髴《ほうふつ》した。

夜来、はじめて笑った。

「小松山には、敵はおらぬ」

この山の重要さを見おとしたのは、東軍水野勝成の不明であった。水野の麾下《きか》の諸将は小松山をのぞく諸所に、思い思いの陣形で夜来の行軍の疲れを癒《い》やしていた。

又兵衛は石川磧の陣をはらい、浅瀬をわたり、全軍に早駆けを命じて小松山を占拠して敵を俯瞰した。

陽《ひ》が昇るとともに霧は薄れはじめている。山麓の東軍は、狼狽した。見あげると、霧の晴れま晴れまに、無数の旌旗がひるがえっていた。

「かかれ」

と、水野勝成は、命じた。命ずるまでもなかった。幕下の諸将は、功をあらそって山麓にとりついた。大軍に兵略なしという。人数の差が懸絶しているばあい、小人数の側こそ戦術の変幻さが必要だが、大人数のほうは、ただひたすらに押せばよかった。

まず、第一陣に松倉重政隊、奥田忠次隊が山の正面からのぼった。

後藤隊の部将山田外記《げき》、片山助兵衛隊が、群がり登ってくる東軍を自在に突きくずし、まず敵の部将奥田忠次を討ち取り、ほかに首をむなしく授けた東軍の名ある士は、高畑九郎次郎、今高惣右衛門、井関久兵衛、岡本加助、神子田《かみこだ》四郎兵衛、井上四郎兵衛、下野道仁、阿波仁兵衛。

東軍の先鋒は崩れ、のちに島原藩主になった松倉重政は、崖をころがるようにして敗走した。

山頂の又兵衛は、すかさず貝を吹かせ、前隊の山田、片山の両隊長をして敗敵に追尾し、国分の隘路口にむかって急進させた。

そこに、水野勝成の本陣がある。

勝成は、あわてた。突進してくる後藤隊は二、三百にすぎないが、いずれも死を決している。それに、路幅がせまく、南は山腹、北は大和川の崖である。総兵力をあげることができず、双方ほとんど一列の、一騎々々の戦いであった。

しかも、頭上に又兵衛がいる。

又兵衛の貝、陣鉦、太鼓の音が、ひっきりなしに頭上からふってくる。が、又兵衛の前隊にようやく疲労の色がみえてきた。

勝成は新勢々々をくりだし、逆に後藤隊を押しはじめた。山上の又兵衛はすかさず中軍を駆けくだして交替させ、ふたたび東軍を数町さきまで押しかえした。

「真田は、来ぬか。——」

又兵衛が、愚痴とは知りつつも思わず絶叫したのは、このときである。いま、真田軍一万二千の後詰があれば、この隘路口でつぎつぎと予備隊を投入して疲労兵と交替させ、さらに山上に豊富な銃陣を布いて敵に乱射すれば、東軍潰走は必至であった。

が、山上に床几を据えている又兵衛は、意外なほど明るい顔をしていた。

（あたったではないか）

原案が、である。これで原案どおり真田軍が来れば、現実の勝利にはなるが、しかし戦術としてその正しさを実証された。

（これでいい）

どうせほろびるのだ、豊臣家は。又兵衛とその配下の牢人にすれば、武士らしい生涯をここで華やかに終わるだけでいい。

時が移った。

又兵衛の手兵は疲労しきっていたが、それでも乱戦のなかをよく駆けまわっている。が、東軍は、水野の第一軍だけでなく、第二軍の本多忠政五千、第四軍の伊達政宗一万が、すでに戦場に到着しつつあった。

又兵衛は、ころはよし、と見て床几を倒して立ちあがり、わずか三十騎の旗本とともに一団になって山を駆け降り、手綱《たづな》を十分にしぼりつつ路上にとびおりようとした瞬間、銃弾に胸板を射ぬかれた。

が、落馬しなかった。

驚いて馬を寄せてきた旗本の金馬《こんま》平右衛門を鞍の上からゆるゆるとふりかえり、

「平右。首を打て。敵に取らすな」

そういって、鞍上《あんじょう》に伏した。すでに、息が絶えている。

又兵衛があれほど待ちぬいた真田幸村の第二軍は、予定より七時間遅れて正午前、ようやく藤井寺村の手前に到着した。夜半丑《うし》ノ刻（午前二時）に天王寺口を出発したというから、行軍速度は、一里を三時間ちかくかかっている。幸村ほどの神速な行動力をもった武将のこのおどろくべき遅延は、あながち、濃霧のせいばかりとはいえないだろう。

幸村は、おそらく、約束したとはいえ、やはり兵を温存したいと、途中思いかえしたのであろう。たのであろう。真田軍は一万二千で、大坂方最大の遊撃兵力である。これが、むざむざ後藤原案の国分の隘路口で損耗すれば、幸村自身、華々しい死場所がなくなってしまう。

（又兵衛は又兵衛の死場所で死ね）

幸村は、思ったにちがいない。べつに不人情でもなく、又兵衛という軍略家をそれにふさわしい好みの戦場で死なせ、自分という軍略家もまた、その軍略が正当と思う場所で、死所を得たい。

そう思ったにちがいない。

幸村は、せっかく藤井寺村まで進出したが東軍と小競合《こぜりあ》いをしただけですぐ退却し、翌七日、かれの軍略がもっとも至当とする主決戦場である城外四天王寺の台地で、東軍十八万と戦い、しばしば突き崩しつつ、ひとたびは家康の本営にまで突き入り、寡《か》兵《へい》の野戦としてはほとんど理想的といっていい合戦を演じ、午後、四天王寺西門を東へさがった安居天神の境内で越前兵西尾仁左衛門に首を授けた。

大坂落城は、その翌日である。

秀頼はついに城門を出なかった。

権謀の裏

――鍋島直茂――

滝口康彦

滝口康彦《たきぐちやすひこ》　（一九二四〜二〇〇四）

長崎県生まれ。父の死後、母が再婚したため佐賀県多久市に転居。以降、生涯のほとんどを同地で過ごす。尋常高等小学校卒業後、運送会社の事務員や炭坑の鉱員を経てNHKの契約ライターとなる。一九五八年、「異聞浪人記」でサンデー毎日大衆文芸を、翌年には「綾尾内記覚書」でオール讀物新人賞を受賞して注目を集める。『仲秋十五日』や『薩摩軍法』など、武家の論理に押し潰される下級武士の悲劇を題材にした時代小説を得意とした。また故郷である九州の風土と歴史を愛した作家としても知られ、作品の大部分は九州が舞台となっている。

主筋にあたる若い竜造寺藤八郎高房《りゅうぞうじとうはちろうたかふさ》に代わり、すでに事実上肥前佐賀の国政を掌握していた鍋島加賀守直茂《なべしまかがのかみなおしげ》の、関ヶ原の一戦における進退をめぐって、東軍の勝利後、諸大名のあらかたは、

「鍋島の汚さよ」

「おのれは国もとにいて、藤八郎どののやせがれ信州（信濃守《しなののかみ》勝茂）を伏見城攻撃に加わらせながら、西軍敗北となるや、信州ともども昨日の味方、柳川《やながわ》の立花宗茂《たちばなむねしげ》どのを攻めて本領安堵をはかるとは」

と悪口した。結果だけを見れば、たしかに二股《ふたまた》かけたととられても仕方がないが、父は西軍、子は東軍、もしくはその逆で、家を保った例はいくらもあった。内応、戦場に出ての日和見《ひよりみ》、勝敗決して数日後に、同じ城に立てこもった味方の将を殺して降伏した者など、数えれば十指に余る。にもかかわらず、鍋島への風当たりがはるかに強かった。

「気にすな。何とでもいわせて置け」

当の直茂は意にも介さなかった。家康の崇敬厚い肥前出身の名僧元佶《げんきつ》長老はじめ、

井伊直政《いいなおまさ》、黒田長政らのとりなしもあり、柳川攻めによって直茂は本領を安堵されたが、八院《はちのいん》の激戦で面目を立てたあと、直茂とも宗茂とも親しい、黒田如水《じょすい》、加藤清正のすすめで城を明け渡した立花宗茂は、所領一切を奪われた。しかも宗茂は、清正の好意で一時肥後に身を寄せるため、柳川を去るにあたって家臣たちに、

「鍋島どのを恨むでないぞ」

と申し渡したという。後日、それを伝え聞いた直茂は、

「かたじけなや左近将監《さこんのしょうげん》どの、わが心底、見抜いていて下されたか」

六十二歳の目に、涙をたたえて述懐した。その場に居合わせていたのは、いずれは鍋島の柱石となる男と、だれからも期待されている、娘婿《むすめむこ》の竜造寺家久《いえひさ》ただ一人であった。直茂に対する悪評の原因は、知りすぎるほど知っている家久だが、その家久にも、宗茂の言葉の意味は十分に読めなかった。

「そちにも察しがつかんとはの」

「後学のため、どうぞお教え願います」

「いや、明かすまい。余が死ねばわかることよ」

「わが家中に、左近将監さま同様に、殿のご心底を存じている者がおりましょうや」

「いるはずがあるまい。そちほどの男に察しのつかぬこと、他のだれが悟ろう」

直茂は、ひげに白いものがまじり、小じわに囲まれた口もとを、かすかにほころば

せた。

三十八歳の家久が、少年のように面《おもて》を赤らめた。

「のう家久、そちも関ヶ原の一戦で、余の打った手を、汚いと思うたであろう」

「いえ。ただ何度か、不思議なという気はいたしました」

一

関ヶ原から十七年――元和《げんな》三年（一六一七）の初夏、八十歳の直茂は、佐賀城外西北に設けた隠居所多布施館《たふせやかた》にあって、得体の知れない奇病に悩ませられていた。春ごろ、左の耳に小さないぼが出来、すぐにとれるだろうと捨て置いたところ、だんだん大きくなる。老いても剛気な直茂は、小刀《こがたな》でいぼをこさぎ落としたが、ほどなくまた生じた。

「蜘蛛《くも》の糸で巻けば、たやすくいぼが落ちると聞いたことがございます」

家来にいわれて早速試すと、七日目にいぼは取れたがあとが悪い。いぼの切れ口から、いやな臭気を発するうみがしたたった。外科や本道《ほんどう》（内科）の医師が必死に治療にあたったが、ただれはますますひどくなった。京から招いた名医の手にも負えない。

「鍋島加賀守と人にも知られた身が、ぶざまな死にざまはしとうない。刀をこれへ」

腹を切ると見えた。

「ご短慮はなりませぬ。きっとそのうちに、ご本復されます」

館ではそんな日々がくり返された。

「密書を拝見するか……」

佐賀城内にある広大な多久《たく》屋敷の奥まった一室で、五十五になる執政多久長門《ながと》安順《やすとし》は、腕を組み目をとじていた。風はないが、さっき中庭に打ち水をさせたせいか、汗ばむほどではない。

長門は前名竜造寺家久、竜造寺家の分家筆頭、水ケ江《みずがえ》竜造寺家の当主だが、直茂の長女千鶴を妻に迎えているため、藩主勝茂にとっては義兄にもあたる。直茂の絶大な信頼があり、長門がなりませぬといえば、勝茂も断念するほどであった。長門は、直茂から密封した書状を預かっている。先ごろ、多布施館まで見舞いにおもむいたせつ、人払いした直茂から手渡されたものだった。

「余が死んでから開け」

と念を押された。直茂は依然として奇病に苦しんでいるが、まだまだ死ぬとは思われない。医師数名の意見が一致しているから、当分大丈夫とみてよかろう。そのくせ長門は、しきりに密書を開きたい思いにかられた。

「藤八郎さまのお恨みか」

直茂の奇病については、聞き捨てならぬことをささやく者もいた。藤八郎高房は、慶長八年（一六〇三）、従五位下駿河守《じゅごいのげするがのかみ》に叙任されはしたが、その四年後の秋、いつまで待っても、言を左右にして国政の実権を渡してくれぬ直茂を恨んで、まだ二十二の若い命をみずから絶ち、その一月後、父政家も高房の後を慕うように病死した。

高房の弟たちは、大御所にも二代将軍秀忠《ひでただ》にもお目見《めみえ》をすましておらず、そのため勝茂が、父直茂から、佐賀三十五万七千石を譲られたのである。竜造寺一門も、みなそれを認めた。いまさらはばみようもない、時の勢い、時の流れであった。

「加州さまは、たぐいまれなる軍師にておわした」

絶望の果てに自害した高房への哀惜、主従の立場が逆転した竜造寺家の非運をひそかに嘆く一方で、長門はしみじみそう思った。世の人々は、軍師といえば、竹中半兵衛《はんべえ》や黒田如水の名を挙げよう。両名とも、いかにも軍師らしい軍師ではあった。その点直茂はいささか違い、いちがいに軍師とのみは呼びがたいものがある。

全盛時、五州二島の太守と呼号した竜造寺隆信《たかのぶ》は、直茂の従兄《いとこ》であり、かつ義兄であった。これは、直茂の母が隆信の伯母であったこと、隆信の母慶誾尼《けいぎんに》（俗名不明）が、夫周家《ちかいえ》の死後十余年も過ぎたころ、直茂の父清房に再嫁《さいか》したことからきている。

慶誾尼は当時四十八、慶誾さまの押しかけ嫁入りといえば、佐賀ではあまりにも名高い。

「猛勇一辺の隆信どのには、よき補佐役が要る。年こそ若けれ、文武に秀《すぐ》れ、慈悲の心をも併せ持った信昌《のぶまさ》（後信生《のぶなり》ついで直茂）どのを義理の弟とするが第一」

晩年、それまでの女傑ぶりを知った太閤が、竜造寺後家と称しただけあって、慶誾尼のねらいは図に当たった。しばしば遭遇した竜造寺家の危機は、ことごとく直茂が切り抜けたといってもいい過ぎではあるまい。ことに天正十二年春、大軍を擁して島原の有馬晴信を攻めた隆信が、有馬方の援軍島津の伏兵に本陣を襲われて沖田畷《おきたなわて》で討死したとき、もし直茂（当時飛驒守《ひだのかみ》信生）が生き残っていなかったら、勇将謀臣をまた失った竜造寺家は、あえなく崩壊していたであろう。

直茂はまた、常に天下の情勢にも目を配り、隆信討死以前から、まだ羽柴筑前守《はしばちくぜんのかみ》時代の秀吉に、いち早くよしみを通じていた。果たして秀吉は天下を取った。もっとも、竜造寺家にとっては、それが不運を招いたといえなくもない。

「父に似げなき不肖の子」

政家頼むに足らずと見抜いた秀吉は、天正十八年、三十五歳の政家に隠居を強《し》い、

「藤八郎成人まで、国政を直茂に預けよ」

と命じたのだ。

「直茂どの、そこもとがわしの養子になり、そのかわり藤八郎を、そこもとの養子にして下さらぬか。いかがかな」

「ありがたき仕合わせ」

だが、藤八郎の行く末を案じた政家の親ごころ、せいいっぱいの知恵もむなしく、直茂は秀吉の期待以上の手腕を発揮し、七年に及ぶ朝鮮の役《えき》において、不動の地位を築いてしまった。藤八郎が伏見詰にされたことも、一門一族や有力家臣との絆《きずな》を弱めた。こうなれば直茂とて、戦国乱世を生き抜いた男、後継者に、藤八郎よりも、わが子勝茂を選びたいのは人情であろう。

「藤八郎より信州が役立ちそうだの」

いつだったか、伏見城で目通りした際、さりげなくもらした太閤の一言に加えて、直茂自身が、故隆信の純然たる家臣ではなく、義弟ということも、大義名分とすることができる。

太閤はしかし、幼い秀頼《ひでより》に心を残して世を去った。喪を秘めたまま、朝鮮在陣の諸将へただちに帰国の令が発せられた。

二

「家久、国もとのことそちに頼むぞ。何事によらず生三《しょうさん》を助けよ」

慶長三年十二月初め、加藤清正、黒田長政、福島正則《まさのり》そのほか、戦塵《せんじん》にまみれた諸

のままに、筑前博多に上陸した鍋島直茂、勝茂父子は、一切を家久にゆだねてその
まま伏見に向かった。生三というのは、直茂のいとこ鍋島清虎《きよとら》の子で、僧籍にあった
のを、直茂に請《こ》われて還俗《げんぞく》した人物である。
伏見に着いた直茂父子が伏見城本丸で、家康に付き添われた幼君秀頼に、帰国の旨《むね》
を言上すると、
「長の在陣、大儀であった」
六歳にしては、意外にきびきびした言葉づかいだった。
「かようなお子をあとに、殿下はいかばかりかこの世にご未練が……」
太閤は完全にもうろくしていたとの世間の取沙汰《とりざた》を耳にしているだけに、直茂は胸
がうずいた。
鍋島家の大坂屋敷は玉造口《たまつくりぐち》に、伏見屋敷は豊後橋《ぶんご》北詰にあった。豊後橋は巨椋池《おぐらいけ》に
注ぐ宇治川に架けられた長さ百四間（約一八七メートル）、幅四間（約七メートル
強）の大橋で、北は古くからの月の名所指月《しげつ》の森、南は向島《むかいじま》城をひかえる槇島《まきしま》堤だっ
た。もっとも、豊後橋の下をくぐる宇治川は、本来の流れ三筋のうち、いちばん伏見
寄りの一筋を、秀吉の命じた改修工事によって、延長北上させたものという。
指月の森あたりが中心だった旧伏見城は、伏見大地震で多くの殿舎が倒壊し、おび
ただしい男女の死者を出したため、新伏見城は、旧城の東北、伏見山の丘陵地に再築

された。鍋島屋敷は城外西南に位置している。

直茂父子は、この伏見屋敷で、慶長四年の正月を迎えた。むろん、藤八郎高房もいっしょだった。元旦、総登城後、帰邸してからあらためて屠蘇《とそ》を酌《く》みかわした。十四歳になった藤八郎は、養父直茂には一応は父上というが、六つ年長の勝茂には、義理の兄として立てることをせず、

「信州どの」

としか呼ばない。勝茂は逆に、藤八郎に若君という。直茂の命であった。折にふれ直茂は、藤八郎の前ではことさら、

「余の跡を継がれるのは藤八郎君じゃ。そちではないぞ」

と口にする。本心ではなかった。今日も、心底を見ぬかれぬため、すでに従五位下に叙せられている勝茂より先に、藤八郎に杯を与えた。ほんのり目もとを染めた藤八郎は、声をはずませて、

「今年の秋にはお父上に、豊後橋より、中秋の名月をお見せしとうございます」

「それは楽しみな。藤八郎君は、親孝行にあらせられる」

藤八郎の返杯を、直茂はにこやかに受けた。言葉も態度も、ていねいすぎるくらいであった。

「てまえも若君を見ならいましょう」

勝茂もそのあたり如才ない。

「ときにお父上、まさかのせつは何となされます」

藤八郎がたずねた。日ましに険悪化する家康と三成の対立のことだが、直茂は自分の唇の前に人差指を立て、ついでに胸に手をやった。

「相わかりました。委細、お父上の思召《おぼしめし》に従います」

藤八郎は素直に答えた。こんどは勝茂が、直茂に目を向けた。

「太閤殿下の御遺命により、秀頼君、きたる一月十日、大坂城にお移り遊ばされ、そのせつ内府（家康）がお供されると聞き及びましたが、内府のお身、大事ございますまいか」

その機をとらえて、家康暗殺の動きがあることは、伏見でも隠れもないうわさになっていた。

「三成の秘命を受けた島左近《しまさこん》が、すでに手はず万端ととのえています由《よし》」

「信州、慎むがよい。かりにも五奉行のお一人たる治部少輔《じぶのしょう》どのを、三成呼ばわりは礼を失する」

「なれど三成は、お父上や加藤清正どのの戦功を、太閤殿下に偽り言上した痴《し》れ者でございますぞ」

「それはそれ、これはこれ」

直茂はおだやかにたしなめた。数日後、粉雪のちらつくなかを、わずか数名の供を従えて、どこへとも告げず出かけた直茂は、夕方ごろ戻ってきた。行く先はだれにも明かさなかった。勝茂が顔色を変えて問いただしにかかると、

「小舟であちこち漕《こ》ぎ回っただけじゃ。朝鮮の冬になじんだ身には、伏見の粉雪などなんともないの」

直茂ははぐらかした。

一月十日、秀頼のお供をして大坂城におもむいた家康は、十二日、つつがなく伏見に戻ってきた。家康の屋敷は、伏見城二の丸（西の丸）にある。一月にしてはめずらしく暖かなとある一日、直茂は家康をたずねた。すぐに、密談用の茶室に案内した家康は、やや唐突に切り出した。

「ご厚情、まことにかたじけない」

「は……」

「先ごろ、向島へ行かれたであろう。粉雪のちらつく日、小舟でな」

「ご存じで」

直茂は驚いた。

「許されよ。いつ何が起こるやらわからぬ昨今故《ゆえ》」

家康はいかにも柔和そうに目を細めてはいるが、その奥に、しんとする冷やかさが

見てとれた。直茂は口をひらいた。

「差出がましいことながら向島は、巨椋池《おぐらいけ》と宇治川に囲まれて、この二の丸のお屋敷よりも、よほどの要害かと心得ます」

「先ごろ秀頼君のお供をした折も、そう教えてくれた者がござる」

家康は名を明かさなかったが、おそらく黒田長政か藤堂高虎《とうどうたかとら》あたりであろう。

「近くわしも、向島へ移るつもりではいる。なにせ、ここは危ない」

二の丸のうちでも、家康の屋敷はいちばん低地にある。西は石田屋敷治部少輔丸、北と南も石田一味の屋敷で、いずれもかなりの高台にあって、家康の屋敷を見下ろすことができる。

「三方から弓を射かけ、鉄砲、大筒を撃ちこまれては、わが屋敷はひとたまりもない。それに、人の出入りも一目で見渡せる」

家康は大仰に首をすくめて見せた。その実、少しもおびえてなどいない。

「本日、てまえがおうかがいしたことも、ほどなく大坂の治部少輔の耳に達しましょう」

「ともあれ、ご忠告、お礼申し上げる」

家康はいんぎんに礼を述べた。そのあと、二、三の世間話をしてから、直茂は徳川屋敷を辞した。みずから玄関まで送ってきた家康が、ぽつんと声をかけた。

「当分、わしをたずねてまいられること、ご無用になさるがよい」

親切なのか皮肉なのかよくわからない。いくら暖かいといっても一月なのに、汗が肩衣《かたぎぬ》の背まで通っていた。石畳の右に梅の古木があって、蕾《つぼみ》がいくつもふくらみ、紅梅が二、三輪咲いているのに気がついて、直茂はやっと落ち着いた。

三

この当時の佐賀城は、竜造寺本家——村中《むらなか》竜造寺の居城村中《むらなか》城を、多少拡張した程度にすぎなかった。樟《くすのき》の緑が色濃くなりはじめたある日、留守をとりしきっている鍋島生三は、佐賀城の西六里余の多久に急使を送り、竜造寺家久を招いた。家久はその日のうちに、一騎駆けではせつけた。生三は家久より一回り近く年が多い。

「家久どの、去る閏《うるう》三月三日、加賀大納言《だいなごん》（前田利家《としいえ》）さまご他界にて、上方《かみがた》は大騒ぎの由にござる」

生三から渡された書状には、利家の病死を機に、故太閤子飼いの加藤清正、福島正則以下いわゆる武断派の七将の襲撃を、からくもかわし、向島の家康の懐《ふところ》に飛びこんだ三成が、五奉行の職を辞し佐和山城に引きこもったこと、いまは家康が、あたかも伏見城主のように振舞っていることなどが、手短に記してあった。

「生三どの、騒ぎの折、殿はなんとなされましたろう」

「わかりませんな」

そのことについては、書状にはなんの記述もない。

「長の朝鮮在陣で、加州どのもお疲れであろう。あとは藤八郎を大坂に置き、伏見は信州にまかせてしばらく帰国し、ゆるゆる疲れをいやされよ」

黒田如水や加藤清正とともに、家康の慰労の言葉を受けた直茂が、佐賀に戻ってきたのは五月なかばだった。家久と生三が、三成退隠の事情をくわしく聞き出そうとすると、

「まあ待て。帰国はありがたいが、せっかくの藤八郎君のお心づかい、豊後橋より、中秋の名月が見られぬが残念じゃ」

直茂はさりげなくそらした。

「藤八郎さまがさようなことを……」

「春のおぼろなら見たがのう」

家久は内心胸が痛んだ。直茂のとぼけぶりがふと憎くなった。生三が直茂の前に身を乗り出した。

「月見のことなどどうでもようござる。七将が騒いだとき、殿はどうなされました。殿にも誘いがあったはずでございます」

「わしは太閤殿下の御恩をこうむりはした。なれど、子飼いの者ではない」

「それはごもっとも。さりながら、三成のために再三苦汁を飲ませられたもうたこと、七将と同様でございましょう」

生三はむきになった。直茂は、口もとをほころばせるのみでとり合わない。

「どうでも仰せられずば、生三、高楊庵《こうようあん》に戻り、昔の得縁《とくえん》になり申す」

「さほど聞きたくば、その前に、まず余がどうしたか当ててみよ。見事当たれば、望みどおり高楊庵に帰してやる」

直茂がやはり一枚上であった。

「家久どの、そこもとおわかりか」

「とてもとても。生三どのさえ見当つかれぬこと、家久ごときがなんで」

その実、家久にはうすうす察しがついた。家久は、岳父《がくふ》（妻の父）直茂の性格を、あらかた知っている。いい意味でも悪い意味でも。油断もすきもないといわばいえようか。

「七将のだれからとはいわぬ。使者をもってたしかに誘いがかかりはしたが、余は断った。断りの口上、家久、わしになったと思うて申してみよ」

家久は首を左右にふり、口には出さず判断した。一字一句も違《たが》えずということは無理だが、直茂はおそらく、

「お誘いかたじけない。治少《じしょう》への恨みは山ほどあれど、てまえは太閤殿下子飼いというにもござらねば、このたびは遠慮いたすが筋と存ずる。願わくは、くれぐれも仕損じ召されぬように」

こんな答えをしたであろう。家久め、気づいたな、というふうに、直茂はにやりと笑った。

十月初め、勝茂から急使が着いた。生三と家久を左右にひかえさせて、直茂はその使者と会った。使者はあえぎあえぎ報告した。

「上方には一大事出来《しゅったい》、ただちにご上坂《じょうはん》願い上げまする」

上杉景勝《かげかつ》、毛利輝元《てるもと》、宇喜多秀家の三大老はじめ、諸大名の多くが帰国中を見すまし、去る九月七日、

「秀頼君に重陽《ちょうよう》（九月九日―菊の節句）を賀し奉る《たてまつ》」

と称して大坂に入城した家康は、家康暗殺を企てたとの風聞を理由に、前田利家の未亡人芳春院の甥土方勘兵衛《ひじかたかんべえ》、淀殿《よどどの》の乳兄弟《ちきょうだい》大野修理《しゅり》の両名を常陸《ひたち》へ追放し、その後、北政所《きたのまんどころ》が京都へ身を引いたあとの西の丸にいすわってしまったという。

「いかが対処すべきか、若い信州では手にあまるのじゃな」

「御意《ぎょい》」

「生三、家久、銀五百貫の用意があるか」

「ございます」

万一に備え、生三と家久が申し合わせて、貯《たくわ》えていたものだった。直茂は、兵を率いてただちに上坂、十月下旬、玉造屋敷に入った。即日登城してまず秀頼に目通りし、ついで西の丸の家康のもとに伺候《しこう》した。

「万が一のせつは、なんなりと仰せつけ下さいませ」

「加州どの、老体をいとわず、在国半年そこそこにて再度のご上坂、かたじけない」

双方、如才ない応対ぶりだった。この時期、大坂や伏見では、主君秀家と、宇喜多左京亮《さきょうのすけ》（後の坂崎出羽守《でわのかみ》）以下の老臣団が対立した宇喜多家の内紛ほか、大乱前夜ともいうべき騒ぎが渦《うず》を巻いていた。直茂に一日遅れて、家久が多久勢を中軸とする兵六百とともに大坂に到着した。

「殿、銀五百貫、たしかに用意してまいりました」

この銀五百貫が、後日直茂に対する悪評のもととなった。

四

家久は、上杉景勝謀反《むほん》のうわさが飛び交うさなか、慶長五年の正月を、玉造屋敷で迎えた。景勝に上坂の気配はない。

この年六月六日の夜、直茂は玉造屋敷の奥に、藤八郎、勝茂、家久の三名を呼んだ。燭台《しょくだい》の灯《ひ》で、四つの影が微妙に動く。

「内府さまは、本日西の丸に諸大名を集めて会津攻めの進路を議せられた。余もお供を願い出たが、加州はただちに国もとに帰るべしとの意外な仰せじゃ」

九州には、石田党の大名が多い。それで、豊前中津《ぶぜんなかつ》城主黒田長政の父如水、肥後熊本の加藤清正らとともに、石田党に備えよとのふくみに違いない。

「近く秀頼君は、内府さまに黄金二万両、米二万石をはなむけされると聞き及ぶ」

「とすれば、表向き、秀頼君の命による会津攻めということになりますな」

こういったのは家久。

「帰国は無念なれど、内府さまの仰せとあっては押し返せぬ。よって、この直茂に代わり、藤八郎と信州をお供させますると言上したところ、内府さまいたくお喜び下された」

「では、すぐにも出陣の支度にかかりましょう」

二十一歳の勝茂が気負い立った。

「あわてるな。その前に家久にいい置くことがある。まず心きいた家臣三名を選び、足軽どもを添えて、東海道筋や関東方面の町々村々から、例の銀五百貫をもって、内府さまに従い出陣のためと称し、去年の米を買い集めて、町年寄、村年寄に預けよ」

「東海道筋の大名衆から、異議は出ますまいか」

「心配すな。すでに内諾を得てある」

東海道筋の大名は、ほとんどが豊臣恩顧ながら、家康に心を寄せている者が多いので、問題はない。直茂はまた、米の価《あたい》まで調べ上げていた。

「銀一貫あたりおよそ米百石と聞くが、非常の場合ゆえ倍にて買い上げよ」

「すると、銀五百貫使い果たせば、二万五千石になりますな」

「その米をどうするかは、後刻そなたに申しふくめる」

直茂と家久の間で、以上のような応対があった。その間、藤八郎と勝茂は、黙ってすわっているのみだった。直茂はさらに指示をつづける。

「いったんは京におもむき、七月十日を過ぎて関東へ下向するように」

家久は無言でうなずいたが、

「それでは、他の諸将におくれをとります」

勝茂が不承知を唱えた。

「わが申しつけどおりにいたせ。朝鮮における戦いで、わが判断、ただ一度でも狂うたことがあるか」

これには、勝茂も一言もない。

「諸将は戦備をととのえ、われらの後を追うべし」

福島正則、黒田長政、細川忠興《ただおき》、池田輝政《てるまさ》ら、反石田の面々にそう命じ、六月十六日に大坂を出て、伏見城に立ち寄った家康は、十八日、直属の将士のみを従えて、関東下向の途についた。物見遊山《ゆさん》のようにゆるゆるした足取りだった。

竜造寺、鍋島の両軍合わせて九千八百を率い、上洛した勝茂はじりじりした。

「家久、洛中にのんびりとどまり、七月十日までも待っては、内府さまに遅れること二十日以上ぞ」

「ご案じなされますな。万が一にも、殿にお指図違いはございませぬ」

七月十二、三日ごろと思われるが、直茂の指示を守った竜造寺、鍋島勢の先発三千余は、佐和山城の西南、愛知川《えちがわ》付近に柵を結び、兵を配して関を設けた石田方に行く手をはばまれた。ということは、中山道《なかせんどう》を通り、垂井《たるい》から東海道の宮に出ようとしたのであろう。

「内府は秀頼君の仰せによって関東へ下向されたはず。その後を追おうとするわが軍勢の通行をなぜ差し止められる」

挙兵必至と見られていても、まだ表向きになっていないのが幸いだった。

「秀頼君の仰せなどではござらぬ」

「では秀頼君は、なぜ内府に黄金二万両、米二万石を与えたもうたのじゃ」

関を守る三成の兄正澄《まさずみ》に、勝茂にかわって家久がかけ合ったが、押問答の繰り返しで、いっこうにけりがつかない。炎天下に足止めされてしびれを切らした兵たちは、ようやく穂を見せ始めた稲田のあぜや、道ばたに腰を下ろした。それでも、すわというときは、さっと立ち上がる姿勢をとっている。

「夕立がほしいのう」

だれかが、のんびりした声を出した。

「日ごろの家久さまらししゅうもない」

そうこぼす者もいた。ここで行く手をさえぎられるのが予定の行動ということは、家久一人が知っているだけだった。むろん、すべて直茂の指示である。勝茂は迷った。玉造屋敷には、母の彦鶴《ひこづる》（陽泰院）やその侍女が、ごく小人数の家臣と残っている。武力で関を突破するのはたやすいが、それでは母を見捨てる結果を招く。父の直茂がここにいれば、九分九厘、

「捨て殺しやむなし」

と即座に決断するであろう。かといって、子たる勝茂は、母を犠牲にはできない。家久が、押問答に見切りをつけて戻ってきた。勝茂の苦悶の表情に気づいて、家久は思わず顔をそむけた。気の毒だが、真相を明かすことはできなかった。

「八日市《ようかいち》まで退きましょう」

家久の言葉に、勝茂はほっとした。八日市で、しばらく動静をうかがううち、なん

とか打開策が見つかるかもしれない。直茂は帰国に先だって、葉《よう》次郎左衛門を、家康のもとに差し出している。表向きは、

「内府さまの御意を承った上で、関東の様子を家久に伝えよ」

と申しつけたことになっている。これも、家久一人が知っていた。八日市滞留中、次郎左衛門からの使者が着いた。そのもたらした書状によれば、家康は七月二日、江戸城に入り、七日には、後を追ってきた諸将を城中に招いて、盛大な饗応《きょうおう》の宴を催したという。一方、大坂からは、三成の挙兵を知らせる使者が来た。

「先に秀頼君が、黄金二万両、米二万石を内府出陣のはなむけとされたのは当座の方便、ただちに大坂に戻られよ。近く西の丸には、総大将として毛利輝元どのが入られる」

太閤恩顧の大名を手なずけ、天下取りの野心をあらわにし始めた家康の傍若無人ぶりは、三成に対する恨みは恨みとして、勝茂も気づいている。藤八郎、勝茂、家久、それに数名の有力家臣を加えて評定の末、帰坂をきめた。以来西軍として行動した。

鳥居元忠、松平家忠ら千八百の決死隊が立てこもった伏見城は、七月十九日以来、宇喜多、小早川、島津、鍋島その他二十倍の寄手を相手に善戦したが、八月一日、ついに落城し、鳥居元忠以下ことごとく全滅した。

この伏見城攻めで、鍋島勢は百余級の首《しるし》を取り、前田玄以《げんい》、増田長盛《ましたながもり》、長束正家《なつかまさいえ》三

名連署による八月二日付の感状が、勝茂に与えられた。つづいて伊勢《いせ》に進んだ。

そのころ、葉次郎左衛門からまた密使がきた。去る七月二十四日、会津攻めの途中、宇都宮陣中の秀忠に、関東方面で集めた兵糧《ひょうろう》のうち、五千石を献納して、御感《ぎょかん》にあずかったという。また二十八日には、家康が小山《おやま》に諸将を集めて軍議を開いたところ、福島正則以下、従軍している豊臣恩顧の者が、家康に忠誠を誓ったとも密使は述べた。

仮屋で密使と会ったのは、むろん、藤八郎、勝茂、家久のみだった。密使は、

「もはや西軍に勝ち目はございますまい」

とも告げた。とすれば、早急に打つ手を考えなければならない。藤八郎や勝茂の面《おもて》に不安が宿った。

「家久におまかせ願えましょうや」

「そちの一存でか」

「まさかのとき、その方が好都合でございます」

藤八郎や勝茂を、巻きこまずにすむという意味だった。二人の返事を待たず、家久は陣羽織の裏地の一ところを、小柄《こづか》の先で切り裂き、油紙で包んだ書状らしきものを取り出した。

「これを内府さまに」

「家久、中身はなんじゃ」

「おたずねは、なにとぞ御無用に」

「最悪の場合、そちのみ腹を切るつもりか」

家久はわざと答えない。密使に渡した書状は、東海道筋で買い集めた、兵糧米献上の目録であった。むろん、具体的な数量は書きこんでない。

「買い集め候米《そうろう》一切」

右のような書き方をしてある。

五

伏見城、田辺城《たなべ》、大津城そのほか、各地における攻防は別として、関ヶ原の本戦は、九月十五日、まる一日とはかからず、西軍の総くずれに終わった。

これに先だつ八月下旬、毛利秀元、長宗我部盛親、安国寺恵瓊《えけい》、長束正家らと、富田信高の伊勢阿濃津城《あのつ》を攻めてこれを開城させ、そのまま伊勢路在陣中、九月十六日、西軍大敗を知った鍋島勝茂は、茫然《ぼうぜん》となった。十五歳の藤八郎は頼りにならぬ。命綱のような義兄家久がいるとはいえ、勝茂は鍋島勢の主将であった。

夜になって、幕舎の外に出た勝茂は、途方にくれた。東の空に顔を出した十六夜《いざよい》の月を仰ぐゆとりもない。

「家久、これでも父上のお指図違いではないのか」

「御意」

「いいや、お指図違いとわしは見る」

「さようなこと、仰せられますな」

家久はたしなめた。勝茂にしてみれば、父の命に従わず、ただちに関東へ下向していたら、こんなうきめを見ることもなかった、といいたいのであろう。

「腹を切る。それよりほかに、鍋島の家を守るすべはない」

勝茂は、露にしめった秋草の原に突っ立って、小具足《こぐそく》を脱ぎにかかる。

「うろたえなさるな。腹を切るべきときには、家久が進言つかまつる」

「しかし……」

「すでに手は打っておきました」

「どうしたというのじゃ」

「黒田長政どの、井伊兵部少輔《ひょうぶのしょう》直政どの、この御両所へ急使を立ててとりなしを頼み、佶《きつ》長老のお袖にもおすがり申したのでございます」

三十八歳の男ざかり、直茂が、行く末鍋島家の柱石となる人物と見ているだけに、家久は少しも動じていない。

「佶長老に……」

閑室元佶《かんしつげんきつ》、閑室は法号、元佶は法諱《ほうき》、別号は三要《さんよう》、肥前国晴気《はるけ》、円光寺出身の名僧で、足利《あしかが》学校の九代庠主《しょうしゅ》（学校長）をつとめたあと、いまは家康の帷幕《いばく》にあり、絶大な信望を得て、佶長老と呼ばれている。

ともあれ鍋島勢は、途中の道筋は定かでないが、家久が殿軍《しんがり》となり、野伏《のぶせり》の襲撃をしりぞけつつ、最後は大和、摂津の国境、暗峠《くらがりとうげ》を越えて大坂城玉造口の屋敷にたどりついた。

「家久、やはり生きてはおられぬ。内府さまに検使を請い、いさぎよく腹を切る」

またぞろ勝茂はこういい出した。家久は声を高くした。

「どうでもお腹を召されたいのなら、いっそ内府さまの御前にて、見ん事切りなされ。ご母公さまにも申し上げれば、鍋島加賀守のせがれともある者が、何という取り乱しようかと、きつくお腹立ちなされましょう」

手きびしく諫言《かんげん》した家久は、九月二十五日、久納市《ひさのういち》右《え》衛門《もん》、甲《か》斐《い》弥《や》左《ざ》衛門《えもん》の両名を、まだ大津在陣中の家康のもとへ、お詫び言上におもむかせた。根回し十分のこととて、

「年来の加州の誠意に免じて、このたびは一切罪に問わぬ。いわば母思いから出でたる迷い、つぐないには、大坂には藤八郎を残し、その方は国に帰って柳川城を攻めよ」

それだけでことがすんだ。そのころ、国もとでは、関ヶ原の敗報が届き、直茂は老

いの胸を痛めていた。ふつうなら、とっくに仔細《しさい》が伝わっているところだが、混乱のせいか、勝茂の生死さえわからない。島津、立花、それに勝茂が西軍に与《くみ》したとあっては、いずれ家康が、東軍の諸将に命じて、九州に攻めこんでくるに違いない。

「勝茂が生きてあればともかく、死んだとあっては、一門一族、挙げて手向かうまで」

堀を深め、柵を結び、応戦の支度にかかっているところへ、勝茂の使者田原右馬佑《たわらうまのすけ》が駆けつけた。

「信州さまは、殿にお詫びのため、まっすぐ柳川に向かわれるご所存にございます」

「ばかな。勝手なこと許さぬ。立花どのは武勇の将、故太閤殿下（当時関白）九州平定の折、わしと立花どのは島津攻めの先鋒《せんぽう》をともに命じられ、朝鮮においても、たがいに苦難を分かち合った仲じゃ。行きがかりとはいえ、その立花どのを敵とするはまこと心苦しい。急ぎの戦いは無用なれば、いったんは佐賀へ戻れ。しかる後、書面をもって城攻めの日を告げた上、正々堂々と戦わねばならぬ。右馬佑、苦労じゃが、すぐ引き返して、この旨《むね》信州にしかと伝えよ」

六

城を明け渡して柳川を去る折、宗茂が、家臣一同に、

「鍋島どのを恨むでないぞ」

と申し渡したことを、後日知って、

「かたじけなや左近将監《さこんのしょうげん》どの、わが心底、見抜いていて下されたか」

目をうるませて述懐した、十七年前の直茂の声音が、多久《たく》長門安順《やすとし》の胸によみがえったが、宗茂の言葉の裏は、いまもって解くことができない。死んでから開けといって渡された直茂の密書は、長門のもとにある。

「鍋島の汚さよ」

諸大名の悪評をこうむった理由を、長門は知り尽くしている。葉次郎左衛門がしたことも、家久が大量の米を、目録に記して家康に届けたことも、すべて直茂の事前の指示によるものだった。その事情が、いつとなくあちこちでささやかれた。

「東軍に勝算なしと判断したら、その米、加州は大坂に届けておろう」

直茂に対する非難はそれに尽きた。

九分九厘そのとおり、と長門も思わざるを得なかった。だが一方で、何か仔細があ

るはずという気もする。鍋島どのを恨むでないぞと家臣に命じた宗茂の言葉の裏と、かたじけなや左近将監どのと、目をうるませた直茂の言葉の裏を読みとれば、おのずと明らかになるだろう。直茂にとって、太閤の恩が重いか家康のおかげが重いかはかりにかければ、はかりはたちまち太閤に傾くに違いない。太閤の恩を、亭々と天に沖《ちゅう》する大樹とすれば、家康のそれは小枝一つにすぎなかろう。

「加州さまほどのお方が、もちっとましなななされようがなかったものか……」

正直、長門は情けなかった。その長門が驚愕させられる日がきた。元和三年秋のある日、長門は勝茂に呼ばれた。面に当惑の色がいちじるしい。

「父上が、多布施館の書院を取り壊せと仰せられた」

「書院をくずせと……」

「それだけならまだしも、泉水を埋めて、中之島の野面石《のづらいし》（自然石）を逆修《ぎゃくしゅ》に用いるといわれるのじゃ」

中之島というのは、多布施館の庭、泉水の真ん中あたりに築いた島のことで、その島に、厚味はさほどないが、重さは相当あるらしい細長くいびつな形の野面石がすえてある。石の幅は上下の釣り合いがとれていない。

「それを逆修に……」

逆修とは、生前に死後の仏事をすますことをいう。乱世に生まれてしばしば戦場にのぞみ、敵を殺して、生死の境をいくたびもくぐり抜けてきた武将たちに、逆修をいとなむ例が多かった。逆修の逆には、あらかじめという意味がある。

「結構ではございませんか」

長門の父故竜造寺和泉守《いずみのかみ》長信も、母の芳岩《ほうがん》も、逆修碑を建てている。長門自身にも、父母にならいたい気持があった。ただ直茂が、野面石を用いるというのが多少ひっかかる。野面石の墓碑を建てると、子孫が絶えるときらう者があった。

「そのとおりよ。母上や、多布施館詰の女どもがいやがってな。だが、それは説得できぬこともない」

「では何が……」

「じつは父上が、難題申されるのじゃ」

直茂にも劣らぬ英主といわれ、三十八歳にもなる勝茂が、ほとほと困り果てたようにため息をもらした。

「難題と仰せられますと」

「碑面の銘よ」

直茂は勝茂に、

「石の裏を斧《おの》にて少し欠き、表には、鍋島加賀守豊臣朝臣《あそん》直茂と刻むように」

と命じたという。これには、長門も言葉を失った。関ヶ原の戦いの折、佐賀三十五万七千石は没収されるべきところを、信長老以下のとりなしで、ようやくまぬかれた。これは幕府に対して最大の負い目となっている。いま直茂の逆修碑に、豊臣朝臣などと刻んではどうなることか。

「ほかならぬお父上のお頼みゆえ、かなえて差上げたいはやまやまなれど……」

勝茂はにじり出て、

「長門、よい思案はないか」

「即座にはとてもお答えできませぬ」

その実、長門はあることに思い至った。

「今夜一晩、考えさせて下さいまし」

「頼むぞ」

「ときに生三老は、なんと申しておられましょう」

「これは長門どのに相談なさるほかございますまい、と申しおったわ」

勝茂の御座の間から退出した長門は、こころよい秋の夜風に吹かれながら、数名の供をつれて下城した。十三夜の月が出ていて、灯《ひ》は要らない。ただ、樟の下は相当の暗さだった。この当時の多久屋敷は、赤松屋敷とも呼ばれていた。手早く遅い夕食をすました長門は、千鶴以外、だれも近づけぬようにしている奥の小座敷にこもった。

直茂の密書は、ここに置いてある。

髪に白いものが見え始めた千鶴が、もう一つ燭台を運んできた。

「まあ、すわるがよい。そなた、三日ほど前に多布施に出かけたな」

千鶴は小声で、はいと答えた。勝茂には聞きにくいことも、千鶴には遠慮なくたずねることができる。

「大殿に、ごもうろくのきざしは見られなかったか」

「いいえ、格別に。でも、耳のただれに難渋の様子はございました」

長門が、さきほどの勝茂とのやりとりを打ち明けると、千鶴も驚いた。

「そなた、立ち会ってくれ」

死後と命じられた密書を開く以上、やはり一人では気がとがめる。

「かしこまりました」

違い棚の下の地袋から引き寄せた文筥《ふばこ》のひもをほどき、ふたをあけて、取り出した密書に目をそそいだ長門は、ややあって息をつめた。千鶴にも見せる。

「このようなことを……」

声がふるえた。千鶴には口止めの必要はない。長門自身も口は固かった。

「かたじけなや左近将監どの、わが心底、見抜いて下されたか」

密書の文面は、おのずから、十七年前の直茂の述懐、ひいては立花宗茂の言葉にこめられた真意を解く鍵《かぎ》になっている。世は徳川の天下というのに、逆修の碑面に「豊臣朝臣」とあえて刻もうとする直茂の心の奥を、長門はやっと悟った。

「それにしても、わが血めぐりの鈍さよ」

長門は恥じた。密書には、公儀に知られたときの弁明の文句まで書いてある。密書を預かっていることは、長門と千鶴しか知っていない。だれかに明かす必要もなかった。

「わしが密書どおりに動けばよい。死ぬまでには、わしに代わる人物を見つける」

腹はきまった。明くる日、定めの時刻に登城した長門は、勝茂の御前に伺候した。

「遅いわ」

勝茂はいらだっていた。長門に対して、こんな物いいをすることはめったにない。

長門は笑って答えた。

「てまえが早ばやと登城すれば、何事かと家中《かちゅう》の者が騒ぎましょう」

「それもそうよの。許せ」

勝茂は長門のゆとりに気づいた。

「思案がついたとみえるな」

「御意。大殿の仰せどおりになされませ。万が一のときは、この長門が申しひらきをいたします」

長門はにこっと笑った。色白で瘦身だった若いころの鋭い面差《おもざし》が、いまは福々しく変わっている。

七

元和四年、名物の樟の若葉で、城内城外を問わず、佐賀の城下一帯、緑に染まる季節が訪れた。直茂の容態はいよいよ悪い。去年の秋の末に、望みどおりの逆修碑が建てられると、直茂はいくらか持ち直し、うみのしたたる耳に白布をあてながら、邸内をゆるゆる歩いて、時に感慨深げに逆修碑の前に立つこともあったが、昨今はほとんど寝たきりだった。

直茂はどうやら、食を断って命をちぢめるつもりらしい。

「わしはこれまで、直《す》ぐなる心を持って生きてきたつもりじゃが、我知らず過ちを犯し、天道《てんどう》（天地自然の法則）により、耳におとがめをこうむったとみえる。くさり死にしては子孫の恥となり、わが武名もすたる」

といい、薬湯もしりぞけたが、

「親の死場に、薬ものませなかったとあっては、勝茂、立つ瀬がございませぬ」

こういわれては断るわけにもいかず、直茂はしぶしぶ薬湯のみは用いた。お薬煎《せん》じ役は林栄久《りんえいきゅう》こと林利兵衛《りへえ》貞正《さだまさ》、直茂が朝鮮からつれてきて、帰化させた人物であった。

ある日近習《きんじゅ》の助けを借りて上半身を起こした直茂が、栄久が煎じた薬湯を、ほんの一すすりしただけで、いきなり椀《わん》ごと障子にたたきつけた。

「栄久、おのれは米をまぜおったな」

「さようでございます。久しく食を断たれ、あまりにもおからだがお弱りゆえ、お許しも受けず、一存をもって水も同様のかゆを少々まぜました。お腹立ちならば、切腹仰せつけ下さいまし」

「ならばよい。ただし、今後二度といらざることはすな」

ようやくきげんを直した直茂は、当時としては、夏の盛りの六月三日、八十一年の生涯を終えた。その数日前、多久長門は、多布施館におもむいて、それとなく別離の情に身をゆだねた。目と目を見かわしただけで、言葉は要らなかった。

それでも、直茂は一言、

「家久……」

耳にてのひらをあてて、やっと聞きとれるかぼそい声で、長門の昔の名を呼んだ。あるいは関ヶ原の一戦における正念場が、直茂の脳裡《のうり》をかすめたのであろうか。

ちなみに、直茂の法名は、

——日峰宗智大居士《にっぽうそうちだいこじ》
多布施館には、勝茂が父のために、宗智寺を建てた。また安永年間に創建された、

直茂を主神とする松原神社をさして、佐賀の人びとは、日峰さん、同神社の春秋二回の祭りをも、やはり、

——日峰さん

と呼ぶ。

さて、直茂の百カ日も終わったある日、勝茂は長門を茶室に招いた。茶を振舞うのが目的ではない。

勝茂の顔は青ざめ、こわばっていた。

「なりませんぞ」

長門は機先を制した。

「読めたのか、わしが何をいうか」

「お顔に書いてござる。逆修碑を取りくずすなどもってのほか」

長門の形相が一変した。長門のこのような凄《すさ》まじい顔を、勝茂はかつて見たことがない。長門はつづけた。

「無礼は切腹をもってお詫びつかまつる」

「この上何をいいたいのじゃ」

長門は勝茂に背を向けた。そして、朗々たる声でこういった。

「公儀のお使者にお答え申します。故加州の逆修碑に、豊臣朝臣と刻みましたのは、

豊臣を慕うにあらず。三十五万七千石の大名として、人がましく御公儀に忠勤を励むことができますのは、これひとえに、故太閤の引き立てによるもの、されば……」

「わかった。もうよい。父の逆修碑は、このまま後世に残しておく」

「かたじけのうございます」

勝茂の方に向き直って長門は平伏した。

「それにしても長門、ようもまたそのような申しひらきを……」

「これしき、長門にとってはお茶の子でござる」

「ぬけぬけというわ」

長門はふたたび平伏して、唇をかみしめた。でないと笑い出すおそれがある。長門は、心の奥でつぶやいた。

——わしの背後には、たぐいまれなる軍師がひかえてござるでのう。

戦国権謀

——本多正純——

松本清張

松本清張《まつもとせいちょう》（一九〇九～一九九二）

福岡県生まれ。尋常高等小学校卒業後、印刷所の職工などを経て朝日新聞社に入社。一九五〇年に「週刊朝日」の懸賞に応募した「西郷札」が入選。翌年「或る『小倉日記』伝」で芥川賞を受賞する。社会悪を告発する『点と線』『目の壁』が大ベストセラーとなり、社会派推理と呼ばれる新ジャンルを確立する。社会的な事件への関心は、ノンフィクション『昭和史発掘』『日本の黒い霧』へと繋がっていく。『無宿人別帳』『かげろう絵図』『西街道談綺』など時代小説にも名作が多く、『火の路』『眩人』では斬新な解釈で古代史に斬り込んでいる。

善き因果は、報い共覚えなし。悪しき因果の悪しき報いは見え易し。さもある、佐渡は三年も過ぎずして、顔に唐瘡《とうがさ》を出かして、方顔くずれて奥歯の見えければ、其儘《そのまま》死。子にてある上野守は、御改易被《な》レ成而《されて》、出羽国由利へ流され、其後秋田へ流されて、佐竹殿へ預けられて、四方に柵を付、壕《ほり》を掘りて、番を付られて居たり。皆〳〵申しならわすも、実《げ》には、さもあるか。(『三河物語』)

一

慶長十二年、家康は駿府に引っこむと、今まで従っていた本多《ほんだ》佐渡守正信《まさのぶ》を江戸の秀忠のもとに傅役《もりやく》として置き、自身は正信の子の上野介正純《まさずみ》を手もとに使った。

駿府は上方から江戸に行く途中で、西国の大名たちがしきりと伺候《しこう》する。このとき大御所に謁《えっ》する者はすべて上野介を通せとあって、いずれも正純に取次を求めた。正純の計らいがなければ家康に会うことができぬ。どのような有力な大名も正純には会釈した。

事実、家康は何事も正純任せである。駿府の政務はほとんど彼の一手にあった。家康は齢《よわい》七十に近づいている。顔艶も光っていて、この四、五年いささかの衰えもない。ひまさえあれば近辺の野に出かけて放鷹《ほうよう》をしていた。大坂にはなお、秀頼母子が健在であり、家康は心中期するもののごとく、山野を歩いて、自ら老体を鍛錬するふうに見える。

家康の執事として、いっさいを任せられた正純の取りさばきは、てきぱきと見事であった。その仕事ぶりは傍から見る者にも爽快なほどで、彼の頭脳のよさを知らされるのである。十六の時から家康に仕えた彼は、家康の心の隅まで肉親のように心得ていた。家康から一々指図をうけるまでもなく何事も自分で処理した。それが悉《ことごと》く家康の心に叶わないものはない。家康の勘どころを押えて狂いがないのである。

駿府に伺候する諸大名は、誰もがまず正純の顔色をうかがった。正純の一諾一否がそのまま家康の意志につながるからだ。

正純は四十二、三の壮年である。眉濃く精悍《せいかん》に溢れている。眼は大きく唇は薄く、親しみのある容貌ではない。こちらから話をしても眼を別なところへ向けて聞いている。常に満身の触角を動かしている感じである。何かを頼みにいく者のほうでは、剃《かみ》刀《そり》の冷たい刃色を見るような印象をうけた。

駿府を発して、江戸に着いた大名たちは、将軍秀忠に謁した。その謁見の前後には老職本多正信に会わねばならぬ。駿府でその子の正純に会った者は、ここで同じ鋳型《いがた》の年老いた面貌を見るのである。正信は額が禿げあがり、頰骨が出て、くぼんだ眼窩《がんか》に眼玉だけが大きい。もはや、七十を越し、深い顔の皺は無数である。瘦身、背も曲がりかけている。

彼に会った感じは、一口に云うとおだやかであった。いつも老人のおとなしい笑いを顔に湛えている。世辞がうまく、話の仕方も如才がなかった。これは子の正純と反対であった。が、会う者はこの老人が辣腕《らつわん》家だと聞いているだけに、かえって薄気味悪く感じた。

正信の働くことは人一倍である。ひとりで江戸の政務を切りまわしている。やはりこれも正純と同じであった。老職はむろん他にもいたが、正信の前にはまるで精彩がない。秀忠も彼に向っては自由なことが云えなかった。正信の云うところがすべて家康の意志なのである。

江戸と駿府と、同時に父子は相ならんで老職出頭人であったから、権力は知るべしである。

――諸将軍士、皆膝を屈せざるなし、武門にありて父子柄《へい》をとる、細川頼之《よりゆき》、頼元《よりもと》の管領たりといえどもまた過ぐる能《あた》わざるなり。

とは本多父子を評した或る儒者の文章である。
しかし、この正信もかつては一度、家康から背《そむ》いて去ったことのある男なのである。正信が以前、家康のもとを逃げたのは、永禄六年の秋、三河の一向宗一揆の時であった。まだ家康が松平姓を名乗っていたころで、家康は二十二歳、正信は二十六歳であった。

家康と一向宗との争闘は些細なことから口火が切られた。
家康はかねて手切れとなっていた今川氏真《うじざね》に備えるため領国佐崎に新しい砦を築いた。その糧米を土地の上宮寺から借上させることにした。折りから収穫がおわって寺内には籾《もみ》が秋陽の下に夥《おびただ》しく干してある。寺の承諾の返答がないのに、軍兵たちはこれを全部砦に運び入れてしまった。上宮寺は一向宗の院家である。守護不入と称えて領主の干渉も許さない。籾を強奪したのはこの特権を侵犯したというので、寺側は人を集めて当の支配であった者の邸に押し入って狼藉《ろうぜき》を働いた。これが発端となって騒動がひろがったのである。

口火は些細でも、紛争の根は深かった。北陸、近畿、東海の諸国はいずれも一向宗の勢力が盛んである。乱世にあっては、どのようにありがたい深遠な仏恩も、実力がなくては何のかいもない。宗徒はことが起ると、すぐ一揆となって戦さを仕かけた。

三河の一向宗の勢力は宗祖親鸞《しんらん》の矢作《やはぎ》での説法や蓮如《れんにょ》の巡教以来国内に蔓延《はびこ》っていた。針崎、野寺、佐崎はいずれも家康のいる岡崎から一里もはなれぬ土地だが、院家の三カ寺があり、宗権を張って領主と対抗していた。

一揆方は諸方の同宗の者に呼びかけて、人数を駆り集めた。これに馳せ参じたのは庶民ばかりでなく、家康の家臣からも出た。君臣の縁よりも、仏縁の未来永劫をたのむ信仰からである。

城方で一揆の陣に投じていった数は少なかった。譜代の将や、家康の妹婿まであった。本多正信もその一人である。

一揆にたいしては家康は必死に闘った。背後からいつ押しだしてくるかわからない今川勢のことを考えての働きは必死と云うも大げさな形容ではない。氏真が大軍をあげて殺到してきたら一堪《ひとたま》りもなかった。が、爾後《じご》しばしばおとずれた幸運が、すでに若い家康に顔を出していた。好機を逃して氏真は戦わず、家康は頑強な一揆を無事に鎮圧することができた。

宗徒勢が降伏した時、家康が命を許したにもかかわらず、一揆のおもだった者はほとんど逐電《ちくでん》してしまった。正信もその中にあった。正信は早くから家康に仕えていたが、鷹扱いが巧者だというだけで、格別、この時までは家康は重く見ていなかった。

正信がそれから十九年の間、畿内、北陸、東海の間を放浪していたことは間違いない。時には一時の主取りをしたこともあった。が、すぐ暇をとって流浪した。大和の松永久秀は、正信を見て、自分のところに来た徳川家の侍は少くないが、彼は強からず、柔らかからず、卑しからず世の常の人物ではない、と云ったというが、それほどの男がいたずらに漂泊に年月を送った。その間の苦労辛酸《しんさん》は誰も知る者がないのである。

十九年の歳月はもとより逐電当時二十六歳だった彼を初老の男に仕立ててしまった。若かった彼も長い放浪のうちに、つぶさに人の心を知り、世の推移を知って、老成した。同時にようやく流浪の生活がもの憂く思われはじめた。両鬢《りょうびん》に白髪が目立つにおよんで、さすがに心に寒い風が吹くような寂しさを覚えたのであろう。

彼が旧知、大久保忠世《ただよ》を通じて、旧主家康に帰参を願い出たのは、こういう心からであった。

二

天正十年六月、家康が堺を見物していた時に、本能寺の変が伝った。さすがの家康もうろたえて、このまま入洛して知恩院で腹を切ろうなどと云いだしたのを皆でなだめた。あまりの変事に家康ほどの者が動顛《どうてん》したのである。

にわかに家康主従は帰国をいそいだ。すると一行が宇治のあたりまでくると思いがけぬ人物に出会った。十九年前三河を出奔《しゅっぽん》した本多正信である。家康はおどろいて彼の顔をみつめた。その顔はすでに老人にちかかった。

正信は家康の不審に答えた。忠世を通じてさきごろから帰参を願ったところ、幸いお許しがあった。よろこんで加賀からいったん三河に帰ったが、ご上洛と聞いてじっとしておれず、京にのぼる途中、大津でさらにご滞在中であることを知って慕って参った、と云った。家康はそれを聞いて悦び、この変動の旅先で、一人でも味方の者がふえたのを気強く思い、正信に道中の案内を申しつけた。彼は長年諸国を流れ歩いていただけに、この辺の地理に明るかったからである。

彼らがふたたび主従の縁を戻した時は家康は不惑を越え、正信はさらに四つ年上である。爾後の正信の分別が家康をよろこばせたのは、部下の多くが世間の事情にうとい田舎の武辺者《ぶへんしゃ》であったにくらべ、放浪十九年にわたる正信の体験と見聞が天下の情勢に通じていたからである。彼の見識が一段と諸将を抜いていたのは当然で、しだいに家康の重用するところとなった。

慶長三年秀吉が死んだ時は、家康五十七歳、正信六十一歳である。お互いがすでに気心を知りあっていた。

こういうことがあった。石田三成が福島、加藤、黒田などの諸将に追われて女乗物にのって家康の伏見の旅舎にのがれてきた時である。自ら手中にとびこんできた三成は活殺自在である。その夜、家康が三成の処置を考えていると、夜半近くになってしきりと咳払いをしながら正信が寝所近くにはいってきた。今時分、何事かときくと、余事ではござらぬ、三成がことはいかが思《おぼ》し召さるるかと、正信は反問した。家康が、されば自分もそのことで今いろいろと考えている、と云うと正信は微笑して、さても心やすくなって候、そのこと御思案なされる上からは、この上何を申そう、と云って退った。家康はそれでにわかに悟ったように三成を無事佐和山に帰す決心になった。

正信は家康の腹の中にはいったように、その考えを知った。家康が迷っていれば自信をつけてやった。家康は正信の云うことなら、何でも安心できた。後になると、二人は主従というよりも友人の間であった。また、よく働くことでも正信は家康に気に入られた。江戸城の経営は文禄元年から翌年にわたってのことだが、普請は正信が奉行した。彼は夜の明けぬ暗いうちから工事場に出て指図し、朝めしは昼ごろ、夕飯は宿にかえって深更におよぶという精勤である。風雨、雪中にも一日の懈怠《けたい》もなかった。この普請の出来は深く家康の心に叶った。

が、正信がしだいに登用されるのを、むろんよろこばぬ者も出た。正信が武功一つないのを蔑《さげす》んだのである。

ある時軍議の席で正信が何かの発言をすると、榊原康政《さかきばらやすまさ》は彼を睨みつけて、その方などのように味噌塩の算用だけで腸《はらわた》の腐った者には、かような手だてはわかるまいと、罵った。本多忠勝《ただかつ》は正信を評して、腰ぬけ者じゃとはばからず嘲笑した。

このような面罵も陰口も正信はとりあわなかった。彼らの単純さを肚《はら》でわらっているだけである。相手の者から見たら、そういう正信の態度は老獪《ろうかい》に見えたに違いない。苦労人と見るのは味方の側からだけである。これはまるで、人物の風袋《ふうたい》が異っていた。

関ヶ原役がすむと、康政も忠勝も家康の周囲から離れる仕儀となった。休息せよ、との命で、おのおの在所の居城に遠ざけられたのである。これが正信の策動だと察した時の彼らの憤りは云うまでもない。が、どうすることもできなかった。ただ、康政が自分の病気見舞いにきた家康の使者に、それがしも近来腸が腐って、かような身体になり申した、と蒲団から下りもせずに云い、同じく家康から使いをもらった忠勝が、お礼に江戸に参りたいが近来腰が抜けて、と云ったような皮肉を吐くのがせいぜいの反抗であった。

正信の地位がすすみ、権勢がつくと、不思議と対立者は墜《おと》されるのである。

正信と相役《あいやく》であった内藤清成、青山忠成の両名が関東奉行職をはがれたのもそうである。両名については正信は家康に向って或る諷諫《ふうかん》をした。それが何となく底意のある言い方である、畢竟《ひっきょう》、肚では両人をわざと落そうためであろう、というのが人々の取り沙汰であった。

正信と同席の、秀忠付きの老職大久保忠隣《ただちか》が改易されたのも、そうである。

大久保家は三河譜代の中でも忠功比類のない家柄で、代々老職に列し、ことに忠隣は秀忠の補導役であった。その息忠常は家康の外孫を妻にもらったくらいである。それほどの忠隣が改易を命ぜられたのであるから世間は奇異に思った。

三

正信と忠隣の間は、すでに慶長五年、秀忠が中仙道を通って関ヶ原に急ぐ時、上田の城にかかった折りに戦法のことで意見が分れ、感情的な不快があったと云われている。が、もとよりそれが二人の溝の大きな原因ではなさそうである。

正信にとっては忠隣の父忠世というのは恩人であった。正信が若いころから何かと力になってやり、彼が出奔して十九年めに帰参を望んだ時に、家康にとりなしてやったのは忠世である。忠世にすれば正信は見所ある若者と思ったであろう。正信もその恩義を感じて、佳例として大晦日と正月三日間は忠世の所で必ず食事をするのを例としていた。忠世が死ぬ時、正信に、わが子忠隣にはこの後も無沙汰してくれるな、と云いおいたほどである。

忠隣は十三の時から五十年間家康に仕え、その寵をうけ、文禄二年以後は秀忠付きの老職であった。権勢ならびなく、その門前には毎日輿馬群をなした。忠隣は己れに取り入ろうとするこれらを一々もてなし、面識のない者が座敷に黙ってすわっても膳が出るというほどである。茶の湯好きな彼は大名たちはもとより、使者にまで手ずから茶を振る舞う。人望が集ったわけだ。

だから、その子の忠常が居城小田原で死んだ時は、人々は争って江戸から弔問にかけつけた。小田原に駆けいく者、日に数百人、諸大名や旗本の諸士で道も捌《さば》けぬほどであったという。支配方や組頭にも無届けで急行した者も多数である。秀忠の近侍の者でも断りなく闕勤《けっきん》して奔った。

この、同席老職の異常の人気を、正信はどううけとったか。

まもなく、家康、秀忠は、「あまりに仰山《ぎょうさん》なるしかたである」と云って、近臣の弔問の者どもを譴責《けんせき》した。正信が、そう進言したのだ、との陰口が行われた。

忠隣は、そのことを聞くと、小田原に引きこもって急には出仕しなかった。表むき遠慮の体《てい》だが、内心怫然《ふつぜん》としている。彼は事ごとに短気となり、愚痴が多くなった。日を経て、ようやく出勤したが以前のとおりの勤仕ぶりではなかった。

ある日、家康は正信に云った。

「近ごろ、相模《さがみ》（忠隣）が、しかしかと出仕もせぬと聞いたが、いかなるわけか」

正信は答えた。

「されば、何事とは存じませぬが、亡きわが子の嘆きに沈んで、自然とご奉公も疎略になったのでござりましょう」

彼は、はっきり、ここで〝ご奉公が疎略になった〟と云った。

家康はそれを聞いて眉根を寄せ、

「余人ならば格別、相模には似合しからぬのう」

と呟いたが、家康があきらかに不機嫌になる表情を、正信は黙って見ていた。

まもなく忠隣は耶蘇《やそ》宗門取締りのため上洛を命ぜられたが、このときすでに家康は正信や藤堂高虎などと密談して彼の罪科をきめていたようである。忠隣は京都の旅舎に着いた時、不審を蒙って改易の命をうけ、彦根にお預けの身となった。

忠隣の改易のもう一つ、心当りの原因は、彼の苗字子《みょうじこ》であった大久保長安の不始末もあって、家康の心証を損ねていたにもよろう。長安は、もと大蔵藤十郎といって一介の能役者であったが、その鉱山開発の特殊な才能を家康に認められ、用いられて佐渡、石見《いわみ》をはじめ、諸国の金銀山を開発した。この藤十郎に大久保姓を名乗らせたのは家康で、彼を登用するあまり譜代の名家大久保の籍につけたのである。忠隣は、つまり長安の苗字親であった。しかるに長安に私曲があり、彼の死後、家康はこれを追罰した。家康が忠隣を不快に思ったのは、そういう長安の曲事を、長い間、苗字親として常に出入りをさせていた忠隣が知らぬはずはない、ということからである。長安の不浄財が忠隣にも流れていたと家康は想像したのであろう。

　家康は人一倍、私欲の人間を嫌った。彼が正信を寵用したのは正信に私利の心がなかったからである。家康が天下をとってから、譜代の武将たちがいずれも禄高の少いのに不平を持っている時、正信は一万石か二万石で満足した。それ以上やろうと云っても要らないと断った。年頃御恩に潤うて家富まずといえどもまた貧しからず、若い時から打物とってさしたる功名もなく、齢傾いた今ではこれから先の武功も望めない、どうか余分があれば他の勇力の士にやっていただきたい、と云った。正信が家康の心に深くはいりこむはずだった。正信の云うことなら家康は何でも信用するわけだ。忠隣を疎《うと》む心が、正信への信頼となって倍になって傾斜していったと云ってもよい。

　正信は忠隣改易の相談にあずかったくらいだから、忠隣を助けようとはしなかった。

　大久保一族は、忠世に恩義の深い正信が、忠世の子の忠隣の改易には傍観していたばかりでなく、足をすくって落したのだ、と云って恨んだ。

　忠隣が改易になった時、あれほど群がってきた者で、誰一人としてこれを助ける人物がいなかった。酷薄な人情というよりも、正信をはばかったのである。

　忠隣が寂しく配所に赴いた慶長十八年以後は、本多正信、正純父子のひとり権勢の時代である。いわゆる〝諸将軍士、皆膝を屈せざるなし〟のありさまであった。

四

慶長十九年十月一日、家康は鐘銘《しょうめい》問題から秀頼の大坂方と手切れとなり、諸軍に出動の令を発した。家康年来の宿望である。

老齢すでに七十三、絶えず自分の死期と願望と競っているような焦慮を感じていた彼は、ことここに至った本懐に欣喜した。

「すみやかに馳せのぼって敵兵を打ちはたし、老後の思い出にせん」と、大刀を抜いて床の上に躍りあがった。顔色も動作も急に若やぎ、別人と見紛うばかりである。秀忠が土井利勝を使いとして、ご老体なればそれがし一手にて当るべし、と請うたが、すぐに斥《しりぞ》けた。家康の勇躍はこの眼で大坂の崩壊を見届けたいからである。彼は老来の意気揚々として駿府を発し、途次、鷹野《たかの》を愉しみながら西上した。

しかし、家康の期待に反し、大坂は急には落城しない。十二月二十日、両軍の和議が成った。

家康は旅先で越年して正月をすごし、途中ふたたび悠々と放鷹しながら帰東の途につき、岡崎に到着した。この時、心中、何かの知らせを待つもののようであった。

——和議の条件の一つは、大坂城本丸を残し、二丸三丸を壊し、外濠を埋めることであった。この工事奉行は本多正純、成瀬隼人《はやと》、安藤帯刀《たてわき》などである。労役を命ぜられた先手の諸将は士卒数万人を引き具《とも》し、大坂城に雲霞《うんか》のように群れて、櫓《やぐら》といわず、塀といわず、ことごとく打ち毀《こわ》して濠の中に投げ入れて石垣を崩しこんだから、外濠は数日もたたぬうちに平地となった。なおもすすんで、二の廓にはいり、中仕切りの濠も同じく埋め立てはじめたから、城方は仰天して抗議したところ、大御所の仰せにて本多正純よりの指図なり、ご不審があれば正純に申されたし、われわれは正純の支配で働いているだけでござる、と答えた。

それでは、正純に掛けあおうとしたが、このほどは正純所労と称し、住吉の旅宿に引っこんで会おうとしない。この使いは、お玉という淀君の侍女であったが、成瀬隼人は、さてもお玉殿の眉目《みめ》美しさよ、などと口戯《ざ》れを云い安藤帯刀は、一言も口をきかず、かまわず人夫どもに濠埋めの工事をすすめさせた。

城方では憤り、いそいでお玉に大野主馬《しゅめ》を添えて京都にのぼらせ、本多正信に面会して詰問すると、正信は驚いた体をし、

「正純め、うつけ者にて物の下知するすべも知らぬとみえ申す。ただいま、この由を大御所に申したいが、それがしもこの二、三日来、風邪をひいて薬を用い、引きこもりいる体で、やがて出仕いたすほどにしばらくお待ちくだされ」

と、答えた。しかし正信の病状は日々長びき、大坂の使者は苛立って他の者に掛け

あったが、本多殿でなければ、といっこうにらちがあかぬ。とかくしているうちに、濠は本丸近くまで半ば埋ったころ、はじめて正信は家康の前に出て、大坂の使いのことを云った。

家康はそれを聞いて、これもまた驚いたふうに、

「使いの申し条もっともである。さっそくにも見てまいれ」

と正信を大坂にやった。

正信が現地に行ってみると、濠は本丸まで埋っている。彼は云った。

「これは思いもよらぬこと。方々には申しわけがない。わが子、正純はじめ奉行の者ども、死罪にも申しつけるでござろう」

とあやまって引き返した。

当の正純の云い条はこうである。

「ただ濠を埋めよと仰せつかったが聞き過って総濠を埋めたのは、われらが越度《おちど》でござる。かかる上は、謹んで罪を待ち申さん」と云った。

この事件は、家康が大坂方に云いわけした、「正純には切腹申しつけんとは存ずれども、せっかく和議のめでたき折りから、一人でも人を殺すとは不祥のことである。まげて予に免じておゆるしあるべし」の言葉で有耶無耶《うやむや》となった。家康、正信、正純の三人の辣腕にかかっては、幼稚な秀頼母子や大野治長など歯が立つ道理がない。

家康は秀忠より先に京を発った。彼が岡崎まで来て逗留している時、大坂城の埋立て工事が全く成った旨の報告が秀忠から届いた。

家康が待っていたというのは、この知らせである。家康は太い安堵の吐息をした。

二月七日、遠州中泉では、家康と、後から京都を出発して追いついた秀忠と、本多父子とが会合した。ことごとく人を遠ざけ、他に何人もまじえず、密談に刻《とき》をうつして果てなかった。早くも再度の大坂攻城の相談である。

板倉勝重《いたくらかつしげ》が大坂方再挙を報じたのは、三月十二日で、待ちかまえていた家康は、四月十日駿府を発してふたたび上方へのぼった。

今度は去年と異《ちが》い、大軍をひきつれず、去年の半分ばかりの人数で、部将も、藤堂、伊達のほかはいずれも元亀天正以来、世に鳴りひびいた諸将は除いて、一世代遅れた若年壮年の輩だけを率いた。総濠を埋めた大坂城にかかるは裸城に打ち向うようなものので、さしたる難儀はないと思ったのであるが、一つは、この戦さかぎり世は泰平となる、この最後の機会に若い者に戦場を踏ませておいてやろうとする、家康の心づかいであった。

五

家康は老来、ますます元気である。

このたびも大坂よりの帰途は放鷹しながら駿府にかえった。八月二十九日で、日中は残暑がきびしい。大坂の陣で日焼けした顔がいっそう盛んに見えた。大坂の始末が思いどおり楽に終ったせいと、長年の肩の荷をおろした安堵で、暑さもこたえず、いささかも疲れた様子はなかった。

家康は駿府に一カ月あまり休養しただけで、九月の終り、また関東へ放鷹のため下った。十月十日江戸着。二十一日より戸田、川越、越谷《こしがや》、岩村、葛西、千葉、東金《とうがね》と関東一帯の狩り場を巡り放鷹に暮した。

家康は正信を伴った。正信は鷹匠《たかじょう》出身である。

七十四歳と七十八歳と二人の老翁は、満足気に晩秋の野山を鷹を合せながら歩きまわった。

二人とも老いた。今は、主従というよりも老友である。思っていることは、口に出さないでも心に通った。

昔から家康が考えを述べて意見を求めると、正信はそれが気に入らないと空眠りをしていて返事をしなかったものである。それで家康もたびたび思い返したりした。その代り、よいとなると、正信の機嫌のよい、相づちの返事がもらえた。家康はその返事がもらえると、磐石のような自信がつくのが例であった。

家康が隠居して駿府に落ちつくと、正信はよく江戸からやってきた。政事むきの相談やら決裁をとりにくるのであるが、まるで茶飲み友だちのところに来たように、いそいそとしていた。その姿を見ると、家康は、何となくこの老友の寂しさがわかる気がした。

駿府の奥深く、家康と正信は、水入らずで何刻も話しこんだ。すると、二人の親しげな笑い声が、襖《ふすま》を越して廊下まで聞えるのがいつもであった。

家康は今、自分の横で老いの眼を一心に凝らして折りから空に舞っている獲物へ鷹を合せようとしている正信を、充ちたりた思いで見ている。夕陽をうけて秋のかや野に佇《たたず》んでいる死期遠くないこの二老人の姿はそのままに人生の残照の中に互いに寄りあって立っているふうに見えた。

家康は十二月四日、江戸を発って駿府にかえった。これがはからずも彼の江戸の見納めとなった。

放鷹は家康の最大の道楽である。前年からことに頻繁に鷹狩りにくらした。念願にしていた大坂落城も思いどおりとなり、武家諸法度、公家諸法度、諸宗本山諸法度も制定して、今は心ゆくまで、この道楽に溺れていくようであった。

七十五歳の元旦を駿府で迎えた家康は、その正月二十一日、またも田中の鷹野に出かけた。寒気ゆるまぬ中を、おどろくべき精力である。が、ここで食べた鯛の油揚げに中毒し、ついに死病にとりつかれた。

家康不予の知らせが江戸に伝ると、上下震撼し、駿府には秀忠はじめ、諸大名が駆けつけて詰めた。駿府の町はこれらの供人の人数で混雑を極めた。伊達政宗などは、奥州からわざわざ駆けつけたほどである。

家康の病状は一進一退をくり返しているうちに、四月にはいって篤くなった。彼は死床にあって、あれこれ思い患うふうであった。

ことにしきりと正信に会いたがった。

が、正信も去年の暮から床についていた。衰弱が加って、駿府にくることは、とてもおぼつかない。

この期《ご》になって、家康の最期に会えぬ正信の焦慮も家康以上である。彼の病気は、老衰ともいうし、顔貌くずれて奥歯が見える一種の業病《ごうびょう》であったともいう。家康は正信に会って心おきなく後の始末を託しておきたかったのである。

自分の命運を悟ってか、家康は見舞いの諸大名を一人一人病間によんで後事を頼んだ。大御所の懇《ねんごろ》な言葉をもらって退出してくる大名たちの顔は、いずれも感激していた。伊達政宗のような海千山千の男でも随喜した。

その中に、ただ一人、福島正則《ふくしままさのり》だけは異例であった。家康は正則の顔を見ると云った。

「その方のことは、いろいろ云う者もあって、将軍家も心を置いておられる。予も種々とりなしてはいるが、その方に不服があれば遠慮はいらぬから国許に帰って籠城せよ」

これを聞いて、正則は電撃にあったように身をふるわせた。正則が帰ったあと、家康が正純を呼んできくと、正純は答えた。

「福島殿はそれがしの前にすわって、太閤在世の折りから当家に対しては二心なかりしを、ただいまのご上意はあまりに情けないお言葉と申し、涙を流しておりました」

家康は満足そうに笑ってうなずいていたが、

「今は大事ないが、福島もやがては、とりつぶさねばならぬ」

と洩らした。

傍らには秀忠も、土井利勝もいた。しかしこの時の遺命を心に刻み、後日になってその実行に当ったのは正純であった。それも、彼らしいやり方で事を運んだ。

六

家康は病中に太政大臣の宣下をうけ、元和《げんな》二年丙辰卯月十七日巳刻、他界した。その死の報が江戸の正信の病床に届くと、正信は声を放って哭《な》き、すでに衰弱しきって枯木のような身体を床に転がして悶えた。この世にただ一人とたのむ老友にはなれて、魂も晦冥《かいめい》の暗黒に落ちた思いであったろうが、家康に死なれては正信も一個の無力な老人である。

家康の遺体は遺言により西向きにして久能山に埋葬された。西向きにしたのは西方浄土を欣求《ごんぐ》したのではなく、西国大名どもを死んでからも押えんとする執念からだった。

十七日夜半より家康の柩は久能山頂の仮屋に向ったが、折りから雨が降っていた。遺言によって棺側には、本多正純、松平正綱、板倉重昌、秋元泰朝の四人が扈従《こじゅう》し、あとから秀忠の名代、土井利勝、三家の名代、尾張の成瀬正成、紀州の安藤直次、水戸の中山信吉が供奉した。天海、崇伝《すうでん》、梵舜《ぼんしゅん》の三僧は特別に従った。この葬列の人数はこれだけで、これ以外は何人も山に登るを許されなかった。

雨の山径に黙々と棺を担い、足をはこんでいる一行の耳にはいるのは、梢の葉を打つ雨音だけで、山は昏黒《こんこく》の闇に閉ざされていた。

柩はおりおり休息のためにとまった。そのたびに正純は棺の前に進みよってうずくまった。髪は雨に濡れて雫がたれた。口の中に始終言葉を呟いていた。

「殿、正純はこれに控えておりまする」

「それがし、ここにお供つかまつっておりまする」

このような言葉を、生ける者に云うように云っていた。長い間家康の看侍《みとり》と、死去の傷心で正純は憔悴しきっていたが、この夜の彼はさらに悲嘆に心もとり乱しているかに見えた。

この始終の様子を見ていた成瀬正成は、しきりに感動して傍にならんでいる土井利勝に話した。

しかし利勝は、正成がどのように正純の誠忠ぶりをたたえても、にこりともせず、一言もそれにふれなかった。その眼は冷たく、皮肉な表情があった。

正純は遺命どおり、久能山埋葬のことから、駿府の遺金遺品を三家に分与すること、その他いっさいの跡始末を一人で片づけた。

いつもながら、鮮かな才人の働きであった。もとより切れる男なのである。こう切れる手腕と才知と、家康の信寵が、彼を自信にみちた傲岸な男に仕立ててしまったのだ。

正純の容貌からもうけとれる親しみのない冷たい印象が、さらに彼の権謀を好む沈鬱な性格と俟って人を畏怖させた。陰険の声は父の正信からもうけたが、彼には老来の円熟があった。若い正純にはそれがない。露骨で圭角がある。家康が生きている間はそれで通った。威光を笠にきていたと云われても仕方がなかった。

家康が世を去り、正信がつづいて死ぬと、正純の背後に聳《そび》えていた権力が、徐々に崩壊していく。

正信の死は家康に遅れること五十日、老友の跡を慕うように最後の息をひいた。

「正信が奉公の労を忘れたまわで、長く子孫の絶えざらんことを思し召さば、嫡男上野介が所領今のままにてこそ候べけれ。必ず多くは賜わるべからず」

と秀忠に云ったのが遺言であった。

自らを恃《たの》む者の常で、正純は自分の勢力が日ごとに崩れていくのに気がつかない。彼は家康の死後、駿府から江戸の老職にかえり咲いた。同席には、土井利勝、酒井忠世などがいる。正純の眼には重厚な性格の利勝など、何者ぞ、の気概がある。

父の正信が生きていた当時でも、正純は父をしのぐ驕慢《きょうまん》があった。ある時、正信がしきりと述懐して感動し話すのを正純は鼻できいていた。老人の世迷言《よまいごと》と聞いたのであろう。彼から見れば父も老驥《ろうき》である。そのため父子の間は遠かったのである。

その上、彼に自信をつけたのは福島正則を改易せしめたことである。正則は居城広島城の修理を口頭で正純に届け出ていた。正純は請けあった。それで正則は安心し、別に書面の允許証《いんきょ》もとらずに居城の普請をした。これが許可なく工事したという幕府の口実となり、不意に改易となった。

福島を処分せよ、とは正純が直接に聞いた家康の遺命である。彼が二年もたたぬうちに、荒大名といわれた正則をあっさりほうむった辣腕は、大坂城の総濠を有耶無耶に埋めて以来、少しの衰えもない。

正純は秀忠さえも、内心おそれてはいなかった。家康が生きているころ、秀忠は正純にはばかる色があった。その優越がまだ正純に残っている。

それに、彼は秀忠に昔、恩を売っている男である。慶長五年、関ヶ原に秀忠が遅参し、戦い終って大津に着いたので、家康は怒って対顔も許さぬばかりか、内々は廃嫡まで考えた。井伊直政《いいなおまさ》のごときすら、ひそかに望みを忠吉（秀忠の弟）にかけたほどだった。この時正純は家康に請うて、このたびのことは全く傅役の父正信の罪であるから、父の首をはねて秀忠公を許されよと諫止《かんし》したので、ようやく家康の怒りもとけた。秀忠は正純の手を押しいただいた。正純の性格として、この事実が、何となく秀忠に一物あずけた気でいる。

秀忠の側からすれば、いつも強引に片足踏みこんでいるような正純という男は、不愉快な存在であった。

七

正純は利勝を少し見くびりすぎたようである。

利勝はもとより才子肌の男ではない。一個一個石を積み重ねていくような確かな、堅実な型であった。じみな人柄はそのためである。さればこそ正信と長く相役でありながら無事であったのだ。利勝は浜松の家の居城に生れ、家康自ら膝の上に置いたり、食物を箸でたべさせたりしたので、家康の落胤《らくいん》であるという噂もあったくらいだ。天正七年、秀忠が浜松の城に生れたので、その七夜の日、家康は七歳になった利勝を秀忠につけて米二百俵を与えた。爾来《じらい》、秀忠の傍から離れたことがない。四十五歳にして帰り新参となり、老いて秀忠の傅役となった正信とはよほど違う。利勝がきかぬ気でいたら、たちまち本多父子から追い落されたかもしれない。今まで本多父子に追われた者は、内藤清成、青山忠成、天野康景、榊原康政、大久保忠隣などいずれも対立意識を起させるような人間であった。利勝はつとめて目立たぬよう、正信の下風に立つのを好むよう心したから事なくすんだ。しかし畢竟するに、それは家康、正信の生きていた間のことで、正純が当時のものさしで利勝をいつまでも見くびったとすれば、怜悧な彼も自負のために眼がくらんだのである。

元和五年十月、正純は十五万五千石となって宇都宮に封ぜられた。これは誰の策から出たのであろう。

正純はそれまで野州小山で三万三千石であった。十二万二千石のにわかの加増は、本多父子の長年の功労からすると、むしろ当然である。正純が唯々として、これを請けたのは自分でもそう考えたからである。

が、彼の亡父正信はそうではなかった。正信は家康から話があったとき、齢かたむきこの上の武功も望めぬ、さらばこのまま心静かに老いを送らんことこそ本望に候《そうろう》と辞退した。死ぬる時も秀忠に、わが家の安泰を思し召すなら、せがれ正純には加封しないでいただきたい、と云った。正信には世の変転、人情の推移までわが掌《たなごころ》のようにわかっていた。やはり十九年の放浪という人生経験に年季をかけてきている。正純が父のこの意志を無視したのは彼の自負と若さである。

正純が宇都宮に入部したとき、些少の紛争があった。

宇都宮はそれまで奥平家の居城である。それが当主家久が死に、後嗣は七歳の幼児であった。宇都宮は奥州から江戸への要衝で、大切な土地に幼主では心もとないというので、命じて下総古河《こが》に移し、正純と替らせた。

この処置を恨んだのが奥平家で、ことに幼主の祖母は家康の長女於亀で、加納殿といって気性の激しい女である。長篠籠城には亡夫の信昌とともに防戦した勇婦で、癇《かん》癖《ぺき》が強い。かわいい孫を移して、そのあとに戦場の武功一つない正純がはいってくるのが腹が立って仕方がなかった。理非も何も考えていられない老婆は、腹癒《い》せに宇都宮城内の竹木を伐り、建具をはずして古河に持ち去ろうとした。

正純も立腹して、これは城地明け渡しの大法に背くなされ方であると、関所を設けて持運びの品をことごとく取りもどしてしまった。将軍の姉であろうと容赦はせぬという気迫である。加納殿はこのことを深く根に含んでいた。かつては彼女の娘の嫁ぎ先、大久保忠隣が不幸に遇ったのも本多父子のためだから重なる遺恨と云ってよい。

元和八年四月七日は家康の七周忌である。秀忠は日光参詣をふれだし、途中、正純の居城宇都宮に一泊する予定となった。

正純はそのため遽《にわ》かに城内の普請にとりかかり、昼夜数千の人数をいそがして、将軍御座所など造営した。

四月十二日、予定のように秀忠は江戸城を出発して十四日に宇都宮につき、その夜は正純の供応をうけ、城中に一泊した。十九日、日光山に出立、法会《ほうえ》儀式をおわって、帰りはまた宇都宮に宿泊のはずであった。

十九日は、朝から正純は城中を清めて秀忠の帰着を待った。これがすめば、今度の大役がおわる。普請から諸事の準備、接待、警備まで苦労は一通りではない。さすがに正純も気をつかい、家中の者はふだんの顔色がないくらい、身を削った。が、十九日が最後でこの大役もおわるというので、宇都宮の城中では、とみに緊張して秀忠の到着を待ち受けた。

が、予定の刻限をとうに回っても秀忠一行は着かなかった。どうしたことかと気を揉んでいるところに老中奥係り井上正就《まさなり》だけが到着した。意外な面持でいる正純はじめ一同に、井上は云った。将軍家はにわかに御台所《みだいどころ》ご病気のしらせで壬生《みぶ》から急に江戸に帰城された。本多殿にはこのたび格別の骨折りであるから出府におよばず、そのまま宇都宮に休息あるべし、との秀忠の言葉を伝えた。それから、井上はさらに、御座所を拝見したいと言って新造営の建物を点検するように見てまわった。

秀忠が急に予定を変更して壬生から帰った事情は、井上に云わせた口上のとおりではない。彼が日光から下山すると、加納殿の密書が届いていたのである。

密書は本多正純に対する一種の密告状であった。鉄砲をひそかに堺からとりよせたことが書いてある。それを通すに関所を欺いたと書いてある。根来《ねごろ》同心という直参の者を多数殺したと書いてある。今度造営した将軍御座所の建物は怪しい建築であると書いてある。要するに正純謀反の兆があるという文意であった。

秀忠はこの書状を土井利勝に見せて、前の晩泊った宇都宮城にはたしてそのような怪しい点があったかときいた。利勝の近臣の者は、そういえば、いかにもさることとなしとは断言できぬと答えた。心得がたきことが思いあたる、寝殿の戸に枢《とぼそ》がつけてあったが、庭におりようとしても枢がおりて、戸をあけることができなかった。また、火事の用意のためといって城中の火を消した。そのため先着の者ども行李もとかせず、利勝の家来に病人ができて薬の湯を請うたが、それも与えなかった。本多の家臣いずれも野陣をはり、馬の鞍をも取りおろさずに用意していた。これらを考えてみるとはなはだ不審である、と口々に申したてた。これを聞いた秀忠と利勝は意味ありげに顔を見合せた。秀忠は取りあえず、井上をひそかに検分にやり、自身はにわかに帰府したのであった。

元和八年七月の暑いさかり、正純が最上家収公の公用で山形に出張した時、にわかに旅館で改易の命をうけた。

　前に加納殿の密告につき幕府は調査したが、謀反の疑いは認められない。許可なく鉄砲を取りよせたことは、正純の心にすれば公然とやっては他の外様《とざま》大名たちへの影響を考えたからで、他意あったわけではない。根来同心を殺したのは、工事の妨害をして騒いだから首謀者を数人斬った。城内の火を禁じたのは将軍家お成りの夜に出火しては一大事の故だ。馬から鞍をおろさずにいたのは万一の警備のため。新殿の建築は何も怪しい個所はない。ただ床の高さが普通より高かったくらいだと、いちいち怪しむに当らなかった。しかし、これが不審の口実となって改易されたのである。上使

は伊丹康勝、高木正次の両名であったが、

「その方、ご奉公の仕方上意に応えざるにより、宇都宮地召しあげられ、出羽国由利において新規五万石をくださる」

という上意を読みあげると、今まで頭を下げて聞いていた正純は、急に顔を上げ、使者を睨んで云い放った。

「それがしの奉公が上意に叶わぬとは迷惑。この上は五万石の新地も差しあげ、千石だけ拝領つかまつろう」

正純の火のように燃えている胸中には、この処置をした者、秀忠や土井利勝への瞋《しん》恚《い》が渦まいていた。五万石の返上は彼らの面上に叩きつけたつもりである。

使者はあわてて江戸に還り、この旨を復命したから秀忠はまた怒った。正純の申し条、重々上を蔑《ないがしろ》にいたす段、不届き至極といって、その子出羽守正勝とともに、出羽国由利に配流され、佐竹義宣《さたけよしのぶ》に預けられることになった。

八

いったん出羽国由利郡本庄に幽せられた正純は、元和八年秋から翌年冬までこの地で過し、再度幕命によって同国横手に遷《うつ》されることになった。

佐竹の家老、梅津政景《うめづまさかげ》という者が主人義宣の命で途中の大沢口まで出迎えた。正純とせがれの正勝は駕籠《かご》に乗り、十人ばかりの家来が従った。

政景が挨拶すると、正純は駕籠から顔を見せてこれに応えた。髪は真っ白になり、頬はこけ、眼だけが大きい。老いてきて亡父正信の相貌と全く同じである。その大きい眼を笑わせて出迎えの労を謝した。六十歳の年齢よりはずっと老けて見える。五月の強い日光に眼を細めながら空を見上げた。どう見ても無心な一人の隠居である。

政景は先導して横手城へはいり須田新右衛門に正純父子の身柄を申し送った。新右衛門は預り主の世話役である。

佐竹義宣の扱いは丁重であった。彼は、不自由があれば何なりとお世話いたそう、と申し出ていた。

大事な公儀の預り人であるが科人《とがにん》である。蟄居《ちっきょ》させて外にも出さぬが法である。が、義宣はご気鬱ならば、外を歩かれてもかまわぬと云った。

爾来、付近の田野を三、四人の供人を連れて歩いている一人の老人を見かけるようになった。百姓たちは老人のことを陰で「上野《こうずけ》さま」「お殿さま」と呼んでいた。

奥州の秋は早い。一面の野山はわずかな間に冬近い色になる。正純は散歩に出ることが多くなった。満目蕭条《まんもくしょうじょう》たる北国の秋が罪人である彼の心にかなったごとくである。

横手は四方が山に囲まれた盆地である。幽居は三の丸に近い東の山裾の高台にあって、盆地一帯を見はらせた。正面には山脈《やまなみ》の上に遠く鳥海山が雪をかぶって聳えてみえる。鳥海山はこの辺から見る姿がいちばん美しいと土地者の警固の藩士が正純に教えた。

幽居から山裾の街道を北に少し歩くと一帯は沼の多いところである。鈍い色の水が枯れた木立や野草の間に光っている。その寒々とした景色が好きで、正純はよくここに来た。

この辺は後三年の役《えき》で有名な清原武衡《きよはらのたけひら》、家衡《いえひら》の金沢柵址で、昔、八幡太郎義家が雁の乱れを見て伏兵あるを知った故事はこの西沼のあたりという。

しかし十一月にはいると、雪もしだいに深くなって外へ出られなくなった。正純は幽居に閉じこもって冬を迎えた。

見るかげもなく痩せて老いた姿だが、眼の光は鋭い。この境涯にあっても胸中何を恃んでいるのであろうか。

ある時、政景が藩士に命じて鉄砲で雉子《きじ》を仕止めさせ、五、六羽届け正純をよろこばせた。

世話役兼目付役であった梅津政景の書いた『政景日記』というのが今残っている。

○　晩虻川より菱喰二つ上野殿（正純）へ被進候様伝五申越候間即町送にて差越申候。

○ 本多出羽殿（正勝）へ雉子十被進候。
○ 本多上野介殿同出羽殿江御帷子《かたびら》五つ宛御進候是にて大樽二つづつ塩引十本づつ差添御進候。
○ 夜に入黒沢味右衛門下着岡内記所より本多上野殿へ御帷子五の内単物一つ御樽肴三献差添被進候。
○ 本多上野殿へ御小袖二つ御茶器一つ大樽二つ大鯛十枚浪井権右衛門に為持越申候忝無由御返事有。

種々の進物は義宣が正純の失意を慰めるためである。事実、義宣自身も幽居に足を運んで、正純と談笑した。

が、この好意も長くつづけられなかった。

寛永三年二月末のことである。久しぶりに義宣が見舞いにきたので、正純は機嫌よく雑談の末に、こう云いだした。

「関ヶ原の役後、神君から佐竹殿の処分のことが、それがしに御相談があった。神君の仰せに、このたびの佐竹の態度は敵対というほどではないから、そのままにしておこうと仰せられたのを、それがしがおさえて半分の二十万石に決まりました。今日、かようにご厄介になることがわかっておれば仰せのとおりにしておくところでした」

むろんこの場の茶のみ話で、主客は声を合せて笑った。がこの話を伝え聞いて笑わなかったのは秀忠であった。

「配流《はいる》の身で天下の仕置きのことを口に出すなど不届き至極」と、すぐ使者を向けた。

正純の懐旧談は、知らずに彼のありし日の権勢を語ったことである。彼の一言がかつては四十万石の大藩の運命を左右した。天下の政治が家康と本多父子とで決められた時代のことで、秀忠は正信から、若殿、若殿と云われて子供扱いであった。家康が生きている間は秀忠は正純にもずいぶん気兼ねした。今、正純の半分自慢気に聞える昔話が秀忠の瞋恚《しんい》を買った理由である。

四月、上使島田利正がくだった。さきに預けられた本多正純が罪なお露顕せるを以て保護方を厳にし、看守人をして人の出入りを止め従者を禁ずる旨を伝えた。

佐竹でも詮なく、正純の住居の周囲に柵を設け、濠を囲《めぐ》らした。番士も人数を増し、それまで大目にみていた人の出入りを厳禁した。横手の藩士のほとんどがこの警固勤務についた。住居の戸障子は、わずかにあかりをとるほかは、全部釘打ちされた。この処置は完全な虜囚である。

正純も、こうまで江戸の憎悪がかかっているとは知らなかった。佐竹の好遇には、いつか正純の復帰を予測したところが多少あろう、自分でもひそかにそれを待っていた。が、この峻烈な処置は万一の希望を容赦なく崩した。正純は、秀忠、利勝などの白い冷たい眼が自分の上に執拗に粘りついて片時も油断していないのを知った。

以後の正純は人間が変ったようになった。家の奥に引っこんで、滅多に番士にさえ顔を見せぬのである。

従者がいなくなってからは、番士たちが食事の世話などした。別棟から膳を運び、そこだけ釘づけを免れた一カ所の戸をあけて差し入れるのである。番士がその軒に吊ってある鉦《かね》を叩くと、時には「おう」と応える声がする時もある。が、普通は返事もなかった。むろん、老人の姿を見ることはなかった。番士が、そこで帰って半刻もたったころ、ふたたび行ってみると、膳部の皿は空になって置かれてあった。番士たちは暗い奥にうずくまっている、何か怪物に供物しているような気持に襲われた。

正純がこのような暗い幽居に以後十一年もうごめいて生きていたのは、後人にとって一つの驚きである。

その間、長子正勝は三十五歳で死んだし、付近で百姓をしながら主人の前途を見届けるつもりの若干の家来も、不慣れな労働と、寒気と、飢饉と、主家への絶望から、あるいは逐電し、あるいは死亡した。

寛永十四年丑《うし》年二月二十七日ごろ、老人が食事をとらぬところから、世話する小者が家の中にはいってみると、正純は大鼾《おおいびき》をかいて寝ていた。揺り起しても眼をあけない。藩医が呼ばれたが、脈をみただけだった。鼾は二十九日に至ってやんだ。それが彼の息をひいた時であった。七十二歳である。

佐竹藩では遺体を塩漬けにして埋め、検屍を待った。子息正勝が死んだ時は、正純が生きているため二人の検使がものものしく江戸から来たが、正純自身の場合は、東条伊兵衛という者がただ一人くだってきて、簡単に検屍しただけで、奥州の春をほめながらすぐ帰っていった。

江戸では秀忠が世を去り、家光の代になっていたから、奥州の果てで、本多正純という老人が一人死んだことなど、もはや、誰からも何の関心も持たれなかったのである。

編者解説

末國善己

軍師は、武将を補佐する家臣に過ぎないが、時に主君以上にクローズアップされることがある。山本勘助、竹中半兵衛、真田昌幸・幸村親子、黒田官兵衛といった有名な軍師は、マイナーな武将よりも歴史小説で取り上げられる機会が多いくらいである。

高度経済成長期の歴史小説は、武将の戦略から経営や組織運営のノウハウを学ぶサラリーマンの必読書として読まれてきた側面がある。軍師は戦争や謀略を直接的に指揮するので、ビジネスに役立つ歴史小説の主人公としては最適だった。これが軍師人気のベースになったことは、間違いあるまい。

また軍師は、主君さえも操る陰の実力者なので、〝会社は俺の実力で動いている〟という自負を持つビジネスマンにとっては、最も自分の憧憬《しょうけい》を投影しやすいヒーローでもあったのである。

軍師は、戦争と共に誕生したといっても過言ではない。『日本書紀』には渡来人が戦争を指揮したことが記されているので、日本にも古代から軍師に相当する役職があったことが分かる。ただ古代から中世までの軍師は、戦場での吉凶を占ったり、天候を予測したりするのが主な仕事だったので、陰陽師《おんみょうじ》や占師に近い役職だったと考えられている。

『三国志』に登場する名軍師・諸葛孔明《しょかつこうめい》は、呉と蜀《しょく》の連合軍が魏《ぎ》の水軍を破った赤壁《せきへき》の戦い（二〇八年）の直前、祈禱によって南風を吹かせ火計を成功させている。こうした呪術能力こそが軍師に求められていたといえば、中世までの軍師の性格が分かりやすいかもしれない。

こうした呪術者ではなく、戦場で軍の配置（陣形）や兵の動かし方などを計画立案する参謀としての軍師が登場するのは戦国時代からである。小和田哲男『軍師・参謀』（一九九〇年）は、陰陽師や占師のような軍師を「軍配者的軍師」、実際に戦略・戦術を主君に具申する軍師を「参謀的軍師」として明確に区別している。小和田は、戦国時代に「参謀的軍師」が増えた理由を、「軍配者的軍師」も中国の兵法書などを読んで戦術に関する知識を持っており、その情報を使えば戦争を有利に進められることに気付いた武将が現われたこと、僧侶や修験者ではなく、実際に戦場で戦う武士が軍師に任じられるケースが増えたことなどにあるとしている。これは鉄砲の伝来などで戦術が劇的に変化し、その対応に多くの武将が悩まされたことを考えれば、十分に納得できる。

ただ軍師の記録は、江戸時代に軍学を教えるためにまとめられたものも多い。江戸時代の軍学は、実際に戦略や戦術を学ぶための学問というより、受験や出世のために身に付ける教養であったり、修養のための読物だったりしたので、軍師の活躍を史実通り伝えている史料の方が少なかった。江戸時代にフィクションを交えて作られた軍師のイメージは、明治になると講談によって広まり、それが現在の歴史小説の原型になっていくのである。

地図を見ながら地味に作戦を考えているよりも、戦場を駆けながら兵士に檄《げき》を飛ばす軍師の方が颯爽としている。その意味で、江戸時代に虚構の軍師像が広まったことは、歴史学者を悩ますことになったかもしれないが、歴史小説ファンには僥倖《ぎょうこう》だったといえるだろう。

二〇一四年の大河ドラマ『軍師官兵衛』は、その知略で豊臣秀吉に天下を取らせた名軍師・黒田官兵衛を主人公に選んだ。官兵衛は、盟友の荒木村重が、信長に謀叛を起こした時は、説得のため村重が籠城する有岡城に入る義侠心を見せる一方、関ヶ原の合戦の時には、天下人になるため九州統一を目論んだ野心家の顔も持ち合わせていた。大河ドラマが、〝清濁併せ呑む〟度量を持っていた官兵衛に白羽の矢を立てたのは、現代と同じように厳しい競争があり、敗ければ没落が待ち受けていた戦国乱世をしたたかに渡っていった官兵衛のバイタリティに迫ることで、現代人に勇気を与えるためなのかもしれない。

本書『軍師の死にざま』は、『軍師官兵衛』と同じく、戦国時代に活躍した軍師を主人公にした時代・歴史小説の傑作をセレクトした。軍師は、必然的に戦争と関わる。そのため死と隣り合わせの極限状態でしか生まれない濃密なドラマを堪能することができるはずだ。また収録作の作者は戦争を経験した世代ばかりであり、戦中派が実体験を戦国乱世に投影しながら、戦争の本質や平和への想いを語っている。現代は戦争を知らない世代が、観念で戦争を論じているが、本書の収録作はその空虚さも暴き出してくれるだろう。

本書は、山内鹿之介が毛利の大軍と戦った一五七〇年頃から、本多正純が更迭された後に失意の中で死んだ一六三七年までを、一一の短篇でたどっている。収録作は基本的に編年体で並べたが、エピソードの重複などを考慮して多少の入れ替えを行っている。

池波正太郎「雲州英雄記」（『完本池波正太郎大成』第二五巻、講談社）

尼子氏は、源平合戦の宇治川の戦いで先陣争いをした佐々木高綱の兄・定綱の末裔で、出雲の守護代として富田に城を構えていた。尼子氏の家臣だった毛利氏は、周防《すおう》の守護大名・大内氏と手を組み、尼子氏と対立。その大内氏が陶晴賢《すえはるかた》の謀叛に倒れると、時の毛利氏当主・元就が厳島合戦（一五五五年）で陶晴賢を滅ぼし、そのまま大内氏の所領を手に入れる。勢力を拡大した元就は、すぐさま尼子氏を攻めて、一五六六年に富田城を落とし、その時の当主だった尼子義久を幽閉。事実上、尼子氏は滅亡する。

富田城落城で浪人となった山中鹿之介は、諸国を放浪しながら尼子氏再興の機会をうかがい、やがて織田信長の協力を得て主家再興のために各地を転戦する。鹿之介は最後まで主君への忠誠を貫いたことや、「願わくば、我に七難八苦を与えたまえ」と三日月に祈るほどの強い精神力を持っていたことが称賛され、まさに封建道徳の象徴とされてきた。

これに対して池波正太郎は、高潔な軍師という鹿之介のイメージを徹底的に破壊していく。

池波は、武士が名乗りを上げて一騎討ちをするようなロマンチックな時代が終わり、「新兵器と経済機構を駆使し、スケールの大きな戦争と謀略」を行うようになったのが戦国時代としている。だが時代の変化に気付かない鹿之介は、下克上が当たり前になった時代に、最後まで主家へ忠義を尽す。これは田舎武士の視野の狭さと、自己陶酔に過ぎないというのだ。

池波は、プロの殺し屋であると同時に鍼《はり》の名医でもある梅安《ばいあん》を主人公にした『仕掛人・藤枝梅安』で、世の中には絶対的な悪もなければ、絶対的な善もないというドライな世界観を示した。鹿之介が美男で武勇に優れている点は認めながら、時代の先を見通す戦略眼には欠けていたとする皮肉な設定は、勧善懲悪を嫌った池波らしい人物造形といえる。

織田信長に見捨てられ毛利氏に敗れた鹿之介は、敵の捕虜となる。鹿之介は、その知略とカリスマ性を恐れた毛利に河合の渡しで謀殺されたとされてきたが、池波は従来の解釈を否定し、鹿之介はもっと卑近な理由で殺されたとしている。

武士道の象徴と目されてきた鹿之介の凡庸な部分を強調した本作には、日本の封建的な土壌に対する批判も込められているように思えてならない。

安西篤子「鴛鴦ならび行く」

（『鴛鴦ならび行く』新人物往来社）

徳川家康が金地院崇伝、南光坊天海という二人の禅僧を相談役にしていたことからも分かるように、戦国時代は僧侶が軍師を兼ねることも珍しくなかった。日本の軍学は中国の武教七書（『孫子』、『呉氏』、『司馬法』、『尉繚子《うつりょうし》』、『六韜《りくとう》』、『三略』、『李衛公門対《りえいこうもんたい》』）を参考にして作られているので、漢籍が自在に読める僧侶は、軍師として戦略・戦術を語るにも理想的な存在だった。また僧侶は高い学識があり、漢文で書かれる公文書の作成もできたことから、各地の領主から外交顧問に任じられることも多かったようだ（京五山の禅僧は、室町幕府の代理として明とも交渉しているので文字通りの外交官だった）。戦争が外交の一形態であることを考えれば、僧侶は軍師となる資格を持っていたのである。

今川義元の軍師となった太原雪斎《たいげん》（崇孚《すうふ》）は、軍師として活躍した禅僧の中でも最も有名な一人である。幼い頃から義元の教育係となった雪斎は、義元の成長とともに今川家で重責を担うようになり、特に外交政策で辣腕を振るった。義元の時代、駿河は甲斐の武田氏、相模の北条氏と同盟（いわゆる甲相駿三国同盟）を結ぶが、これも雪斎の働きなくしては成立しなかったといわれている。

仲の良い夫婦を意味する「鴛鴦」をタイトルに用いた本作は、義元と雪斎が二人三脚で駿河の権益を拡大していく過程をダイナミックに描いていく。中でも興味深いのは、雪斎の助言を適切に理解し、果断に実行する義元を、有能な武将としていることである。

桶狭間の戦い（一五六〇年）で織田信長に敗れたため、義元は暗愚な武将の代表とされることが多かった。お歯黒、置眉、薄化粧という公家の風俗に染まり、馬に乗れないほど太っていたので輿に乗っていたなど、義元のネガティブなイメージは数えきれない。

だが実際の義元は、家督争いで内乱状態にあった駿河を平定、国境線を侵そうとする甲斐、駿河、尾張の進攻をことごとく退けたことから、「海道一の弓取り」と称された武将だった。また東国初の国分法「今川仮名目録」を増補して今川家を戦国大名へ転身させるなど、内政面でも目覚しい業績を上げている。そのため現在では、馬に乗れなかったというのは俗説で、公家風俗に親しんだのは、公家と交流する機会が多かった必然とされている。

本作は、信長に敗死したために不当に低い扱いを受けてきた義元の再評価を行っているので、新たな発見も多いのではないだろうか。

雪斎は、京の妙心寺出身の僧である。「風林火山」の旗印を武田信玄に授けた軍師であり、寺に火を放った信長軍に対し「滅却心頭火自涼」と言い残して亡くなった快川紹喜《かいせんじょうき》も、同じ妙心寺の僧侶である。ここからも当時の宗教界と武将の密接な関係が見て取れるはずだ。

山本周五郎「城を守る者」

（『武道小説集』実業之日本社）

上杉氏の軍師といえば、謙信の養子・景勝に仕え、豊臣秀吉から大名並の厚遇を受けた直江兼続が有名である。ただ藤原北家の末裔とされ、長尾家、石川家、斎藤家と並んで上杉氏四家老に数えられる千坂家も、代々の上杉氏を補佐した名家といえる。

千坂家は上杉氏の当主を本陣で警護する役職だったため、前線で戦うことが少なかったという。そのため戦国時代の史料には、千坂家の名が出ることは珍しかったようだ。山本周五郎が、謙信に仕えた千坂家の対馬清胤《きよたね》を、合戦の際には常に城を守る留守城番を願い出る人物としたのは、千坂家の独特な家風を踏まえた設定だろう。

千坂対馬は、留守城番をしながら輜重《しちょう》（糧食や武器などの軍事物資）の調達や輸送に辣腕を振るっていた。だが戦場での槍働きが称賛される戦国時代にあって、地味な輜重を担当する千坂対馬は、同輩からも軽蔑されていた。周囲の誹謗中傷に耐えられなくなった嫡男までも自分を非難するが、千坂対馬は何の反論もせず補給物資を前線に送り続ける。

山本周五郎は、前線で指揮する軍師ではなく、いわば後方支援を担当する軍師を主人公にしたが、こうした異色作が生まれたのは、作品が書かれた時代背景が影響しているように思える。

本作は太平洋戦争の最中、一九四二年八月号の「講談雑誌」に発表された。歴史上、輜重を軽視した軍が戦争に勝利したことはないといわれるが、特に日本軍の輜重軽視は有名だった。もちろん輜重部隊は用意されていたが、それを指揮する将校は、負傷で前線勤務が困難になった者や、士官学校での成績が悪かった者が任じられることが多く、いわば閑職と考えられていた。そのため補給の失敗で大敗したインパール作戦（一九四四年）のように、敵の銃弾に倒れた兵士よりも、餓死者の方が多い無謀な作戦も珍しくなかったのだ。

後方の拠点となる城を守り、輜重を前線に送り続けることの重要性を理解している千坂対馬は、後方支援を軽視する日本軍に対する婉曲な批判だったようにも思える。それだけでなく、軍と同じように、輜重の重要性を理解していなかった当時の日本人に、兵站《へいたん》の重要性を啓蒙する意図も含まれていたのかもしれない。どちらにしても本作は、熱狂に流されず、時代を冷静に分析する山本周五郎の特質が、遺憾なく発揮された作品といえる。

新田次郎「まぼろしの軍師」

（『武田三代』毎日新聞社）


甲斐武田家の信虎、信玄、勝頼に至る興亡を、全七作でたどる連作集『武田三代』の一篇で、井上靖『風林火山』なども取り上げた山本勘助を主人公にしている。

隻眼で片足も不自由だったとされる勘助は、諸国を放浪していた時、その卓越した軍略が武田信玄の家臣・板垣信方の目に留まり、信玄に仕えるようになる。勘助は、様々な軍略を信玄に具申して勝利を重ね、軍師としての地位を不動のものとする。中でも、第四次川中島合戦（一五六一年）で用いたとされる「啄木鳥《きつつき》の戦法」は有名だろう。

だが、武田家の軍略をまとめた『甲陽軍鑑』くらいしか勘助の名を伝える書物はなく、『甲陽軍鑑』には明らかな事実誤認も多いので、史料というよりもフィクションとする見方が一般的になった。そのため勘助が実在したかも、はっきりしていなかったのである。

井上の『風林火山』は、勘助の経歴に空白が多いことを利用して、大胆な脚色を交えてロマン豊かな物語を作ったが、本作は勘助の正体を解き明かす歴史ミステリーに仕上げている。

妙心寺で修行する僧の鉄以は、父の山本勘助がいずれ大将になって帰ってくるという母の言葉を聞いて育った。成長して僧侶となり、父のことも忘れていた鉄以の元を、勘助のことを知る老武士が訪ねてくる。老武士は、勘助がいかに信玄から信頼されていたかを語り、その勇名が伝わっていないのは、勘助が信玄直属の「陰の軍師」だったためだ、と言い残して亡くなる。やがて父の事跡を訪ねるため、諸国行脚の旅に出た鉄以だが、旧武田家の家臣は、勘助なる軍師は存在していないという。老武士の言葉は、嘘だったのか？　さらに調査を続けた鉄以は、やがて勘助の意外な正体を知ることになる。

全体がミステリーになっているので、作者が勘助の実像をどのように描いたかは、実際に本作を読んで確認していただきたい。勘助が実在したか、架空の人物だったかは様々に議論されてきたが、一九六九年に発見された「市河文書」によって、ようやく勘助が実在したことが確認された。本作が、この新発見の史料を基に、新たな勘助像を作ったことは指摘しておきたい。

歴史書は書き手の主観を排除できないので、完全に客観的な記録にはなりえない。自分の調査に、父親への想いを加えてフィクションに近い歴史書を書く鉄以のエピソードは、歴史書の限界を明らかにしている。その一方で、物語が作り出した人物像が後世に受け継がれたとしたのは、物語の力を信じる著者の自信を表明したものだろう。

（『柳生但馬守』文春文庫）

柴田錬三郎「竹中半兵衛」

明治末から大正期の少年たちを熱狂させた講談速記本・立川文庫の世界を現代風にアレンジした〈柴錬立川文庫〉シリーズの一篇。肺病のため、三六歳の若さで亡くなった竹中半兵衛が実は生きていて、最後の謀略を行うという本作の展開は、伝奇小説を得意とした柴錬らしい。立川文庫が世に広めた最大のヒーローは、何といっても真田幸村を支える十勇士（猿飛佐助、霧隠才蔵、三好清海入道、三好伊三入道、穴山小助、由利鎌之助、筧《かけい》十蔵、海野六郎、根津甚八、望月六郎）だが、本作でも筧十蔵や猿飛佐助が顔を出している。

物語は、大坂夏の陣（一六一五年）の直前、豊臣秀頼の息子・国松が、何者かに誘拐される場面から始まる。真田幸村は、猿飛佐助に捜査を依頼。かつて竹中半兵衛に仕えた忍び集団が、事件に関わっていることを知る。半兵衛は、なぜ国松を誘拐したのか。その理由が次第に明かされていくので、全篇がミステリータッチになっている。

国松は、大坂城落城の際に密かに救い出され、薩摩に落ち延びたという俗説がある。本作の国松誘拐事件は、この説を踏まえて着想されたと考えて間違いあるまい。

作中に「最も軍師らしい軍師」と書かれているように、あまたの軍師の中でも竹中半兵衛は別格の存在である。半兵衛は、美濃を盗み取った斎藤道三の重臣・重元の次男として生まれているが、その前半生は分かっていない。半兵衛の名が広まるのは、一五六四年に難攻不落といわれた稲葉山城を、わずか一六人（一七人との説もある）で奪い取るという事件を起こした時からである。半兵衛が少人数で名城を占拠したのは事実のようだが、なぜそのような行動に出たのかは、正確には伝わっていない。この一件で織田信長から誘いを受けるもこれを固辞するが、続いて木下藤吉郎（のちの豊臣秀吉）に請われその麾下《きか》に加わっている。

稲葉城の占拠事件後、半兵衛は栗原山中に隠棲していたが、秀吉がその草庵を七度訪ねたことから、情熱に打たれ、秀吉に仕えたという。〝栗原山中七度通い〟とも〝太閤七度通い〟とも称されるエピソードは、劉備《りゅうび》が諸葛孔明を迎えるため三度家に通った「三顧の礼」の換骨奪胎で、史実ではない。また半兵衛の軍師としての活躍は、そのほとんどが江戸時代に書かれた軍談によるもので、実際にどのような采配を振るったかも分かっていない。

半兵衛を主人公にした軍談は劉備を秀吉、諸葛孔明を半兵衛、関羽を蜂須賀小六、張飛を前野長康になぞらえた『絵本太閤記』のように、『三国志演義』をベースにしている。

本作では、半兵衛周辺の人物を張良や韓信といった楚漢戦争（項羽と劉邦の戦い、紀元前二〇六年～紀元前二〇二年）の登場人物と重ねているが、これは半兵衛の伝説が中国古典を題材に作られたことを踏まえたパロディなのである。

南條範夫「天守閣の久秀」（『南条範夫残酷全集』第八巻、東京文芸社）

城をテーマにした奇談を集めた連作集『廃城奇譚』の一篇。

松永久秀は、京の油商から美濃の太守に成り上がった斎藤道三、関東に覇権を築いた北条早雲と並び、戦国の〝三大梟雄《きょうゆう》〟と称される。同じ梟雄でありながら、道三が織田信長の才覚をいち早く見出した先見性、早雲が小田原城を電光石火の早業で落した華麗な戦術などで高く評価されている一方、久秀はただ悪名のみが広まっている。

松永久秀の前半生には諸説あり、確かなことは分かっていない。歴史に登場するのは、細川氏の家臣・三好長慶の祐筆として上洛した一五四九年頃からである。久秀は長慶の側近として頭角を現し、長慶が嫡男の死などによって気力を失うと主家を凌駕するほどの権力を握ることになる。一五六四年に長慶が没すると、三好氏の重臣・三好三人衆（三好長逸、三好政康、岩成友通）と共に、後を継いだ三好義継の後見人となる。当初は、手を組んで室町幕府一三代将軍・足利義輝を謀殺するなど三好三人衆との関係は良好だったが、次第に対立するようになる。久秀の悪名を高めた奈良東大寺の大仏殿の焼き打ちは、三好三人衆との抗争によって引き起こされたものである。ただ大仏殿の焼失は、東大寺に陣を置いた三好三人衆側による失火との説もあり、久秀が犯人と確定している訳ではない。

悪逆非道の限りを尽くした久秀だが、一五七七年に石山本願寺や毛利氏と結び信長に反抗する。久秀が信長に背いたのは、この時が二度目であり、激怒した信長は久秀が籠る信貴山《しぎさん》城を包囲する。

本作は、死を目前にした久秀が、城の中で自身の半生を述懐していくので、濃密な舞台劇を見ているような興奮がある。

南條範夫は、将軍謀殺や大仏殿の焼き打ち、さらに側室のためだけに城を築くほどの女好きだったことなど、久秀の悪行のみをクローズアップしていく。だが、それは久秀を非難しているのではない。日本で初めて天守閣のある城を築いた独創性や、大仏殿を焼いたのと同じ日に彗星（凶星）が現われ、間もなく自分が信長に討たれることが分かっても、凶星の出現は偶然と断じる合理精神を称賛することで、悪行も様々な性格の一つに過ぎないとして、久秀の強烈なキャラクターを評価している。将軍の謀殺や大仏の焼き打ちなど、ほかの武将でも必要ならば平然とやってのけると書いているのは、久秀の悪行を個人の資質に求めるのではなく、打ち続く戦乱が人間を狂乱させることを明らかにするためだったのではないだろうか。

坂口安吾「黒田如水」

（『坂口安吾全集』第三巻、筑摩書房）

坂口安吾は、一九四七年に黒田如水（勘兵衛）を主人公にした長篇小説『二流の人』を上梓している。本作は一九四三年一二月に雑誌「現代文学」に発表された作品で、『二流の人』の第一話「小田原にて」の第一章と第二章に相当する。恐らく長篇を手掛けるための習作として書かれたのだろうが、本作を『二流の人』と比べても、際立った異同は見られない。その意味で、安吾が戦前から『二流の人』と同じテーマを構想していたことが分かるだけでなく、長篇が成立するまでの過程もうかがえる興味深い作品といえる。

黒田如水は、播州の小大名・小寺政職に仕える黒田職高の嫡男として生まれている。小寺氏は毛利氏と中国攻めを進める織田信長という二大勢力に挟まれるが、如水は早くから信長とその家臣として前線にあった羽柴秀吉の才能を見抜いており、主家に信長に味方することを勧める。如水に従った小寺氏は、秀吉の毛利攻めに協力することになる。

安吾は、信長に臣従するという約束を覆し毛利に寝返った小寺政職を説得するため、如水が城に帰ると幽閉されたとしている。そして長い入牢生活が、如水の体に障害を残したという。このエピソードは、信長に謀叛を起こした荒木村重を説得するため茨木城に向かった如水が囚われの身になった事件をアレンジしたもので、史実とは異なっている。

秀吉の麾下に加わった如水は、備中高松城の水攻め（一五八二年）、本能寺の変の直後の中国大返し（一五八二年）を献策するなど、数々の武功を立てている。だが、秀吉からは中津一二万石しか与えられなかった。これは秀吉が如水の知謀を恐れたためともいわれている。如水は四〇代で隠居し、後を息子の長政に託していたが、秀吉が死去すると、再び天下が乱れることを察知し、徳川家康に付くことを決意。そのため関ヶ原の戦い（一六〇〇年）の後は、長政の武功もあり筑前五二万三〇〇〇石を与えられている。

安吾は、如水を天才的な軍師としているが、主君への忠誠心などはなく、自分の知略を、野望を実現するためだけに使う野心家としている。だが時代を動かすビジョンを持たない如水は、秀吉からみれば恐れる必要もない「歯のない番犬」に過ぎない。異様なまでに戦争を好みながら、戦争に飲み込まれ空しい人生を送る如水の姿は、太平洋戦争という国策を遂行した為政者と、それを進んで支持した当時の民衆への痛烈な皮肉だったのだろう。

なお、本作の底本は旧仮名遣いであるが、本書収録にあたり、新仮名遣いに改めた。


山田風太郎「くノ一紅騎兵」（『山田風太郎全集』第九巻、講談社）

関ヶ原の合戦は、まず会津で上杉景勝が兵を挙げ、それを討伐するため徳川家康が北上したところで石田三成が大坂で挙兵、家康を挟撃して殲滅《せんめつ》するという壮大な戦略だったといわれている。この計略を立てたのが、上杉家の名参謀として秀吉、家康から大名並に遇された直江兼続である（山田風太郎は、上杉―三成挟撃説を採っているが、会津戦争と関ヶ原の合戦は別個に計画されたもので、共謀ではないとの説もある）。

直江兼続の父は長尾政景に仕える重臣で、兼続も上杉謙信に命じられ、政景の息子・景勝に近侍していたという。ただ景勝付きになったのは、謙信の姉・仙桃院の依頼ともいわれており、若い時代の兼続について伝える史料は少ない。謙信が急死すると、養子になっていた景勝ともう一人の養子・景虎との間で家督争いが起こる。兼続の活躍が注目されるのは、この内紛からで、景勝を支え謙信の後継者とすることに成功する。景勝は名君として知られるが、その政策を軍事、内政の両面で支えたのが兼続だったのである。

景勝と兼続は名コンビだったが、関ヶ原直前には戦略方針をめぐって対立したとされる（上杉軍が反転して大坂へ向かう家康を追撃しなかったのも、内部対立が原因という）。本作は、この時期の景勝と兼続の微妙な関係を、大胆な奇想で浮かび上がらせている。

一五九九年、京の傾城屋《けいせい》で、千坂民部、前田咄然斎《とつねんさい》（慶次郎）、上泉泰綱、岡野左内、車丹波守という上杉氏の食客が密談をしていた。そこに並外れた武芸の腕を持つ遊女・陽炎《かげろう》が現われ、直江兼続に仕官したいので紹介して欲しいという。陽炎は、実は大島山十郎という若衆で、謙信に憧れているので、その寵童でもあった兼続に仕えたいというのだ。

上杉謙信は、熱烈に毘沙門天を信仰するあまり、不犯の誓いを立てていた。そのため女性と関係を持たず、美童を側に従えていた。兼続もその一人だったといわれているので、山田風太郎は上杉氏の（というよりも戦国時代は当たり前に行われていた）衆道の伝統を踏まえて、とんでもない物語を作り上げたことになる。

山十郎は、やはり衆道を好む景勝に仕えるが、男なのに妊娠してしまう。なぜ男が妊娠したのか？　そして山十郎の目的は何か。後半は、この謎をめぐって二転三転するドラマが用意されている。山田風太郎は奇想天外な物語を得意としていたが、絶対に史実と異なるストーリーを描くことはなかった。それだけに史実の隙間に奇想を織り込む名人芸が堪能できるはずだ。

本作は、南方熊楠の書いた男色論から着想されている。熊楠は男色研究の大家・岩田準一と交流があり、岩田は、山田風太郎が尊敬する江戸川乱歩とも男色をめぐるやり取りを行っている。


司馬遼太郎「軍師二人」　（『司馬遼太郎短篇全集』第七巻、文藝春秋）

軍師の能力がいくら高くても、それを理解し実行できる主君がいなければ、宝の持ち腐れとなる。本作は、大坂の陣（一六一四年〜一五年）を舞台に、真田幸村、後藤又兵衛という希代の軍師の計略が、無能な上役によって水泡に帰すまでを描いている。

真田幸村は、武田氏に仕えた真田昌幸の次男として生まれている。昌幸は長男の信之を家康に、次男の幸村を秀吉に仕えさせ、どちらが勝利しても真田の家名が残るようにしたほどの策士である。幸村も父の知謀を受け継ぎ、小田原征伐（一五九〇年）などで武功を上げている。中でも、関ヶ原に向かうため西へ進む徳川秀忠の軍を、信濃の上田城に籠城して迎え撃ち、合戦に遅れさせたのは有名である。大坂冬の陣では、大坂城の弱点だった東南の隅に真田丸という出城を築いてゲリラ戦を展開、夏の陣では家康が本陣を置いた茶臼山に突撃して大混乱に陥れるが、松平忠直との乱戦で戦死している。

本作のもう一人の主役・後藤又兵衛は、黒田如水に仕えた武将で、「黒田二十四騎」や「黒田八虎」に選ばれる武功を上げたという。ところが如水の後を継いだ長政と折り合いが悪かったために出奔。細川忠興、福島正則、前田利長といった大大名から誘いがあったが、長政による妨害もあり、長い浪人生活を強いられることになる。大坂の陣が始まると家康からの誘いを断り、豊臣方として参戦。大坂夏の陣では、道明寺で奥田忠次を討ち取る武勲を上げるが、次第に物量に勝る徳川軍に圧倒され、自刃したとされている。

物語は、大坂夏の陣を目前にした軍議で、又兵衛が城を出て小松山を占拠することを具申する場面から始まる。だが大野治長を始めとする文官は、籠城を主張する。しばらくして真田幸村が、四天王寺まで軍を進めることを進言。又兵衛と幸村は、ライバルとして対立することもあったが、互いの能力は認めていた。二人の天才は、自分の戦術の正しさを力説するが、大野治長が出したのは、兵力を分散して両方を採用する折衷案だった。この決定は戦争を知らない大野治長の浅知恵に過ぎなかったが、幸村と又兵衛は命令に従って出陣することになる。

豊臣方の命運は、大野治長が折衷案を示した時点で決していたが、それでも上役には逆らえない幸村と又兵衛からは、組織の中で生きる人間の悲哀が伝わってくる。また対立する意見を足して二で割るという治長の決定は、議論を尽くさず、すぐに玉虫色の決着にもっていこうとする日本的な体質への皮肉と読むこともできる。

滝口康彦「権謀の裏」 （『権謀の裏』新潮文庫）

関ヶ原合戦の時、佐賀の鍋島家は西軍に加わって伏見城を攻めるが、西軍の敗北が決まると、すぐに東軍に寝返り、柳川城主の立花宗茂を討伐。佐賀三五万七〇〇〇石を安堵されている。それだけに諸大名の風当たりは強く、時の当主・鍋島直茂は激しい非難にさらされた。

なぜ直茂は、このような奇妙な動きをしたのか？　それが本作のテーマとなる。物語は、老いた直茂が「余が死んでから開け」と言明して、娘婿の長門に渡した密書に何が書かれているのかを軸に展開していくので、静かながらサスペンスに満ちている。

鍋島直茂は、佐賀の太守・龍造寺家に仕える鍋島清房の次男として生まれる。龍造寺隆信に仕え、今山の戦い（一五七〇年）では大友氏を破り、筑後の蒲池氏を謀略で滅ぼすなど、軍事・政略に優れた手腕を発揮。隆信の死後は嫡男の政家を助け、引き続き龍造寺家を支えていく。早くから秀吉と結び、秀吉の九州征伐、朝鮮出兵にも参加。この頃には、龍造寺家から全権を委任され、実質的に佐賀の支配者になっていた。そのため、関ヶ原の二股も、すべて直茂の命令によって立案されたといわれている。政家と嫡男の高房が相次いで亡くなると、徳川幕府は佐賀を鍋島家が相続することを認め、直茂の子供の勝茂が藩主となっている。
当初は西軍に味方した過去があるため、鍋島家は幕府の機嫌をうかがうのに汲々としていた。それなのに直茂は、自分の墓碑に「豊臣朝臣《あそん》」の文字を刻んだ。これは、豊臣家の家臣であることの宣言であり、徳川家に知られると大騒動になる。それを承知した上で「豊臣朝臣」を残そうとした直茂の想いから、知られざる歴史の真相が浮かび上がるので、最後までスリリングな展開が楽しめるはずだ。
本作には、直茂が耳の腫瘍に苦しむ場面が出てくる。巷説では、腫瘍の原因が直茂に乗っ取られた龍造寺家の呪いとされ、ここから〝佐賀鍋島の化猫騒動〟の伝説が生まれたとされている。

（『松本清張全集』第三五巻、文藝春秋）

松本清張「戦国権謀」

外に敵がいるうちは、内部に思惑の違いがあっても一致団結できる。だが、ひとたび敵が一掃されると、後に凄まじいまでの内紛が待ち受けているのは歴史が証明している。本作は戦国時代のドラマだが、合戦など派手な展開とは無縁で、徳川幕府の黎明期に、本多正純ら幕閣の重臣が繰り広げた壮絶な権力闘争を活写している。
家康、秀忠、家光が治世を行った〝徳川三代〟の時代に、最も権勢を誇ったのは本多正信・正純親子だった。本多家は、代々、三河の松平家（後に徳川家に改名）に仕える名家で、正信は四歳年下の家康と共に育ったといっても過言ではない。一向宗だった正信は、一向一揆を弾圧する家康に叛き、一揆勢と行動を共にした時期もあるが、やがて帰参を許される。

清張は、正信の帰参を本能寺の変の直後としているが、正信帰参の時期や理由については、姉川合戦（一五七〇年）の頃など諸説あるようだ。

正信は帰参すると、元のように家康に重用されるようになる。特に内政を得意とし、政治的な謀略に辣腕を振るったので、本多忠勝（本多姓だが、正信の一族とは何の繫がりもない）や榊原康政といった武闘派からは、蛇蝎のごとく嫌われていた。本作の冒頭にも、本多親子を口汚く罵った『三河物語』の一節が引用されている。『三河物語』を書いた大久保彦左衛門は、武断派の旗本に支持されていたので、ここからも本多親子の評判の悪さが推測できるのではないだろうか。講談の世界では〝天下のご意見番〟として名高い彦左衛門だが、これは後世の創作。ただ彦左衛門が庶民を助けるヒーローになったのは、徳川幕府が成立したのに論功に恵まれなかった下級武士の心情を代弁したからとも考えられているので、『三河物語』の記述は幕閣の一部勢力の思惑と重なっていたことは間違いない。

家康が大御所となり、秀忠が二代将軍に就任すると、正信は息子の正純を家康の元へ送り、自分は秀忠の側近となる。父に勝るとも劣らない能力を持った正純は、大坂冬の陣後の講和条件をあえて破り、城の内堀を埋めるなどの謀略を実行、家康にも信頼される。だが自信家で傲慢な性格のため父よりも政敵が多く、これが失脚の原因になる。

謀略で政敵を葬ってきた正純も、やがて敵の謀略によって失脚する。政治的な陰謀の連鎖を克明に描いていく場面は、『点と線』（一九五七年）などの社会派推理で、官僚や政治家の腐敗を描いた清張らしい趣向といえる。清張は物語のラストで、絶対的な能力を持った天才であっても、実際にいなくなれば次の人材が登場し、組織は何の問題もなく運営されるという世界観を描いているが、これも個人は常に組織に利用されて捨てられるという認識から生み出されたものだろう。終身雇用体制が崩れ、業績が厳しく査定される現代の方が、本作の示す組織と個人の関係が生々しく感じられるのではないだろうか。

正純失脚事件は、後に辰岡万作『傾城青陽鶊《けいせいはるのとり》』（一七九四年初演）や河竹黙阿弥《もくあみ》『宇都宮紅葉釣衾《うつのみやにしきのつりよぎ》』（一八七四年初演）などへと受け継がれる歌舞伎の〝宇都宮騒動〟ものモチーフとなる。物語の世界では、正純は宇都宮城に釣天井を仕掛けて将軍暗殺を計画したことになっているが、これは後世のフィクションである。

【編者略歴】

末國《すえくに》善己《よしみ》

一九六八年広島県生まれ。明治大学卒業、専修大学大学院博士後期課程単位取得中退。時代小説・ミステリーを中心に活躍する文芸評論家。新聞・雑誌などに書評・評論を発表。著書に『時代小説で読む日本史』（文藝春秋）、共著に『時代小説作家ベスト１０１』（新書館）、『名作時代小説１００選』（アスキー新書）などがある。編書に『国枝史郎探偵小説全集』、『国枝史郎伝奇風俗／怪奇小説集成』、『野村胡堂探偵小説全集』、『山本周五郎探偵小説全集』（全六巻＋別巻一）、『探偵奇譚呉田博士【完全版】』、『岡本綺堂探偵小説全集』（全二巻）、『短篇小説集義経の時代』、『戦国女人十一話』（以上作品社）、『軍師の生きざま』『軍師の死にざま』（作品社・実業之日本社文庫）などがある。

＊本書は二〇〇六年一〇月に単行本として、作品社から刊行されました。

実業之日本社文庫　最新刊

実業之日本社文庫　好評既刊

荒山 徹
徳川家康　トクチョンカガン
山岡荘八『徳川家康』、隆慶一郎『影武者徳川家康』を継ぐ「第三の家康」の誕生！　興奮＆一気読みの時代伝奇エンターテインメント！（対談・縄田一男）
あ61

犬飼六岐
やさぐれ　品川宿悪人往来
時代小説の超新星、見参！　悪人どもが巣食う宿場町・品川で矢吉が仕掛けた抗争の行方は？　息もつかせぬ大江戸青春小説。（解説・細谷正充）
い51

宇江佐真理
おはぐろとんぼ　江戸人情堀物語
堀の水は、微かに潮の匂いがした――薬研堀、八丁堀、夢堀……江戸下町を舞台に、涙とため息の日々に訪れる小さな幸せを描く珠玉作。（解説・遠藤展子）
う21

風野真知雄
月の光のために　大奥同心・村雨広の純心
初恋の幼なじみの娘が将軍の側室に。命を懸けて彼女の身を守り抜く若き同心の活躍！　長編時代書き下ろし、待望のシリーズ第1弾！
か11

風野真知雄
東海道五十三次殺人事件　歴史探偵・月村弘平の事件簿
先祖が八丁堀同心の名探偵・月村弘平が解き明かす、東海道の変死体の謎！　時代書き下ろしの名手が挑む初の現代トラベル・ミステリー！（解説・細谷正充）
か12

鯨 統一郎
幕末時そば伝
高杉晋作は「目黒のさんま」で暗殺？　大政奉還は拒否のはずが「時そば」のおかげで？　爆笑、鯨マジックの幕末落語ミステリー。（解説・有栖川有栖）
く11

佐藤雅美
戦国女人抄　おんなのみち
千世、お江、於長、満天姫、千姫ら戦国の世のならい、政略結婚により運命を転じた娘たちの、悲しくも強い生きざまを活写する作品集。（解説・末國善己）
さ11

実業之日本社文庫　好評既刊

中村彰彦
完本 保科肥後守お耳帖
徳川幕府の危機を救った名宰相にして会津藩祖・保科肥後守正之。難事件の解決や温情ある名裁きなど、名君の人となりを活写する。（解説・岡田 徹）
な11

出久根達郎
大江戸ぐらり　安政大地震人情ばなし
震災あるところ、人情あり――安政大地震に見舞われた江戸の町人たちの人間模様を味わい深い筆致で描いた、今こそ読みたい珠玉の時代小説。

て11

火坂雅志
上杉かぶき衆
前田慶次郎、水原親憲ら、直江兼続とともに上杉景勝を盛り立てた戦国の「もののふ」の生き様を描く「天地人」外伝、待望の文庫化！（解説・末國善己）
ひ31

藤沢周平
初つばめ　「松平定知の藤沢周平をよむ」選
「チャンネル銀河」の人気番組が選ぶ、藤沢周平の市井物を10編収録したオリジナル短編集。作品の舞台を巡る散歩マップつき。（解説・松平定知）
ふ21

本多静六
私の財産告白
現代の私たちにいまなお新鮮に響く、日本が生んだ最高の「お金持ち哲学」。伝説の億万長者が明かす金銭と人生の真実。待望の初文庫化！（解説・岡本吏郎）
ほ21

本多静六
私の生活流儀
偉大な学者でありながら、巨億の富を築いた哲人が説く、健康・家庭円満・利殖の秘訣。時代を超えた先人の知恵、いよいよ初文庫化。（解説・渡部昇一）
ほ22

本多静六
人生計画の立て方
東大教授から蓄財の神様に！　理想を実現した成功者が贈る、豊かに生きるための設計図。いまなお光を放つ本多哲学の集大成、初文庫化。（解説・本田 健）
ほ23

実業之日本社文庫 ん22

軍師《ぐんし》の死《し》にざま

2013年6月15日　初版第一刷発行

著　者　池波正太郎《いけなみしょうたろう》、安西篤子《あんざいあつこ》、山本周五郎《やまもとしゅうごろう》、新田次郎《にったじろう》、
柴田錬三郎《しばたれんざぶろう》、南條範夫《なんじょうのりお》、坂口安吾《さかぐちあんご》、山田風太郎《やまだふうたろう》、
司馬遼太郎《しばりょうたろう》、滝口康彦《たきぐちやすひこ》、松本清張《まつもとせいちょう》

発行者　村山秀夫

発行所　株式会社実業之日本社
〒104-8233　東京都中央区京橋 3-7-5 京橋スクエア
電話 [編集]03(3562)2051 [販売]03(3535)4441
ホームページ　http://www.j-n.co.jp/

印刷所　大日本印刷株式会社

製本所　株式会社ブックアート

フォーマットデザイン　鈴木正道(Suzuki Design)

ISBN978-4-408-55134-0（文芸）